Ihr persönliches Leseexemplar

Über Ihre Meinung zu diesem Leseexemplar
freuen wir uns sehr.

Bitte schreiben Sie uns per E-Mail an
leseexemplar@hoca.de
oder per Fax (040) 441 88-211.
Damit sind Sie mit einer Veröffentlichung einverstanden.
Herzlichen Dank!

Bitte beachten Sie die **Sperrfrist**
für Rezensionen bis zum 11. April 2017.

ATLANTIK
Presse- und Öffentlichkeitsarbeit
Tel. (040) 441 88-287
laura.hagc@hoca.dc

Gerhild Stoltenberg

Überall bist du

Roman

Atlantik

Atlantik Bücher erscheinen im
Hoffmann und Campe Verlag, Hamburg.

1. Auflage 2017

www.hoca.de *www.atlantik-verlag.de*
Satz: Pinkuin Satz und Datentechnik, Berlin
Gesetzt aus der Trump Mediaeval
Druck und Bindung: Friedrich Pustet, Regensburg
Printed in Germany
ISBN 978-3-455-60059-9

HOFFMANN UND CAMPE

Ein Unternehmen der
GANSKE VERLAGSGRUPPE

Meinem Mann und meinen Kindern

Manchmal scheint die
ganze Welt entvölkert zu sein,
wenn ein einziger Mensch fehlt.

Alphonse de Lamartine

Belgrad

Wenn mich jemand fragen würde, wie ich nach Belgrad gekommen bin, könnte ich wahrheitsgemäß antworten: »Mit dem Zug, zweiundzwanzig Stunden, zweimal umsteigen.«

Vielleicht würde ich bei weiteren Nachfragen, warum es ausgerechnet Belgrad sein musste, zuerst etwas drum herumreden. Dass Belgrad doch eine spannende Stadt sei, das Tor zum Balkan, mit dieser abwechslungsreichen Geschichte. Dass ich schon immer mal den Ostblock kennenlernen wollte. Dass mich die Lust auf Neues trieb, das reine Abenteuer. Aber eigentlich würde nichts davon stimmen. Es wäre eine dieser Lügen. Tatsächlich bin ich nur aus einem einzigen Grund hier: ihm. Weil ich auf der Suche nach etwas war, das mir dieses Gefühl nehmen könnte, beraubt worden zu sein. Um seine Liebe, mein Herz, die Luft zum Atmen, jede Hoffnung – und, ganz offensichtlich, auch um das Gespür für ein vernünftiges Maß an Pathos pro Gedanke.

Vielleicht würde ich, wenn mich jemand fragt, warum es ausgerechnet Belgrad sein musste, darum auch versuchen, eine ganz andere Geschichte zu erzählen. Eine, die nicht von ihm handelt, diesem einen, der nicht aufhört, mir zu fehlen. Womöglich würde ich in diesem Fall mit meiner Geburt beginnen oder mit der meiner Eltern oder irgendwo dazwischen, aber vielleicht auch viel weiter vorne. Jedenfalls würde ich vor allem wollen, dass man versteht, dass meine Flucht in Belgrad enden musste, dass ich nirgendwo sonst auf der Welt landen konnte. Obwohl ich streng genommen durch eine Verkettung von Zufällen hier gelandet bin.

Ich musste weg, denn egal in welche Richtung ich zu Hause auch hätte gehen können, überall wäre ich schon mit ihm gewesen – was bei einer Stadt mit einer Fläche von circa 892 Quadratkilometern natürlich rein faktisch nicht stimmen kann, nur interessieren Fakten den Verwundeten kaum.

Es fühlte sich an, als gäbe es keinen einzigen Ort, an dem ich nicht bereits mit ihm ein Eroberungsfähnchen in den Boden gerammt hatte. Ich kam mir in dieser Stadt vor, als sei ich in einem Klostergarten gefangen mit Kräuterbeeten, in denen diese weißen Porzellanschilder stecken, nur dass statt *hypericum perforatum, herba absinthii* oder *levisticum officinale* auf meinen Schildern *Erster Ausflug, Zweiter Kuss, Lieblingserdbeereisladen* oder *Unser perfekter Picknickpark* stand.

Alles war mit Erinnerungen vergiftet, und ich erkannte, dass es ein Fehler gewesen war, die Stadt gemeinsam mit dem Fahrrad zu erkunden. Zu Fuß hätte man höchstens ein Drittel der Strecke geschafft, und mit der U-Bahn wäre immerhin ein Großteil im Dunkeln verborgen geblieben. Wenn ich nun durch die Straßen ging, konnte ich das nicht tun, ohne dass mich alles an ihn erinnerte und ich überall nur ihn sah. In jeder Fensterscheibenspiegelung, jedem Café, im Schein des Ampellichts. Jeder Hinterkopf erinnerte mich an ihn – und das in einer Stadt mit über 2000 Ampeln und 3,5 Millionen Hinterköpfen, was fast 4000 Hinterköpfe pro Quadratkilometer und 1750 pro Ampel macht.

Ich fing langsam an, wahnsinnig zu werden, und verbrachte erst die Abende und dann auch die Tage damit, all die vertrauten Straßen, Cafés und Parkbänke nach ihm abzusuchen. Das machte mich unendlich müde und raubte mir gleichzeitig den Schlaf, bis ich irgendwann das Gefühl hatte, mein Hirn würde von all dem Sehnen und Suchen implodieren. Am Ende schien es deshalb die einzige Möglichkeit zu sein, einfach im Bett liegen zu bleiben und abzuwarten, ob man allein vom Daliegen sterben könne und wie lang das wohl dauere.

Aber dann habe ich mich stattdessen auf den Weg gemacht und bin in diesem mir so fernen Belgrad gelandet.

Und darum würde ich, wenn mich jemals jemand fragt, warum es unbedingt Belgrad sein musste, vor allem klarmachen, dass ich, obwohl Belgrad vielleicht anfangs nur eine Art Zufall war, trotzdem und unter gar keinen Umständen in – zum Beispiel – Australien gelandet wäre, was verlockender erscheinen könnte angesichts des bitterkalten Winters hier und des kuscheligen Sommers dort.

Ich würde deutlich machen, dass es so kommen musste, dass ich nun auf diesem unordentlich aufgeschlagenen Hotelbett liege, noch immer in Daunenjacke und mit meinen Fellstiefeln an den Füßen. In dem koffergroßen Zimmer, das nur vom Licht aus den gegenüberliegenden Fenstern beleuchtet ist. Im *Hotel Moskva* an der Terazije 20, das vor hundert Jahren auf dem geographischen Nullpunkt der Hauptstadt Jugoslawiens erbaut wurde und ein Dach hat, das von vorn aussieht, als habe man dem Gebäude ein Mützchen mit spitzen Ohren aufgesetzt wie die am Schlafanzug von Max, dem furchtlosen König der *Wilden Kerle*.

Hier liege ich im Halbdunkel und betrachte die goldglänzenden Streifen auf der beigen Stofftapete. Hin und wieder streiche ich behutsam mit dem Finger darüber. Die nickipulloverweiche Oberfläche erinnert mich an Kindheit und an die Sorte von Geschenken, die man nicht auszupacken wagte, weil man Sorge hatte, die Verpackung verspräche womöglich mehr, als der Inhalt halten könnte.

Wenn ich den Blick von der Tapete wende, kann ich gegenüber einem dicken Mann im Unterhemd dabei zusehen, wie er wütend durch sein Zimmer tigert, regelmäßig vom Kabel des Telefons zu Richtungswechseln gezwungen, was ihn noch mehr aufzuregen scheint. Immer wieder reißt er die Gardine zur Seite, öffnet das Fenster, beugt sich so weit raus, dass ihm die davon völlig unbeeindruckten Schneeflocken lautlos auf Kopf und Nacken rieseln, schließt das Fenster erneut, schiebt die Gardine ärgerlich zurück und telefoniert dabei wild gestikulierend. Vermutlich erklärt er gerade irgendjemandem, dass er unmöglich in diesem Zimmer bleiben kann. Weil es zu klein ist, der Ausblick dumpf gebremst von grauen Schachtwänden, und außerdem sei es furchtbar laut hier. Rund um die Uhr rattern die Propeller der Abluftanlage des Restaurants im Erdgeschoss. Ein endloses Brummen und Scheppern. Dabei hat der Krach auch etwas Beruhigendes, denke ich. Der Mann müsste nur endlich einmal stehen bleiben und lauschen. Dann würde er auch bemerken, dass da noch ein zweites Geräusch ist. Ein aufgebrachtes Rauschen, das der von der warmen Abzugsluft geschmolzene Schnee macht, während ihn ein unsichtbarer Verfolger durch die für diese Menge Wasser zu enge Regenrinne jagt.

Wenn man also all das zusammennähme, was war und was ist, bekäme die Zwangsläufigkeit all dessen unter Umständen etwas Tröstendes.

Vorher

I

Es ist nicht von Anfang an alles falsch gelaufen. Wir hatten nicht von Anfang an diese exorbitante Schieflage, die den Kahn letztlich zum Kentern brachte. Es hat ganz sicher eine Zeit gegeben, in der wir uns nahezu identisch doll liebten. Ich erinnere mich eben nur nicht genau an den Moment, an dem wir das dann nicht mehr taten. Müsste ich nun einen Zeitpunkt bestimmen, an dem die ersten fiesen Steinchen ganz leise im Tretlager zu knirschen begannen, dann war das wohl schon im letzten Frühling.

Ich hatte mehrfach versucht, Tom anzurufen. Die ersten Male konnte man noch am Rauschen in der Leitung hören, dass er im Ausland sein musste, aber beim letzten Mal sprang einfach sofort die Mailbox an. Es war Nachmittag gewesen, und ich hatte gedacht, dass wir uns am Abend sehen würden, wollte eigentlich nur kurz hallo sagen und fragen, wo wir uns treffen wollten. Aber nun war er offenbar weggefahren, einfach so. Ich wusste nicht, wohin. Tom machte in letzter Zeit öfter solche Sachen. Meistens nahm ich es hin und tat so, als mache es mir nichts aus, weil einem ständig alle sagen, dass man Männern in Beziehungen ihre Freiheit lassen müsse, unbedingt, sonst wäre man verloren. Aber diesmal war ich wütend, dass er mir auf diese eigenartig ignorante Art seine vollkommene und umfassende Unabhängigkeit demonstrieren musste.

Nun saß ich vor den Listen, die mich nervten, und ohne die Vorfreude darauf, ihn später zu sehen, konnte ich mich nicht motivieren, weiter daran zu arbeiten. Die ausländische Bandansage hatte mir meine ganze Energie und Zuversicht geraubt. Ich sah aus dem Fenster auf die Straße. Ein Pärchen, das Eis aß, ging vorbei. Sie teilten sich eine Waffel und gingen so eng umschlungen, dass sie immer wieder stehen bleiben mussten, um sich neu zu sortieren, wieder ineinander zu verknoten und den anderen vom Eis lecken zu lassen. Es war ein angenehm warmer Apriltag. Gut für die Eissaison.

»Der März und April entscheiden über die ganze Saison, glaub mir. Wenn du da zu wenig verkaufst, bist du verloren, das holst du das ganze Jahr nicht auf«, hatte mir Anna nach ihrem ersten Jahr in der Eisdiele erklärt. Aus irgendeinem Grund liebte sie wetterabhängige Saisonjobs, bei denen man nur auf »psychisch maximal beanspruchte Menschen« traf. Wobei ich mir nicht sicher war, ob »psychisch beansprucht« wirklich ein medizinischer Terminus ist. Es schien sie jedenfalls zu beflügeln, mit Leuten zu tun zu haben, die ständig nervös und kopfschüttelnd in den Himmel sahen und die im Grunde kein Wetter vollkommen zufriedenstellen konnte.

In der Eisdiele jobbte Anna nun schon das zweite Jahr. Es war eine dieser Eisdielen, in denen es statt Vanille, Stracciatella und Erdbeer Sorten wie *Spicy Chai Sorbet* und *Banana Chock Chia-Pudding* gab. Seit wir uns kennen, hat Anna die Jobs nach spätestens drei Jahren gewechselt, während ich bei diesem praktischen, aber etwas eintönigen Listen-Job hängengeblieben war. Jedes Jahr sagte ich mir, dieses eine Jahr mache ich die Listen noch, danach suche ich mir was anderes, was Richtiges, in diesem allerletzten Listenjahr finde ich heraus, was ich wirklich will. Dann machte ich die Listen und Kataloge, und am Ende des Jahres merkte ich, dass ich immer noch keine Ahnung hatte, was ich stattdessen machen könnte. Dieser Job war gefährlich, denn er war wunderbar zum Abwarten. Das Gehalt reichte für die Miete und für gerade so viel mehr als das Nötigste zum Leben, dass es keine zwingenden Gründe gab, ihn aufzugeben. Auch wenn ich inzwischen sehr gut darin geworden bin, überzeugende Erklärungen zu liefern, warum ich in dieser beruflichen Sackgasse steckte, ist es doch nicht so, dass es zwangsläufig so hatte kommen müssen. Wenn man in mein Abibuch guckt, hat man das Gefühl, eine Person vor sich zu sehen, die eine Ahnung hatte, wohin ihr Weg gehen wird. Jedenfalls dachten das offenbar die anderen, als sie die Frage nach meinem zukünftigen Job beantworten sollten: Modedesignerin oder Ärztin.

Wenn ich heute daran zurückdenke, fällt es mir schwer, mich zu erinnern, dass das mal möglich schien, weil es mir heute so abwegig vorkommt, dass ich mir kaum vorstellen kann, dass jemand oder sogar ich daran geglaubt haben konnte. Ich hatte mich damals tatsächlich an einer Modedesign-Schule beworben und war auch angenommen worden. Aber als ich meinen Eltern davon erzählte, waren die außer sich, dass ich so naiv war, einen so unsicheren Künstlerberuf anstreben zu wollen. Da würden sie nicht mitmachen. Für Medizin reichte meine Abiturnote nicht, sodass ich nicht meinem Vater und Bruder folgen konnte.

Darum solle ich erst mal etwas anderes Solides studieren, damit sei meine Schwester schließlich auch gut gefahren, erklärten sie. Danach könnte ich dann ja immer noch alles machen, was ich wollte. Wenn ich bis dahin hoffentlich wusste, was das war. Also studierte ich, wie meine Schwester, Marketing – und alle waren beruhigt. Und ich vergaß irgendwann, dass ich einmal eigene Pläne gehabt hatte. Irgendwie vergaß ich auch, neue Pläne zu schmieden. Bis heute. Und langsam hatte sich das Gefühl eingeschlichen, dass ich bald nicht mehr in dem Alter war, in dem einem die Welt versichert, man könne alles machen, alles werden und alles sein, wenn man es nur richtig wolle. Diese einst so unendliche Auswahl an Möglichkeiten schien unaufhörlich vor mir zu schrumpfen, und ich schaffte es nicht, mich aus der Schockstarre, die diese Erkenntnis ausgelöst hatte, zu befreien.

Ich beschloss, die Listen für heute liegen zu lassen und stattdessen zu Anna zur Eisdiele zu radeln, klappte den Computer zu, lief die Treppen runter und stand für einen Moment von der Sonne geblendet blinzelnd in der Haustür, bevor ich schließlich auf die Straße trat, einen Coffee-to-go-Becher und eine McDonald's-Tüte aus meinem Fahrradkorb klaubte und das Fahrrad aufschloss. Ich entschied, nicht auf dem direkten Weg zu Anna zu fahren, sondern zuerst bei Tom zu klingeln und zu sehen, ob er nicht vielleicht doch zu Hause war. Vielleicht war sein Handy geklaut worden, und der Dieb hatte es ausgeschaltet, damit man es nicht mehr orten konnte, und es dann ins Ausland verfrachtet, um es zu verkaufen. Solche Sachen hörte man doch immer wieder. Ich klingelte ein paarmal, aber es machte niemand auf, sodass ich schließlich weiterfuhr.

Anna war nicht in der Eisdiele. Sie hätte mittwochs doch immer frei, erklärte mir ihr Chef, der gerade neue Schalen mit Eis im Kühltresen verstaute. Ich nuschelte ein »Ach ja« und bestellte aus Verlegenheit eine Kugel *Vegan Vanilla meets Wasabi Nuts*. Ich wollte weiterfahren und ärgerte mich, die Kugel im Becher und nicht in der Waffel bestellt zu haben. Ich löffelte das Eis etwas umständlich, während ich das Fahrrad mit den Unterarmen am Lenker schob und dabei die Wasabi-Erdnuss-Stücke aus dem Eis pickte, bevor ich den Becher mit dem wässrig-faden Rest in einen Mülleimer schmiss. Danach schob ich das Rad trotzdem weiter, weil beim Fahren die Zeit zu schnell vorüberginge und ich zu schnell wieder zu Hause wäre, wo mich nur das Warten auf Toms Rückkehr erwartete.

Vor mir gingen zwei Mädchen. Sie unterhielten sich auf diese *Ich so, er so, sie so*-Art, bei der Übergänge oder Pointen allein durch ein eingeschobenes *Blablabla* geschaffen werden, wo ursprünglich keine waren. Die eine erzählte der anderen schließlich von einem Traum.

»Komm ich drin vor? Nee, oder?!«, wollte die andere wissen.

»Doch, klar«, erwiderte die, wahrscheinlich nur, um das Interesse der anderen nicht zu verlieren.

Im Traum habe sie jedenfalls diesen Prominenten getroffen, den sie nach einem gemeinsamen Selfie gefragt hatte. Als sie wieder zu Hause gewesen sei, habe sie geguckt, und eins der Fotos sei zwar »nicht so cool gewesen«, das andere »aber dafür voll cool«.

Aber als sie dann wach war und auf ihr Handy geguckt habe, wären die Fotos alle weg gewesen.

»Nein! Das ist ja übelst schlimm.«

»Mega-übelst! Der totale Abturner.«

Da musste ich ihnen zustimmen, das war wirklich über-übelst.

Als ich um eine Kurve bog, sah ich einen Jungen mit seiner Mutter und seinen Brüdern. Ich mochte die vier sofort. Sie standen an einer Ampel, und der Junge reichte seiner Mutter Klebestreifen, mit denen sie einen Zettel am Pfosten befestigte. Die Klebestreifen zupfte er von den Fingerkuppen seines kleineren Bruders, der seine Hände angestrengt in die Luft streckte. Der Kleinste steckte in einem roten Drachenkostüm aus Polyester und saß in einer dieser Retrokarren aus beigem Cord. Während er den anderen zusah, tropfte aus seiner Nase langsam Schnodder auf den Stapel Blätter, der in seinem Schoß lag. Ein paar der Zettel hielt der Kleine immer wieder fuchtelnd hoch und pikste dazu mit dem Zeigefinger der anderen Hand »Da! Daa! Daaa«s in die Luft. Ich beobachtete sie eine Weile aus der Distanz und sah ihnen dabei zu, wie sie darüber debattierten, auf welcher Höhe der Zettel am besten anzubringen wäre.

Die Mutter der Jungen hatte mir den Rücken zugewandt, und erst als ich schon fast neben ihr stand, sah ich, wie schön sie war, wie hochschwanger und wie müde. Ich sah tatsächlich zuallererst ihre Schönheit, dann erst den riesigen Bauch und zuletzt ihre nur halb geöffneten Augen, die nach innen zu blicken schienen. Ihre Augenhöhlen waren so dunkel umrandet, dass ich zuerst dachte, sie hätte am Vorabend vergessen, sich abzuschminken. Obwohl es schon einigermaßen warm für April war, hatte sie einen grob gestrickten Kaschmir-Poncho einer Umarmung gleich um ihren Körper geschlungen. Ich dachte sofort, dass ich gern wüsste, wie sie heißt. Und hätte ich mir einen Namen aussuchen dürfen und jemand hätte Stella vorgeschlagen, wäre ich damit sofort einverstanden gewesen.

Obwohl ich schon eine Weile neben ihnen stand und sie gedankenverloren beobachtete, hatten sie mich nicht bemerkt. Zuerst entdeckte mich der Kleinste, der mich ankrähte und mir einen seiner Zettel hinhielt. Doch als ich danach greifen wollte, zog er ihn zurück. Ich sah seine Mutter an.

»Beppi kann einfach nicht loslassen«, erklärte sie lächelnd, und es klang, als meinte sie mehr als nur den Zettel.

Ihre Stimme war eher ein Flüstern, als dass sie richtig sprach.

Ich sah mir den roten Zettel an der Ampel an. Jemand hatte eine lustig lachende Frau mit Schirm und Köfferchen darauf gemalt und dazu geschrieben: »Wo bist du, Mary Poppins? – Beppi, Nippon und Oskar suchen dich. Bitte melde dich.«

»Da bin ich«, sagte ich, ohne nachzudenken.

Die Mutter schien zu erschöpft, um überrascht zu sein. Stattdessen sah sie nur ihren Ältesten an, der sich mir als Oskar vorstellte und bedeutungsvoll nickte.

»Gut, dann komm doch morgen um 11 Uhr bei uns vorbei.«

Sie riss den eben erst angebrachten Zettel wieder ab, schrieb neben die Telefonnummer eine Adresse und gab ihn mir. Dann schlang sie ihren Poncho fester um ihren Bauch, nahm den Mittleren, der Nippon hieß, an die Hand und ging, ohne sich zu verabschieden. Die Karre mit dem noch immer krähenden Beppi schob Oskar, der für einen Moment stehen blieb, um sich nach mir umzudrehen. Zuerst musterte er mich, dann hob er freundlich die Hand zum Abschied, und ich tat gedankenverloren dasselbe.

Dieser Zettel am Ampelpfeiler war der einzige, den sie überhaupt irgendwo angebracht hatten. Aber das erfuhr ich erst später. In diesem Augenblick sah ich nur verwundert hinter ihnen her, bis sie um eine Hausecke verschwunden waren. Und während ich den Zettel in meiner Hand betrachtete, fragte ich mich, warum ich das getan hatte. Ich hatte überhaupt keine Ahnung von Kindern, hatte noch nicht mal während der Schulzeit babygesittet. Ich war niemand, der solche *Aus einer Laune raus*-Sachen machte. Niemand, der in der Straßenbahn sitzen blieb, nur um mal zu sehen, wie es an der Endhaltestelle aussah. Ich schmückte keine Skulpturen im Park mit selbstgestrickten Pulswärmern oder Blumenkränzen. Ich badete noch nicht mal nackt im See, selbst wenn ich mir sicher sein konnte, ganz allein zu sein.

2

Ein paar Wochen nachdem Tom und ich uns das erste Mal geküsst und irgendwie beschlossen hatten, ein Paar zu sein, fand ich einen Zettel, der alles darüber aussagte, was er für ein Mensch war. Er hatte darauf notiert, wie und wo er ein Picknick für mich organisieren wollte. Als ich den Zettel fand, hatte dieses Picknick bereits stattgefunden, und ich war erstaunt, aber auch gerührt zu sehen, wie viel Akribie darin gesteckt hatte und wie viel Mühe er sich gemacht hatte, es möglichst leicht und zufällig aussehen zu lassen.

Picknickkorb vom Dachboden holen, ggf. entstauben
Brooks-Picknickdecke (checken: muffig? → ggf. waschen)
selbstgemachte Limonade (in Schraubkaraffe)
Törtchen, div. → kleiner Franzose
Kirschen o. Ä.
Cracker, Käse u. Wein für später
Kanaltour aus Schönste Kurz-Touren *→ Strecken i. jed. Fall vorh. abfahren*
vormittags: Wetter-Radar checken

Ich fand es irgendwie romantisch, dass jemand wie ich, der einen Job hatte, der primär daraus bestand, Listen zu bearbeiten, sich in jemanden verliebt hatte, der wirklich alles in Listen ordnete – nicht nur Berufliches, sondern auch seinen gesamten Alltag. Mich beruhigte die Vorstellung, mein Leben mit jemandem zu verbringen, der alles ordnete und dadurch immer alles im Griff haben würde.

Er passte auf.

Ich glaube nicht, dass ich vorher schon einmal jemanden getroffen habe, der sich Dinge so gut merken konnte wie Tom. Wenn man in einem Nebensatz fallenließ, man möge eine bestimmte Band, konnte man sicher sein, dass er sich noch ein Jahr später daran erinnern konnte und wie selbstverständlich Tickets für das längst ausverkaufte Konzert aus der Tasche zog, auf das man wahnsinnig gern gegangen wäre, sich selbst aber viel zu spät gekümmert hatte.

Die meisten seiner Freunde kannte Tom noch aus der Schule, ein paar sogar aus dem Kindergarten, und ich hatte eigentlich nichts schlimm daran gefunden, dass er nicht fand, dass man ständig Neues erleben und entdecken musste. Bei ihm war alles organisiert, nichts dem Zufall überlassen. Aber auf eine gute Art.

Ich dagegen hatte diesen Listen-Job, in den ich nach dem Studium eher aus Versehen reingerutscht war. Ich hatte ihn von meiner Schwester übernommen, als sie befördert worden war und mich ihren Chefs empfohlen hatte. Sie hatte gedacht, dass ich mir, wie sie es getan hatte, nach zwei oder drei Jahren etwas Besseres suchen würde, aber den Zeitpunkt hatte ich irgendwie verpasst. Zum einen, weil mir gefiel, dass alles in diesem Job erwartbar war und sich nach dem immer gleichen Muster wiederholte, aber dennoch genügend Neues mit sich brachte, damit ich mich nicht vollkommen zu Tode langweilte. Zum anderen dachte ich tief und unausgesprochen in mir, dass es auch ein guter Job sein würde, wenn man irgendwann, hoffentlich bald, Kinder hätte. Dazu wohnte ich auch noch in der alten Wohnung meines Bruders, in die ich eigentlich nur übergangsweise gezogen war und die er mir am Ende überlassen hatte, als er zu seiner Freundin gezogen war. Ich weiß nicht, warum, aber es schien schon immer so gewesen zu sein, dass, bevor ich mich für oder gegen etwas entscheiden konnte, das schon andere für mich übernommen hatten. Ich trug in meiner Jugend nicht nur die alten Klamotten meiner Geschwister auf, ich bekam auch Freunde, Hobbys und Sportarten vererbt. Aber das machte mir nichts aus, ich dachte lange Zeit nie wirklich darüber nach, ob ich Tennis- oder Klavierspielen wirklich mochte. Meine ganze Familie spielte schließlich Tennis, und beim Klavierspielen hatten sich die anderen beiden auch schon gequält, warum sollte es mir anders gehen. Also fügte ich mich dem irgendwie.

Mit Tom hatte ich zum ersten Mal das Gefühl, etwas Eigenes zu haben, eigene Dinge zu beginnen, die mir niemand aus meiner Familie geraten oder überlassen hatte. Er war der erste Freund, den meine Familie weder für gut noch für schlecht befinden konnte, weil sie ihn schlicht noch nie getroffen hatten. Ich war mir zwar sicher, dass er ihnen gefallen würde, mit seinen soliden Wertvorstellungen und tadellosen Manieren. Aber dass sie gleichzeitig derart im Unklaren darüber blieben, wer er war, was alle ganz nervös machte, war für mich neu und am Anfang auch ein bisschen aufregend. Auch wenn der Punkt der Geheimnistuerei später zum Problem wurde. Er gab mir dennoch immer das Gefühl, mit ihm auf eine gute Art erwachsen werden zu können, an seiner Seite anfangen zu können, gute Entscheidungen zu treffen.

3

Am nächsten Morgen fuhr ich zu Oskar und seiner Familie. Ich wollte ihnen sagen, dass ich den Job nicht annehmen konnte. Dass es mir leidtäte, dass ich am Tag zuvor solchen Quatsch erzählt hatte. Dass ich auch nicht wusste, was in mich gefahren war. Aber dann öffnete mir die Mutter der Jungs mit einem freundlichen »Hallo, ich bin Stella« die Tür, und ich hörte mir dabei zu, wie ich ihr erklärte, dass ich sehr gern auf ihre Söhne aufpassen wollte, obwohl ich wirklich keinerlei Erfahrung mit Kindern hätte. Sie lächelte nur und fragte mich, ob nicht jedes Kind sowieso eine Art unbekanntes, aber sich am Ende selbst erklärendes Universum sei, das seine individuelle Betriebsanleitung schon mitgeliefert bekäme. Ich schaute sie erstaunt an und entgegnete, dass ich davon noch nie gehört hätte. Sie erwiderte lächelnd, dass sie sich sicher sei, dass die Jungs mir zeigen würden, wie sie funktionierten.

»Das Baby kommt in fünfeinhalb Wochen«, begann sie zu erklären. »Bis dahin haben wir also noch ein bisschen Zeit, uns anzunähern. Du lernst die Abläufe, Vorlieben und den Alltag der Jungs kennen. Ich zeige dir alles Wichtige. Aber im Grunde soll Oskar für sich und seine Brüder sprechen, denn es war seine Idee, eine Kinderfrau zu engagieren, und ich nehme an, dass er damit wie immer recht haben wird. Also kannst du nach der Eingewöhnung die Gestaltung eurer gemeinsamen Zeit mit ihm besprechen.«

Ich musste zu Boden schauen, während sie das sagte, damit sie nicht sah, wie ich schmunzelte. Denn Oskar, der kerzengerade neben ihr stand, war zu diesem Zeitpunkt ziemlich genau fünf Jahre alt. Doch obwohl ich lachen musste, hatte ich gleichzeitig das Gefühl, dass er durchaus in der Lage war, seine Rolle zu erfüllen. Daran schien die Art, wie er mir jovial zunickte, keinen Zweifel zu lassen.

Ob ich nächste Woche schon anfangen könne?

Ich nickte.

Dann stand Stella auf, erklärte, dass wir uns jetzt einfach mal ein bisschen beschnuppern sollten, und verabschiedete sich. In der Tür drehte sie sich noch einmal um und sagte, dass ihr Mann mich krankenversichern könnte, wenn ich das wollte, sie würde mit ihm sprechen, wenn er wieder »im Land« wäre. Und dann ließ sie mich mit Oskar und Nippon allein.

Wir sahen uns eine Weile an, und während ich noch überlegte, wie ich auf die Jungs zugehen sollte, ergriff Oskar die Initiative. Er wollte gleich zu Beginn ein paar Dinge klarstellen:

»Ich möchte nicht, dass man mir ungebeten auf die Toilette folgt oder Creme in mein Gesicht schmiert, als wäre ich ein kleines Baby. Im Gegensatz zu Nippon und Beppi kann ich mir auch allein den Mund abwischen, und mein Essen darf keinesfalls in eine breiige Masse zerteilt werden.«

Das ginge auf jeden Fall klar, erwiderte ich.

»Außerdem möchten weder meine Brüder noch ich mit

einem angespuckten Taschentuch Dreck aus dem Gesicht gewischt bekommen. Genauso wenig möchten wir unsere Namen oder die Telefonnummer unserer Eltern auf T-Shirts oder Arme gemalt bekommen.«

»Aha.«

»Und wir möchten niemals laut in der Öffentlichkeit ausgeschimpft werden.«

Er sagte das alles sehr ernst und sehr tapfer, sodass ich ihn eigentlich sofort umarmen wollte, aber ich war mir nicht sicher, ob er das nicht für ähnlich indiskutabel halten würde, wie Babycreme ins Gesicht geschmiert zu bekommen.

»Ach so … und Butternester auf Brötchen mögen wir auch nicht so gerne. Sie sind selbstverständlich kein Weltuntergang, weil es ja Kinder gibt, die hungern müssen, aber wenn du da trotzdem aufpassen könntest, wäre das wirklich nett«, fügte er seufzend hinzu.

»Ja, klar. Die mag doch niemand.«

4

Nach drei weiteren Tagen Ungewissheit stand Tom unangekündigt vor meiner Tür, schenkte mir eine Packung polnischer Kekse und sah mich an, als wäre nichts Besonderes gewesen. Er schien erstaunt über meine Frage, wo er gewesen sei.

»In Breslau. Zu diesem Vortrag. Davon hatte ich dir doch erzählt … Hatte ich nicht? Ach.«

Ich erzählte ihm von meinem neuen Job.

»Du hast doch einen Job.«

»Aber ich will doch nicht für immer diese Listen machen.«

Ob ich nun stattdessen Kindermädchen sein wolle, fragte er, als gäbe es darauf nur eine Antwort.

Ich zuckte mit den Schultern und sah in seinem Blick, wie wenig er das verstehen wollte.

»Wirst du jetzt wie deine Freundin, die immer mit dem Querschnittsgelähmten schwimmen geht?«

Er meinte Anna, die er noch nie gesehen hatte und deren Namen sich zu merken ihm irgendwie nie relevant genug zu sein schien.

Sie hatte mal einen Nebenjob, bei dem sie einmal in der Woche mit einem erblindeten Professor Tandem fuhr und ihm währenddessen erzählte, was sie sah. Ich hatte

Tom mal davon erzählt und den Verdacht geäußert, dass sie dem Professor nie das erzählte, was sie wirklich sah, sondern sich ständig irgendwelche Dinge und Ereignisse ausdachte. Tom lenkte das Gespräch schnell zu der Frage, was Wahrheit ist und ob eine ausgedachte Wahrheit tatsächlich ähnlich wertig sein konnte wie eine erfundene. Er verurteilte Annas Verhalten und wollte mich auf seine Meinung festnageln. Ich wusste aber gar nicht, wie mein Standpunkt zu Wahrheit und Wahrhaftigkeit war, und darum war es mir auch überhaupt nicht gegangen. Ich hatte ihm einfach eine lustige Geschichte erzählen wollen und wollte seinen moralischen Verriss auf meine Freundin und die verdorbene Welt nicht hören. Ich ärgerte mich darüber, dass er nicht lockerließ, und hatte ihm irgendwann einfach ermüdet recht gegeben, als ich merkte, dass ihm seine Meinung so viel wichtiger war als mir meine.

In dieser Nacht lag ich lange wach und hörte Tom beim Atmen zu. Es klang schön. Ganz weich und leise, keine Spur einer Unregelmäßigkeit oder eines Schnarchens und so vollendet, dass man ihn keinesfalls stören wollte. Aber hätte ich gewusst, dass er mich, nicht mal ein halbes Jahr später, verlassen würde, hätte ich ihn vielleicht geweckt. Um ein bisschen auf Vorrat mit ihm zu plaudern. Um ihm in die Augen zu sehen und dabei vorsichtig mit den Fingerspitzen über seine Wimpern zu streicheln. Um ihm eine Wimper auszureißen, sie wegzupusten und mir zu wünschen, dass alles für immer so bleibt, wie es ist. Oder ihn am besten damit zu erstechen, damit er niemals fortgehen könnte. Aber so sah ich nur aus dem Fenster in diesen immerdämmrigen Großstadthimmel und auf den Baum vor dem Fenster, dessen Wipfel sich dunkel vor dem Himmel abzeichnete. Ich mochte diesen Baum, dessen Krone sich an Abenden wie diesem sanft hin und her wiegte und dessen leise rauschende Blätter man im Sommer bis ins Zimmer hören konnte, wenn man die Luft anhielt. Dann war es, als könne man in dem Muster, das die Blätterwand und die dazwischen durchscheinenden Flecken Himmel miteinander ergaben, Gesichter erkennen. Heute denke ich, ich hätte ihn in jedem Fall wecken sollen. Um ihm davon zu erzählen, um ihn zu fragen, ob er die Gesichter auch sieht. Aber ich dachte ja, wir hätten alle Zeit der Welt, dachte, das könnte ich genauso gut ein andermal tun. Ich dachte, wir seien auf eine grundsätzliche und gute Art glücklich miteinander, dachte, das mit uns sei mindestens für immer.

Denn seit ich Tom kannte, waren mir die Tage sonniger erschienen, und nachts hatte ich wieder das Gefühl, die Milchstraße am Himmel zu sehen, obwohl man das in der Stadt natürlich in Wahrheit nur bei Stromausfall kann. Er schien dafür zu sorgen, dass im Radio wirklich nur »das Beste von gestern und heute« lief und dass man im Supermarkt zwar immer noch jedes Mal an der langsamsten Schlange von allen stand, dass das aber nichts ausmachte, weil er ja dabei war. Seit ich Tom kannte, ging ich irgendwie aufrechter, hatte das Gefühl, zu einer besseren Version meiner selbst geworden zu sein, ein bisschen klüger, souveräner und kühner als vorher. Als wäre es möglich, nun doch noch Dinge zu lernen, von denen man bislang gedacht hatte, es sei dafür zu spät.

Ich war mir sicher, dass aus Tom und mir eins dieser Paare werden würde, mit denen meine Eltern befreundet waren, die wie Schwäne waren, die sich niemals trennten, die immer nur zusammen erwähnt wurden, so als gäbe es Astrid und Eberhard eben nur als AstridundEberhard. Außerdem habe ich bis zum Schluss gedacht, dass zwei Menschen, die sich so zwangsläufig ineinander verliebten, wie wir das getan hatten, auf einer gefühlten Autobahn ohne eine einzige Abfahrt, dass die sich eben nie trennen würden, weil sie das gar nicht konnten. Rein dramaturgisch schien mir das ausgeschlossen.

Denn die Geschichte, wie Tom und ich uns kennengelernt haben, ist eine besonders gute. Zumindest war sie es, solange man sie mit einem offenen Ende erzählen konnte. Eine, bei der andere ganz gerührt waren, wenn sie sie hörten, weil darin mehr als ein Abendessen bei gemeinsamen Freunden, irgendein Online-Portal oder eine durchzechte Partynacht vorkam. Stattdessen war sie voller Momente, in denen das Schicksal eingegriffen zu haben schien, weil es uns unbedingt zusammenbringen wollte. Unsere Geschichte war so schön, dass ich mir manchmal vorstellte, wie unsere Freunde daraus einen Film für unsere Hochzeit machen würden. Während des Abspanns würde man verzückte Seufzer hören, und Tom würde im Dunkeln ganz fest meine Hand drücken und mir etwas Bedeutungsvolles ins Ohr flüstern.

So hatte ich mir das immer vorgestellt und dabei übersehen, dass wir in Wahrheit gar keinen gemeinsamen Freundeskreis hatten. Dass wir eines dieser Paare waren, die immer Dinge zu zweit unternahmen. Keine Abendessen in großen Runden, keine gemeinsamen Einladungen zum Brunch, keine Völkerballturniere im Park mit der Clique, keine gemütlichen Wochenenden mit anderen

Paaren in einer dieser »herrlich einfachen, aber wahnsinnig gemütlichen« Hütten in Dänemark. Ich dachte mir damals nichts dabei, dachte, das sei einfach eine besonders lange *Wir sind uns eben selbst genug*-Phase. Aber offenbar erzählten wir schon da unterschiedliche Geschichten.

Jetzt erzähle ich natürlich sowieso niemandem mehr diese Kennenlerngeschichte, weil sie dieses unbegreifliche Ende bekommen hat. Und wenn ich Leute auf der Straße oder im Supermarkt entdecke, die ich kenne, aber eine Weile nicht gesehen habe, verstecke ich mich oder tue so, als hätte ich sie nicht gesehen, damit sie mich bloß nicht so was fragen können wie: »Wie geht's dir denn? Was treibst du? Hast du eigentlich noch deinen tollen Freund, den du auf dieser Hochzeit kennengelernt hast? Wer hatte noch mal geheiratet? Die beste Freundin deiner Schwester, oder? Du warst dir doch damals nicht sicher, ob sie dich eingeladen hatte, weil sie dich mochte, oder nur, weil deine Schwester sie darum gebeten hatte …« Aber das war am Ende auch egal gewesen. Denn da war dieser Tischherr gewesen. Ein entfernter Cousin der Braut. Wir haben uns sofort gut unterhalten. Nicht auf diese mühsame *Was machst du?-Was mach ich?*-Art, sondern sofort ein richtiges Gespräch. Über einen Film von einem finnischen Künstler, den wir zufällig beide gesehen hatten. Er handelte von einer Frau, die in die Berliner Mauer verliebt war und sie schließlich heiratete. Dann war ihr Ehemann 1989 in diese gewissermaßen persönliche Krise geraten und, wie allgemein bekannt, abgerissen worden, was die Frau natürlich in eine eigene Krise riss. Wir waren beide beeindruckt von diesem Film, weil er voller Respekt und Achtsamkeit über großen Kummer und das Zerbrechen einer Liebe erzählte. Einer Liebe, die die meisten Menschen nicht verstanden, und ich war überrascht gewesen, weil er gar nicht wie jemand aussah, den diese Art von Film interessieren könnte. Und während alle um uns herum immer betrunkener wurden und tanzten, haben wir einfach weiter am Tisch gesessen, auch als alle anderen Tische um uns herum schon weggetragen wurden, um die Tanzfläche freizuräumen.

Dann sind wir einfach abgehauen und in eine Bar gegangen, wo man durch einen Imbiss geht und dann vor den Toiletten vor einer Telefonzelle steht, an deren Rückwand eine Tür ist, an die man klopft, um dann in einen Hinterraum zu gelangen, in dem eine Bar ist. Da hat er mir mein Lieblingsgetränk bestellt, ohne zu fragen, er hat es einfach gewusst. Und später hat er mich nach Hause begleitet, da war es schon hell. Und dann habe ich ihn nach Hause begleitet und wieder er mich. Das ging so weiter, bis es irgendwann nachmittags war und wir so erschöpft waren von all dem Hin und Her, dass wir uns in einem Park nebeneinander auf die Wiese gelegt und geschlafen haben. Geküsst haben wir uns da noch nicht, weil wir irgendwie beide zu schüchtern waren. Am nächsten Tag haben wir uns zum Abendessen wiedergetroffen, und da hatte er ein kleines Stück der Berliner Mauer dabei. Welches Stück vom Verlobten das wohl sei, überlegten wir, und dann schenkte er es mir. Bei dem Vietnamesen haben wir ganz dicht beieinandergesessen, auf einem Teppich an einem niedrigen Holztischchen, nur in Strümpfen. Ich mochte, dass wir beide ein Loch im Strumpf hattet. Er im rechten, ich im linken. Ich konnte seinen Atem in meinem Nacken spüren wie Sommerwind im Strandhafer, und dann hat er mich geküsst, noch bevor überhaupt die Vorspeise aus Seealgen kam. Einfach weil er es nicht länger ausgehalten hat. Und der Kuss schmeckte nach dem gelben *Wrigley's*-Kaugummi, das ich schon seit Ewigkeiten nicht mehr gegessen hatte, aber das so sehr nach allerersten Küssen schmeckt wie sonst nichts auf der Welt. Und nach diesem ersten Kuss hat er mir gestanden, dass eigentlich jemand ganz anders mein Tischherr gewesen wäre, aber dass er seine ihm zugeteilte Tischdame schon beim Empfang am Nachmittag so furchtbar langweilig gefunden hatte und ich so nett ausgesehen hatte mit meinen Stiefeln und dem gepunkteten Kleid, dass er einfach heimlich die Platzkarten ausgetauscht hatte. Und der Rest ist Geschichte ...

Diesen Freund hätte ich ja wohl noch, oder?!, würde mich die Bekannte im Supermarkt sicherlich fragen, und ich wusste, warum ich gut daran tat, mich zu verstecken.

Tom heißt eigentlich nicht Tom. Sein echter Name ist mehr so einer wie Leopold, Moritz, Heinrich oder Caspar. Einer dieser Namen, die ganz wohlerzogen klingen. Ich nenne ihn nur jetzt im Nachhinein Tom, weil das die einzige Möglichkeit ist, an ihn zu denken, ohne an diesem ekligen Kloß Heulerei zu ersticken.

5

Ein paar Tage nachdem er aus Polen zurückgekommen war, rief Tom mich mittags an. Ob ich schon was gegessen hätte, fragte er, er käme sonst vorbei, um uns einen Salat aus Wildkräutern und mit Honig karamelisiertem Ziegenkäse zu machen. Während ich ihm sagte, dass das fabelhaft wäre, kippte ich meine Nudeln zurück in den Topf, wusch den Teller ab und verstaute den Topf in der Schublade unten im Kühlschrank. Er machte das hin und wieder, dass er anrief und dann vorbeikam, um für uns zu kochen. Aber immer nur spontan, man konnte sich nie fest mit ihm verabreden. Selbst am gleichen Morgen konnte er sich noch nicht für den Mittag festlegen. Tom brauchte das Gefühl, sich immer alle Optionen offenhalten zu können.

Als er in der Tür stand, hatte er nichts bei sich. Ich fragte ihn, wo denn das Essen sei, und er fasste sich an den Kopf, als fiele ihm nun auf, dass er es offenbar vergessen hatte. Dann griff er nach einer Tüte vom Markt, die er neben der Tür versteckt hatte, und lachte.

Ich sah ihm gerne beim Kochen zu. Die Ruhe, mit der er das Dressing abschmeckte, wie akkurat er den Salat auf dem Teller anrichtete und jedes Blatt einzeln zu dekorieren schien. Währenddessen sprachen wir kaum, sondern hörten meist »Kultur und Politik am Mittag« im Radio.

Beim Essen schalteten wir das Radio aus, und er erzählte mir von seinem Tag. Er arbeitete bei einem großen Bauentwickler, nachdem er erst Jura studiert und dann im Ausland noch irgendein Zusatzstudium mit Immobilien gemacht hatte, bei dessen Erklärung ich aber offenbar nie genau genug zugehört hatte, um es wiedergeben zu können. Tom konnte sowieso lang und viel über so was wie Märkte und Potenzial, das nicht ungenutzt liegengelassen werden dürfe, sprechen, über Versäumnisse der Politik, Nutzen und Schaden von Gesetzen. Themen, die mich in Wahrheit kaum interessierten, aber ich hörte ihm gerne zu, egal was er sagte. Dabei zweifelte ich nie die Wahrhaftigkeit und Richtigkeit des Gesagten an. Seine Stimme war immer weich und besonnen. Er wurde nie polemisch, harsch oder laut und gehässig. Sein Witz war ein leiser, aber verschmitzter, als erlaube er sich damit schon eine ungeheure Extravaganz. Am liebsten mochte ich es, wenn er aus seiner Zeit im Internat erzählte, denn ich hatte mir eine Weile gewünscht, meine Eltern würden mich auf eins schicken, auch wenn das aussichtslos gewesen war. Sie hielten das für unnötig herausgeworfenes Geld. Außerdem hatten meine Geschwister schließlich auch keine derartige Sonderbehandlung bekommen.

Ich versuchte ihn immer wieder darüber auszufragen, und obwohl er oft auswich, erzählte er mir manchmal doch, wie es war, in der Schule zu wohnen und mit seinen Freunden zusammenzuleben, von den Regeln und Ritualen, die es dort gab. Seine Eltern hatten ihn mit zwölf Jahren auf ein Jungen-Internat geschickt, und er schien das nie hinterfragt zu haben. Es war offenbar etwas, das in seiner Familie so üblich war. Und obwohl ich auch immer auf ein Internat wollte, wusste ich, dass ich es in dem Alter wahrscheinlich noch nicht ertragen hätte, so lange von meiner Familie getrennt zu sein, und ich versuchte herauszufinden, ob er nicht auch oft Heimweh gehabt hatte. Aber er tat das nur mit einem »Ich denke nicht. Jedenfalls kann ich mich nicht erinnern« ab.

Tom war jemand, der ohne Erinnerungen an gewisse Dinge auskam und der nie träumte. Jedenfalls sagte er das. Wenn ich ihn morgens fragte, was er in der letzten Nacht geträumt hatte, antwortete er immer, er träume nie, was mir unvorstellbar schien. Jeder Mensch musste doch träumen. Und wie zum Beweis hatte ich morgens immer wieder das Gefühl, ich hätte seine Träume für ihn geträumt. Diese Träume schienen nichts mit meinem Leben, meiner Person oder meinen eigenen Erlebnissen zu tun zu haben. Ich träumte sie für ihn, stellvertretend sozusagen.

Nach dem Essen schaltete Tom das Radio wieder an, aber zum Abwasch wählte er meist Musik. Manchmal zog er mich dann plötzlich mit vom Spülwasser nassen Händen von der Arbeitsplatte, auf der ich gesessen und ihm zugesehen hatte, und setzte mich auf dem Fußboden ab. Ich lehnte meine Wange an seine Brust und fühlte mich geborgen in der Nähe dieses mich weit überragenden Mannes. Wir begannen zu tanzen, ganz langsam und eng. Dann hob er mich hoch, um mich zu küssen, und nachdem er mich wieder sacht auf dem Boden abgesetzt hatte, fing er an, mich langsam auszuziehen. Er schien in diesen Momenten von ganz tief aus seinem Inneren vor sich hin zu summen. Wir tanzten, bis wir nackt in der Küche standen, und dann trug er mich ins Schlafzimmer, und wir schliefen miteinander. Und das war, als machten wir einfach weiter, als schlüngen sich unsere Körper umeinander wie in einem Tanz.

Wenn man Tom nicht gut kannte, erwartete man das nicht von ihm. Das war eine Seite, die er kaum jemandem zeigte. Dieser sonst hinter dem manchmal etwas steifen Auftreten und den vornehmen Handküssen verborgene Teil seiner Persönlichkeit, dieses Weiche und Verspielte. Dass er das nur mir offenbarte, gefiel mir von allen Dingen, die ich an ihm mochte, vielleicht am meisten.

Wenn er kam, machte er nur dieses leise Geräusch der Zufriedenheit, ein kleines Seufzen. Für einen Moment hielt er dann inne und umarmte mich fest, bevor er sich von mir löste und sich auf die Bettkante setzte, wo er meist einen Moment verharrte. Voller Liebe betrachtete ich ihn, wie er mir in Gedanken versunken seinen etwas krummen Rücken zuwandte, und sah ihm dann dabei zu, wie er sich mit jedem Kleidungsstück, das er anzog, weiter aufrichtete und wieder dieser andere wurde, dieser grundsolide Mann, der zurück ins Büro ging und wichtige Entscheidungen traf.

Nachdem Tom gegangen war, wusch ich den Rest des Geschirrs ab und summte dazu das Lied, das er gesummt hatte. Dann setzte ich mich wieder an den Schreibtisch, um an den Listen zu arbeiten. In Wahrheit waren es keine richtigen Listen. Ich erstellte sogenannte Style-Guides für eine Modefirma, aber nachdem ich ein paarmal versucht hatte, anderen zu erklären, was ich da ganz genau machte, und alle in einer Mischung aus Langeweile und Verwirrung zusammenfassten: »Also machst du da so Listen?!«, hatte ich mich irgendwann mit der Welt darauf geeinigt, dass ich *so Listen* machte. Sogar meine Eltern nannten es so.

Die Arbeit plätscherte die meiste Zeit so vor sich hin, und ich baute mir über den Tag verteilt kleine Inseln, um für etwas Abwechslung zu sorgen. Vormittags erlaubte ich mir manchmal eine Pause und holte mir im Café gegenüber ein Croissant und einen Kaffee. Dort plauderte ich kurz mit den Inhabern und las meine Post auf der gepolsterten Bank im Fenster. Mittags aß ich zu Hause oder in dem Café zwei Straßen weiter, und am späten Nachmittag machte ich meist einen kleinen Spazierung durchs Viertel und erledigte Einkäufe. Danach arbeitete ich noch ein Stündchen, und dann hoffte ich, dass Tom und ich etwas zusammen unternahmen. Bis ein paar Wochen vor Abgabe, wenn plötzlich alles Fahrt aufnahm und ich von morgens früh den fehlenden Sachen hinterhertelefonierte und bis spät in der Nacht daran saß, unzählige Listen abzuarbeiten, letzte Änderungen vorzunehmen, und alles tat, um den Abgabetermin einzuhalten, damit alles rechtzeitig in Druck gehen konnte.

6

Mein Handy klingelte. Es war mitten in der Nacht. Ich sah auf die rot leuchtenden Ziffern auf Toms Wecker neben dem Bett, während ich im Dunkeln nach dem Telefon suchte. Zwei Uhr. Tom seufzte unzufrieden.

Ich erkannte ihre Stimme nicht gleich.

»Martha? Hier ist Stella. Entschuldige, das ist jetzt vielleicht ein wenig überraschend, aber könntest du kommen? Sofort? Mein Mann ist noch in Chicago. Meine Mutter kommt erst übermorgen aus Gran Canaria zurück, und sonst erreiche ich niemanden. Aber ich bekomme jetzt dieses Kind. Ich sitze schon im Taxi, und nun ist niemand bei den Jungs. Du musst dir keine Sorgen machen, es ist ja nur morgen den Tag über. Am Abend bin ich bestimmt mit dem Baby zu Hause. Das habe ich mit den anderen dreien auch so gemacht.«

Ich sagte ihr, dass ich mich sofort auf den Weg machen würde. Tom hatte sich aufgesetzt und das Licht angemacht.

»Der Schlüssel ist unter dem großen Buchsbaumtopf. Du nimmst am besten ein Taxi«, sagte Stella, dann hatte sie aufgelegt.

Tom sah mich an. »Wer war da?«

»Diese Stella«, flüsterte ich. »Ihr Baby kommt«, versuchte ich ihm zu erklären.

»Ah.«

»Sie fährt gerade ins Krankenhaus, und niemand ist bei den anderen Kindern. Ich muss zu ihnen.«

»Nachdem ihr euch ein Mal getroffen habt?«, fasste Tom die Fakten zusammen. »Eigenartig.«

Ich zuckte mit den Schultern und zog mich an.

Tom konnte mit einem einzigen »eigenartig« Dinge sagen, für die die meisten Menschen deutlich mehr Worte benötigten. Ihm schien es völlig unverständlich zu sein, dass zwei Menschen, die sich eigentlich überhaupt nicht kannten, sich plötzlich so viel Vertrauen schenkten, und sei es nur, dass dies aus einer Notsituation heraus geschah. Ich hatte das Gefühl, dass er der Meinung war, Stella hätte für so einen Fall einen besseren Plan haben müssen. Einen, bei dem sie nicht auf die Hilfe einer ihr mehr oder weniger Fremden angewiesen wäre.

Nachdem ich leise die Tür aufgeschlossen und sie wieder vorsichtig hinter mir zugemacht hatte, zog ich meine Stiefel aus und ging langsam in den Flur, um mich zu orientieren. Ich blieb einen Moment lang stehen und horchte, ob eins der Kinder wach war, hörte aber nur den Kühlschrank in der Küche brummen und das Ticken einer Uhr. Mir fiel auf, wie gut es roch, das hatte ich tagsüber gar nicht so wahrgenommen. Man roch nicht die Spur von Essen, Kleidern oder Schuhen, von irgendetwas, das an die Menschen erinnert hätte, die hier leben. Es roch eher wie in einem Spa. Ich ging ins Wohnzimmer und sah mich im Dunkeln um, sah mir die silber gerahmten Fotos auf der Kommode an und wartete darauf, dass etwas passierte, horchte noch einmal, aber alles blieb still.

Ich wachte schließlich davon auf, dass drei kleine Menschen in identisch gemusterten Schlafanzügen vor dem Sofa standen, auf dem ich lag, und mich anstarrten. Ich blinzelte gegen die Sonnenstrahlen, die durch das große Panoramafenster zum Garten hereinfielen, und bemerkte, wie Oskar seine Brüder an die Hand nahm und näher an sich heranzog, während er mich einfach weiter stumm beäugte. Nippon hielt einen schon ziemlich verlebten Stofftieraffen im Arm, und Beppi hatte jemand den Reißverschluss seines Schlafsacks unten ein Stück aufgemacht, damit er die Füße aus dem Loch stecken und gehen konnte. Die drei schienen nun darauf zu warten, dass irgendetwas geschah. Aber ich fühlte mich durch ihre Blicke wie gelähmt.

»Mami?!«, sagte Beppi schließlich.

»Woisunsremami???!!!!«, übersetzte Nippon und schmückte es mit sehr vielen Frage- und Ausrufezeichen aus. Seine Stimme zitterte gefährlich.

Oskar zog an seiner Hand und flüsterte ihm ins Ohr, dass er ihm doch schon erklärt hätte, dass die Mama jetzt das neue Baby bekam.

»Jetzt geht es mit dem Kennenlernen etwas schneller los als gedacht, nicht wahr?«, übte ich mich in Konversation.

Sie starrten mich weiter an.

»Habt ihr Hunger? Was soll ich euch zum Frühstück machen?«

»Kuchen«, erklärte Nippon.

»Das ist ein Test, oder?«

»Ich will Kuchen«, wiederholte er.

»Schlag was anderes vor, das du magst«, versuchte ich.

»Kekse!«

Wir saßen in der Küche und aßen einen Marmorkuchen, den ich in der Speisekammer gefunden hatte, direkt aus der Aroma-Safe-Folienverpackung. Währendessen schauten wir uns eine Zeichentrickserie namens *Bummi* an, in der es um ein paar Tiere ging, die offenbar in einer Art SOS-Kinderdorf lebten. Anders konnte ich mir nicht erklären, warum zwei Bären, ein Elefant, ein Löwe, eine Giraffe und ein Affe bei einer älteren alleinstehenden Hasenfrau wohnten. Nippon schien zufrieden, während Beppis Aufmerksamkeit derart von Bummi und seinen Freunden in Anspruch genommen wurde, dass er nicht gleichzeitg essen und gucken konnte. Seine Hand mit dem Kuchen hing auf dem Weg zu seinem Mund einfach in der Luft wie in einem Standbild, das hin und wieder leicht zuckte. Aus seinem Mundwinkel tropfte Speichel. Oskar dagegen sah nur hin und wieder aus dem Augenwinkel auf das iPad, und von dem Kuchen aß er zwar, machte dazu aber ein Gesicht, als ob er ihn auch jederzeit ganz plötzlich fallen lassen könnte, um sich im Notfall von uns und dieser Sache kategorisch zu distanzieren.

»Was wollt ihr denn jetzt machen?«, fragte ich die drei.

Oskar sah mich an: »Wenn du dich mit Kindern noch nicht so gut auskennst, sollten wir vielleicht zuerst einmal nur auf den Spielplatz hier in der Nähe gehen. Da kennen wir uns aus und sind schon bekannt.«

Er ist ein Genie, dachte ich und sagte ihm, dass das sicher eine vernünftige Idee sei.

»Der ist auch eingezäunt«, fügte er hinzu. Ich nickte.

Und um zwölf Uhr gäbe es immer Mittagessen bei ihnen, erklärte er mir und schob etwas skeptisch die Frage hinterher, ob ich Mittagessen für Kinder könne.

Ich zeigte auf die Reste des Kuchens.

»Du meinst, weil ich schon Frühstück für Kinder nicht kann?«

Er zuckte nur mit den Schultern.

7

Mit einer riesigen Tasche voller Dinge, die Oskar mir diktiert hatte, schoben wir schließlich zum Spielplatz los. Auf dem Weg konnte ich kaum den Gesängen von Nippon (»Ein Freund, ein guuuuuter Freeeeund …«) und erstaunlichen Erläuterungen von Oskar (»Ich mag Tiere. Sehr. Aber wir haben keine eigenen Haustiere, weil die ja sehr viel Pflege brauchen, und mein Vater sagt, dass Kinder sich am Ende doch nie um die Tiere kümmern. Das sei ein Fakt, dass dann alles die Eltern machen müssen, und das sähe er nicht ein«) folgen, weil ich begann, mir Sorgen zu machen. Über meine neuen Aufgaben, über die Verantwortung. Man konnte sich an diese Welt zwar scheinbar in gemächlichem Tempo gewöhnen, als sei man in einer Art Schleuse, denn allein der Weg zum Spielplatz dauerte fast eine Stunde, weil Oskar und Nippon sich alles, was ihnen begegnete, ganz genau ansahen, und es dann noch Beppi zeigen mussten – der Gerechtigkeit wegen, wie Oskar betonte. So konnte ich, während ich Nippons Schnürsenkel zum dritten Mal zuband, in Ruhe den alten Damen im Hochparterre bei der Morgengymnastik zusehen, die sie vor dem flimmernden Fernsehapparat machten, und las aus Langeweile Klingelschilder, um dabei erstaunt festzustellen, dass sich über Neumann und Eickdorff einmal Meier mit ei, einmal mit ay sowie eine *Prinzen-* und eine *Markgrafen-Suite* befanden: ein Puff auf dem Weg zum Spielplatz. Mit Kindern sieht man die Welt tatsächlich mit ganz neuen Augen.

Aber wenn ein eigentlich so kurzer Spaziergang durch das Viertel schon so viele Dinge offenbarte, von denen ich nichts geahnt hätte, wie sollte das nur weitergehen, dachte ich. Und natürlich gab es unzählige Dinge in der Welt der Jungs, von denen ich keine Ahnung hatte.

»Da können wir nicht sitzen«, sagte Oskar erschrocken, als ich mich auf die Steinstufen direkt an der großen Sandkiste setzen wollte. Er flüsterte es und hielt mich höflich, aber auf diese bestimmte Art zurück, die man sonst nur von Polizisten oder Mitarbeitern von Sicherheitsfirmen kannte.

»Warum nicht?«, flüsterte ich zurück.

»Hier sitzen doch die Mütter mit den Kaffeebechern«, entgegnete er, offenbar fassungslos darüber, dass ich auch das nicht wusste.

Ich dachte nach.

»Würde es helfen, wenn ich mir drüben im Café einen Kaffee kaufen gehe?«

Er wand sich.

»Nur echte Mütter natürlich«, erklärte Nippon.

»Ist eure Mutter eine von den Kaffeebecher-Müttern?«

Beide nickten zufrieden.

Wer dort drüben sitze, fragte ich und zeigte in eine andere Ecke.

»Die Kita-Leute.«

»Und wo sitzen Leute wie ich?«

Er verlor die Geduld: »Na, auf der Babysitter-Bank.«

Sie zeigten auf eine deutlich weniger attraktive Bank

auf der anderen Seite der Sandkiste. Dahinten gibt es bestimmt Ratten, dachte ich, schob aber schweigend die Karre in die Richtung, in die ihre Finger gezeigt hatten.

Um die Sandkiste fuhr ein Mädchen im Grundschulalter Einrad. Sie trug einen blauen Mantel mit zwei Knopfreihen, eine Haarsträhne war mit einer blassrosa Schleife hochgesteckt, was der Szene einen gewissen Zwanzigerjahre-Charme verlieh. Hin und wieder hielt sie an der Tischtennisplatte an, um sich in einem kleinen Heft Notizen zu machen, als arbeite sie an ihrem ersten Roman oder als Meisterdetektivin.

Ich setzte mich nach einer Weile statt auf die mir zugewiesene Bank in die Sandkiste, was für Oskar scheinbar in Ordnung war, und lächelte ein paar Müttern zu. In stummer Eintracht backte ich mit Beppi Sandkuchen, die er in dem Moment, als ich das Förmchen umdrehte, auch schon mit der Hand zerdrückte.

»Ich sage es dir, *ein* Kind ist kein Kind. Zwei sind die Hölle. Bei drei oder vier wird es dann nicht mehr so viel schlimmer, sagt jedenfalls meine Schwägerin«, erklärte die eine Mutter der anderen, die bedeutungsschwer nickte.

»Mein Mann und ich trinken jetzt jeden Abend eine Flasche Wein, manchmal auch Gin Tonic. Danach fallen wir wie Steine ins Bett. Frag mich nicht, wann wir das letzte Mal so was wie Sex hatten. Ich könnte das Geld fürs Waxing auch sparen, lohnt eh nicht.«

Die erste lachte.

»Meine Freundin Carla sagt immer: ›Resignieren ist das neue Erwachsenwerden.‹«

Jetzt lachten sie beide.

Oskar kam zu mir.

»Du musst mit Nippon schimpfen. Er schmeißt schon wieder mit Sand auf Eliza.«

Ich stand auf und folgte Oskar.

»Warum macht er das?«

»Weil sie ihn liebt.«

Er verdrehte die Augen, während er das sagte.

Eliza stand stoisch vor Nippon und schmachtete ihn unvermindert an, obwohl er im Begriff war, die nächste mit Sand gefüllte Faust in ihre Richtung zu schleudern. Als er gerade ausholte, griff ich nach seiner Hand, hielt sie über seinem Kopf fest und zog ihn daran ein wenig hoch, sodass er mit den Beinen in der Luft baumelte. Er schaute erstaunt nach oben. Ich schüttelte mit dem Kopf.

»Die ist aber doof.«

Ich schüttelte noch mal den Kopf.

Nachdem ich ihn wieder abgesetzt hatte, lief Nippon zu den Rutschen, während ich Eliza Sand aus dem Haar klaubte und mich für Nippon entschuldigte. Als ich mit Oskar zu unserer Bank ging, stellte er fest: »Jungs und Mädchen sind komisch. Sie scheinen überhaupt nicht zusammenzupassen.«

Am Nachmittag sind wir noch einmal auf den Spielplatz gegangen. Das sei, gab Oskar zu, zwar etwas langweilig, sicher, aber dafür bestimmt ein solider Entschluss und für den Anfang genau das Richtige.

Diesmal saßen zwei ältere Damen auf einer der Bänke, von denen ich am Morgen noch nicht herausgefunden hatte, wem sie gehörten. Ich setzte mich wieder auf die

Babysitter-Bank, und sie nickten mir zu. Sehr huldvoll. Das gefiel mir. Ich mochte es, wenn Beziehungen erst mal einen gewissen Abstand behielten, nicht alles sofort sein Geheimnis verlor.

Mit Tom war es auch immer ein wenig so gewesen. Als würden wir nicht die gleiche Muttersprache sprechen, als würden wir uns vielmehr siezen. Da war eine gewisse Distanz, die nie ganz verschwand, die sich aber wie etwas Besonderes anfühlte. So als nehme er alle Worte, die er an mich richtete, sorgsam wie ein Juwelier mit weißen Handschuhen aus einer samtverkleideten Schatulle, hielte sie für einen Moment in die Höhe, betrachtete die ausgewählte Kostbarkeit und präsentierte sie dann mit vornehmer Zurückhaltung. In etwa der Geschwindigkeit sprach er auch. Vorsichtig nehmen, greifen, heben, betrachten, genauso vorsichtig ablegen.

Er war nicht einer dieser Typen, von denen man nach drei Wochen bereits die hundert besten Storys kannte, zu denen sie die Kommentare gleich selbst mitlieferten: »Du bist voll gestört, sagen meine Freunde immer.« Er war keiner von denen, bei denen das selbstgewisse Grinsen über den eigenen Witz schon anfing, bevor die immer gleiche Pointe überhaupt ausgesprochen war. Ich hatte das Gefühl, auch in fünfzig Jahren immer noch etwas Neues über ihn erfahren zu können.

Die meisten Dinge und Menschen schafften es nicht, vor seinen strengen Auswahlkriterien zu bestehen, alle und alles um ihn herum wurde kritisch beurteilt. Und wenn jemand so vieles nicht mochte, fühlt es sich fast zwangsläufig erlesen an, wenn er einen auswählt.

Ein türkischer Junge, elf oder zwölf, versuchte ein paar kleineren Kindern etwas von seinem improvisierten Flohmarktstand zu verkaufen, und ich konnte die höflich lächelnden Mütter ihren Kinder zuflüstern hören: »Wir kaufen nichts, Casimir, ich habe auch gar kein Geld dabei«, und: »Du brauchst ja auch gar nichts, Lilly.« Die Blicke der Kinder verrieten, dass sie sich nach dem bunten Plastikschwert verzehrten, ganz egal, dass es schon lange nicht mehr funktionierte, weil das Batteriefach rausgebrochen war, und dass sie gerne eine der angegrabbelten Sammelkarten mit Glitzeraufdruck hätten, die der Junge anbot. Ich ging schließlich zu ihm und kaufte ihm drei Murmeln für den wahrscheinlich ungeheuren Wucherpreis von 1,50 Euro ab und schenkte sie den Jungen.

Dann schaukelte ich mit Beppi und merkte plötzlich, wie unfassbar müde ich war. Mich überkam die Gewissheit, dass ich keinesfalls die Richtige war für diesen Job. Dass meine Schwester recht gehabt hatte, als sie am Telefon ihr ungläubiges »KINDERMÄDCHEN??!« fast geschrien und dann eine Weile gar nichts mehr gesagt hatte.

Das war alles nur passiert, weil Tom weggefahren war, ohne mir Bescheid zu sagen. Nur deshalb hatte ich mich auf diesen Unsinn eingelassen, und am Ende würde er natürlich auch noch recht behalten damit, dass ich keinen neuen Job brauchte, weil ich ja bereits einen hatte.

Während wir nach Hause schoben, schwieg ich, genau wie die Jungen. Beppi summte in der Karre vor sich hin, und die beiden Großen gingen auf eine eigenartig kantige Art, als seien sie ferngesteuerte Roboter. Ich überlegte mir verschiedene, möglichst plausible Argumente, um Stella zu erklären, warum ich nun doch nicht ihr neues Kindermädchen sein konnte. Ich wusste nicht, warum ich plötzlich allen Mut verloren hatte und stattdessen nur noch dachte, dass es verrückt war und dass Erzieher sicher nicht ohne Grund ein Lehrberuf war, von dem ich nur leider keine Ahnung hatte. Ich war nicht darauf vorbereitet gewesen, wie anstrengend es werden würde. Kinderbetreuung war ein Job wie Feuerwehrmann: Im Grunde passiert die meiste Zeit gar nichts, aber gleichzeitig muss man ununterbrochen aufpassen und irgendetwas tun, um den Tag herumzubekommen. Und ich kannte keine pädagogisch wertvollen Spiele, mit denen Kinder im Idealfall spielerisch etwas über und für das Leben lernten, und hatte bis heute Vormittag keine Ahnung von PEKiP, Schlaftraining und Quetschis gehabt.

Mein Handy klingelte. Es war Stella. Ich erklärte ihr, dass wir auch gleich zu Hause wären.

»Oh«, antwortete sie, »meine kleinen Jungen, wie sehr ich sie schon vermisse.«

Ihre Stimme hatte etwas Müdes, Sehnsüchtiges, und dann sagte sie, dass die Ärzte wollen, dass sie mit Polyxena noch im Krankenhaus bliebe, zur Sicherheit, weil sie etwas schlecht atme, nichts Schlimmes wahrscheinlich.

Im ersten Moment wollte ich fragen, wer Polyxena sei, bis ich verstand, dass sie natürlich das Baby meinte. Es war eigenartig, wie sie von diesem erst wenige Stunden alten Kind sprach, als sei es schon immer da gewesen. Sie schien keinen Zweifel daran zu haben, dass es sich bei diesem neuen Menschen um eine Polyxena und nicht etwa um eine Lotte-Sophie handelte, und das beeindruckte mich.

Nur sei es so, dass ihr Mann und ihre Mutter immer noch nicht zurück seien, fuhr Stella fort.

»Das ist kein Problem«, unterbrach ich sie, bevor sie den Satz zu Ende gesprochen hatte. Ich könne durchaus noch eine Nacht bleiben, sie solle sich keine Sorgen machen. Dann gab ich den Jungs reihum das Handy, und sie telefonierten in einem wortlosen Nicken und Atmen mit ihr, bis Oskar schließlich »Wir dich auch« sagte und mir das Telefon zurückgab. Ich hielt es an mein Ohr, aber Stella hatte aufgelegt.

Dann sage ich ihr eben morgen, dass ich nicht die Richtige für das alles bin, dachte ich. Eine Nacht und einen Tag, das bekomme ich schon noch hin.

Nachts wachte ich von einem kläglichen Wimmern auf und brauchte einen Moment, um mich in dem fremden Haus im Dunkeln zu orientieren und zu erkennen, dass das Jammern aus Nippons Zimmer kam. Ich öffnete die Tür und machte das Licht an. Er saß im Bett und sah mich blinzelnd an.

»Geht's dir nicht gut?«, fragte ich.

Er nickte.

»Soll ich dir einen Eimer holen gehen?«

Er schüttelte panisch mit dem Kopf. Ohne nachzudenken, lief ich zu ihm, griff mit beiden Händen den Bund meines Pullovers und zog ihn zu einer Kuhle nach vorne, in die sich Nippon im nächsten Moment auch schon erbrach. Was für ein erstaunlicher Schwall für einen so kleinen Menschen, dachte ich anerkennend, dann kam auch schon mit einem Würgen der nächste.

Er weinte.

»Alles voll!«

»Alles gut, alles ist gut, ist ja gar nicht schlimm«, flüsterte ich ihm zu.

Ich griff mit einem Arm nach ihm und zog ihn hoch auf meine Hüfte, während ich mit der anderen Hand mein wabbeliges Stoff-Auffangbecken jonglierte. Im Badezimmer stellte ich Nippon in die Wanne, kippte die Kotze ins Klo und zog mir vorsichtig den Pullover und Nippon anschließend seinen Schlafanzug aus. Er zitterte und machte jämmerliche Geräusche, ließ sich aber geduldig die Kotze-Bröckchen abduschen. Halbverdaute Fischstäbchen in einem Brei aus Kuchen und Galle. Ich redete leise mit ihm, zählte ihm alle Tiere auf, die ich gerne mochte, und erzählte ihm, dass bald schon Sommer sei, dass man dann immer barfuß laufen könne und dass das doch die beste Sache der Welt sei. Nippons Gesicht hatte immer noch eine kalkweiß-grüne Marmorierung, und das unkontrollierte Schlottern seiner Gliedmaßen nahm erst etwas ab, als ich ihm warmes Wasser einlaufen ließ und er sich vorsichtig hineinsetzte und die Schaumkronen mit der Hand flach drückte. Ich zog mir einen der wirklich unvorstellbar weichen Bademäntel an, die an einem Haken hinter der Tür hingen, und setzte mich auf den Badewannenrand.

»Ich mag Otter, Elefanten und den Herbst«, erklärte er mir schließlich mit leiser Stimme.

Ich nickte anerkennend.

»Otter. Gute Wahl! Und der Herbst ist auf jeden Fall meine zweitliebste Jahreszeit.«

Abgetrocknet und mit einem frischen Schlafanzug an legte ich ihn zurück in sein Bett, zeigte ihm den Eimer, den ich zur Sicherheit danebengestellt hatte, und hockte mich neben ihn. Ich nahm seine Hand und drückte sie. Als ich aufstehen wollte, sagte er: »Jemand muss bei mir bleiben.«

»Soll ich Oskar holen?«

Er schüttelte den Kopf.

»Du!«

Also legte ich mich mit angezogenen Beinen neben ihn. Und während ich ihn fest im Arm hielt, summte ich »In dem Wald, da steht ein Haus, guckt ein Reh zum Fenster raus …« Immer wieder, bis er schließlich eingeschlafen war. Ich sollte mir ein Liederbuch zulegen, dachte ich, roch an seinem Haar und nickte schließlich auch ein. Er seufzte im Schlaf, und ich flüsterte ihm zu: »Ich bin bei dir. Ich bleibe hier. Bald geht es dir wieder gut.«

Sobald sich meine Umarmung lockerte, zuckte er im Schlaf, und seine Hand schob meine sofort wieder zurück an die richtige Stelle. Und nach einem Moment der Anspannung beruhigte er sich wieder.

Als ich am nächsten Morgen aufwachte, wusste ich, dass ich niemandem von meinen Zweifeln erzählen würde. Ich würde es probieren. Anna würde später fragen, ob es sich beim *Von-kleinen-Kindern-bekotzt-Werden* womöglich um eine Art frisch entdeckten Fetisch handelte und ich mich deshalb entschlossen hatte, weiterzumachen. Aber ich wusste, dass sie trotz allen Spotts natürlich auch verstanden hatte, worum es in Wahrheit ging. Um Dinge, für die es keine Worte gab, außer denen vielleicht, die in etwas eigenartig Kitschiges abzurutschen drohten.

8

Seit Polyxena auf der Welt war, schien Stella gar keinen Schlaf mehr zu finden. Sie blieb in einem eigenartigen Dämmerzustand, wie eine auf dem Herd vor sich hin simmernde Hühnersuppe. Mir wurde von Tag zu Tag deutlicher, warum Schlafentzug eine derart erfolgreiche Foltermethode ist. Ihr schien das bewusst zu sein, denn eines Tages erklärte sie mir aus dem Nichts: »Weißt du, viele Leute kaufen sich Klamotten, damit die ihnen schmeicheln. Das war bei mir nie so. Früher habe ich den Klamotten geschmeichelt. Jedem Kleidungsstück. Das ist heute kaum noch zu glauben, nicht wahr?«

Ich lächelte nur. Für mich war sie immer noch einer der schönsten Menschen, die ich je aus nächster Nähe gesehen hatte, aber nach weiteren drei Wochen war sie tatsächlich so durchscheinend, dass ich sie manchmal übersah, selbst wenn wir in demselben Zimmer waren. Ich bemerkte oft erst nach einer Weile, dass sie auf einem Sessel in der Ecke saß, von dem aus sie uns freundlich, aber abwesend zulächelte, während sie Polly stillte.

Wenn sie mich ansprach, war es immer, als hätte sie sich schon eine Weile vorher unterhalten, nur offensichtlich nicht mit mir. Das meiste war für mich vollkommen aus dem Zusammenhang gerissen. Als befinde sie sich in einem fortlaufenden Diskurs, in den ich nur rein zufällig hineingeraten war, ein paar Fetzen aufschnappte und dann wieder fortgespült wurde. Ihre Themen waren immer gleichermaßen interessant wie überraschend. Manchmal sagte sie Dinge wie: »Ich kann mich noch genau daran erinnern, als es das erste Mal Brokkoli bei uns zu Hause gab. Meine Mutter sprach es immer Brok-koli aus. Nicht Bro-koli. Ich denke, Bro-koli klingt wahrscheinlicher. Oder? Jedenfalls weiß ich bis heute nicht, wie man es richtig ausspricht, darum würde ich es auch niemals extra im Restaurant bestellen. Damals erschien Brokkoli uns allen jedenfalls wirklich ungeheuer exotisch. Und nun gibt es in jedem Supermarkt Büffelmozzarella. Büffelmozzarella! Das ist doch wirklich verrückt, nicht?!« Wenn sie sprach, tat sie das meistens in dieser unwirklich flüsternen Tonlage. »Ich kann nicht im Hellem schlafen, weil ich sonst meine Träume zu undeutlich sehe, wie im Kino, wenn einer die Tür aufmacht.« Und dazu lächelte sie, als schliefe sie im nächsten Moment ein.

Nur wenn sie von ihrem Leben vor den Kindern erzählte, wechselte sie in einen mädchenhafteren, glucksenden Tonfall. Dann hörte es sich an, als bewege sie beim Sprechen drei Bonbons gleichzeitig im Mund hin und her und müsse aufpassen, die Spucke zwischendurch noch rechtzeitig runterzuschlucken.

Stella stammte aus einer alten ostpreußischen Familie, die im Zweiten Weltkrieg ein großes Gut und ein anderes Leben hinter sich lassen musste. Sie kannte dieses andere Leben nur noch aus Geschichten, aber ihre Erziehung war darauf ausgerichtet gewesen, dass eine Rückkehr jederzeit möglich gewesen wäre. In kaum wahrnehmbaren Gesten, wie sie Dinge tat oder »Ach, die ist immer so schrecklich vortrefflich« sagte, verriet sie sich. Alles an ihr hatte etwas Elegantes, jede ihrer Bewegungen. Auch wenn sie mit ihrer elegischen, heiteren Art, dem wilderen Leben früher und der extravaganten Kleidung scheinbar davon abzulenken versuchte. Auch den Namen ihres Mannes hatte sie erst gar nicht angenommen, so als könne man sowieso niemals wirklich jemand anders werden, als man eben war.

Stella war Modell gewesen. Früher, als man es noch mit zwei l schrieb und es wie *La Tour Eiffel* und nicht nach amerikanischer Castingshow klang. Danach hatte sie eine Zeit lang als Fotografin gearbeitet, und dann hatte sie eine Ausbildung zur Yogalehrerin angefangen, die sie nie beendet hatte, weil sie den Vater der Kinder kennenlernte. Nun nahm sie nur noch gelegentlich ein paar Model-Jobs an. Sie hatte lange graue Haare, die ihrem makellos mädchenhaften Gesicht eine irritierende Wirkung gaben, die offenbar perfekt war für Werbekampagnen und Fotostrecken, in denen Leuten versprochen wird, dass man im Alter so aussehen könne, wenn man nur ein bestimmtes Produkt verwende und die richtige Einstellung hätte. Stella lachte darüber, dass sie heute begehrter und erfolgreicher war, als sie es als junges Mädchen gewesen war, aber sie nahm sowieso nur hin und wieder überhaupt noch einen Job an, und nachdem sie mit Polly schwanger geworden war, war es ihr auch lästig geworden, sagte sie.

9

»Mögt ihr Eis?«

Oskar sah mich kopfschüttelnd an.

»Also, du hast wirklich ulkig wenig Ahnung von Kindern.«

Ich schlug ihnen vor, Anna in der Eisdiele zu besuchen.

Anna freute sich, dass wir für etwas Abwechslung sorgten, und redete ununterbrochen, während sie Eiskugeln in Becher stapelte, mit Streuseln verzierte und uns zufrieden hinhielt. Sie zählte uns dabei die jeweiligen Vorzüge der Typen auf, mit denen sie sich gerade traf (muskulös / schlau / reizend), und verriet uns, dass Männer, die man über das Internet kennenlernte, alle erstaunlich klein seien, als würden sie beim Schritt von der virtuellen in die reale Welt schrumpfen.

Oskar und Nippon starrten sie mit offenen Mündern an.

»Und mein alter Freund Peter hat womöglich recht, wenn er immer sagt: ›Anna, in dieser Stadt gibt es doch wirklich so gut wie keine Hetero-Männer, wo kommen bloß die ganzen Babys her?‹«

Ich zeigte auf die Köpfe der Jungen, um ihr zu signalisieren, dass sie ihre Themenwahl eventuell dem Alter ihrer Zuhörer anpassen könnte. Aber das ignorierte Anna, beugte sich stattdessen vor und flüsterte uns zu, während sie auf einen Typen zeigte, der im verwegenen Wildwest-Outift und passenden Cowboy-Boots vorbeiging:

»Wenn man es genau betrachtet, ist der Mensch doch eine einzige Bild-Text-Schere.« Anna betonte dabei nicht das *der*, sondern das *Mensch*. Sie war niemand, der sich über andere Leute lustig machte. *Pars pro toto*, sagte sie oft, *pars pro toto*, und meinte, der Einzelne stünde immer auch für das Große und Ganze, die Gesellschaft, wenn man so wollte. Und dieser etwas angeschlagene Möchtegern-Cowboy war in den Augen seiner Betrachter so ziemlich das genaue Gegenteil von dem, wie er sich wahrscheinlich selbst gerne sah: verwegener Großstadt-Cowboy.

»Erklärte und tatsächliche Wirkung stimmen einfach nicht überein«, erklärte sie.

Ich nahm die Becher und gab sie den Jungen. Oskar löffelte etwas verhalten und schielte zu mir hoch, als wartete er auf etwas.

»Müssen wir nicht bezahlen?«, flüsterte er schließlich.

Anna lachte.

»Ach, bezahlen, am Arsch!«

Oskar gluckste vor Erstaunen.

»Du kennst lustige Leute.«

Sie schimpfte nicht nur aus reinem Enthusiasmus. Anna schrieb an einer Dissertation über »Die Euphonie des Pöbelns in der deutschen Großstadt«. Jedenfalls behauptete sie das. Bei ihr wusste man nie ganz genau. Außer, dass sie sich zurzeit nach eigenen Angaben in der »Queneau'schen Zazie-Phase« befand.

Anna ist die einzige Frau, die ich kenne, die pöbelt, als sei sie in einem sozialen Brennpunkt groß geworden, obwohl das wirklich kein bisschen zutrifft. Sie ist auch auf einem Internat gewesen, irgendwo in Süddeutschland, und hat danach Germanistik und Kunstgeschichte studiert. Sie findet es einfach schick, zu reden, als stamme sie von englischen *Travellern* ab und sei mit sechzehn mit einem ihrer Cousins verheiratet worden, mit dem sie nun in einem Camper im Garten ihrer Schwiegereltern lebt und sich hin und wieder mit Mitgliedern verfeindeter Clans prügelt.

Möglicherweise würden wir uns heute auch nicht mehr anfreunden, weil zwei Menschen nicht sehr viel unterschiedlicher sein können als wir. Ich hätte sie mir auch damals wahrscheinlich nicht selber ausgesucht. Sie war die erste feste Freundin meines großen Bruders, und nachdem das mit den beiden zu Ende war (»Die ist verrückt« / »Er ist einfach unreif«), habe ich sie gewissermaßen von ihm geerbt. Und weil wir uns so lange kennen, sind wir eben Freundinnen. Sie ist auch noch immer meine Freundin, obwohl sie es unfassbar beknackt findet, dass ich mit einem Typen zusammen war, der nie irgendwo mit hinkam und den sie, so abwegig das auch schien, noch nie getroffen hatte.

Ich fragte sie, was es Neues gäbe, neben Mark / muskulös, Daniel / schlau und Sebastian / reizend.

»Nicht viel. Ich muss nächstes Wochenende mal nach Hause. Meine Mutter aufheitern. Sie leidet zurzeit wieder unter der Vorstellung, dass mein Vater, sollte er rein hypothetisch von einer, also seiner rein theoretisch tödlichen Erkrankung erfahren, dass das Einzige, woran er dann ihrer Meinung nach noch denken würde, das Angeln wäre. Dass er sich dann einfach die letzten Wochen an den See stellen würde, um Fische zu fangen, und nicht die Zeit mit ihr und der Familie verbringen will. Diese Vorstellung macht sie wahnsinnig. Dabei ist er kerngesund«, sie lachte. »Und? Wie schmeckt euch das Eis?«

»Interessant«, blieb Oskar diplomatisch ungenau, während sein Bruder mit einem »Viel zu gesund« sein Missfallen kundtat.

10

Nippon zerrte den Beutel mit den Schaufeln und Förmchen in die Sandkiste und winkte mir, ich solle kommen. Er winkte stürmisch, aber darin war nichts Freches oder Forderndes, man hatte stattdessen eher das Gefühl, in seinem Winken läge immer ein verborgenes *bitte.* Ich nahm Beppi an die Hand und ging mit ihm zu Nippon, während Oskar uns erklärte, er hätte etwas am Klettergerüst zu erledigen, und abschwirrte.

An wie vielen Spielplätzen man schon vorbeigefahren war, ohne genau hinzusehen, dachte ich nun oft. Ich hatte sie immer nur als wimmelnde Gesamtbilder wahrgenommen, wo eins dem anderen glich. Hier sah ich zum ersten Mal genauer hin, weil ich viel Zeit hatte, während ich auf Oskar und seine Brüder aufpasste und ihnen dabei zusah, wie sie sich mit zwei anderen Jungen über Stöcker unterhielten, wobei das Fachgespräch eher daraus bestand, den anderen stumm seine Stöcke hinzuhalten und die Gegenseite anerkennend nicken zu lassen.

Die Begegnung mit den beiden älteren Damen hatte sich noch drei oder vier Mal mit freundlichem Nicken wieder holt, bis sie mir schließlich zuwinkten, ich solle doch mal zu ihnen kommen.

Sie stellten fest, dass ich jetzt wohl die drei Jungen in der Betreuung hätte. Ich nickte.

Ob das Baby denn schon da sei?

»Seit ein paar Wochen.«

Sie bedeuteten mir, mich zu ihnen zu setzen.

Ilse und Hildegard waren Cousinen und seit über vierzig Jahren im »Kinderfräulein-Geschäft«. Die eine war damals »wegen dem, was man heutzutage so Liebe nennt«, hierhergekommen, und die andere wegen der einen. Der erste Mann von Ilse war längst tot, aber da gab es einen »Bekannten«, der von den beiden nur Herr Emge genannt wurde. Ich fand nie mit letzter Sicherheit heraus, wessen Freund er denn nun wirklich war, und ging daher davon aus, dass sie ihn sich womöglich teilten.

Die ersten Kinder, die die beiden betreut hatten, befanden sich inzwischen in der Midlife-Crisis, verloren Haare, bekamen Bäuche, ließen sich scheiden. Aber sie brachten ihre eigenen Kinder zu den Cousinen, was der Grund dafür war, dass sie hier noch immer saßen. Jedes Jahr schworen sie sich, »die Blagen an wen anders abzugeben – aber an wen?«. Sie fanden »diese modernen Mütter« so grauenhaft, dass sie überzeugt waren, dass jedes Kind, das für ein paar Stunden vor seinen Eltern gerettet werden konnte, ein glückliches war, und im Grunde liebten sie ihre Arbeit.

Dabei taten sie nicht viel. Ihre einzig erkennbare Devise lautete: »Bringt euch hier nicht um«, mit der Betonung auf *hier*. Die meiste Zeit verbrachten die beiden damit, das Tagesgeschehen zu kommentieren. In der logischen Reihenfolge, die auch regionale Radiosender gern als Werbeslogan ihrer Nachrichtenblöcke benutzen: »Das Wichtigste von hier – und dem Rest der Welt.« Stoff gab es genug.

Sie kannten jeden auf dem Spielplatz, wussten, wer neu war, wer mit wem konnte und wer mit wem nicht, wessen Kind wie schlecht erzogen war und wo es in der Ehe kriselte: »Das siehst du immer zuerst an den Lütten. Glaub mir. Ich sage dir das neun Monate im Voraus, wenn was zu Ende geht. Habe mich noch nie geirrt.« Sie hatten zu allem eine Meinung, weil sie natürlich schon alles gesehen hatten – und zwar mehrmals.

Ich saß gerne bei ihnen. Nicht nur, weil ich ja tatsächlich nicht zu den Müttern gehörte, sondern auch weil ich noch nie jemanden getroffen hatte, der so viel nörgeln konnte wie die beiden und trotzdem so nett war. Meist saß ich auf der Banklehne und hörte ihnen zu, obwohl sie es nicht gerne sahen, dass ich mit meinen Schuhen auf der Sitzfläche stand: »Vorbildfunktion ist das Stichwort!«

11

Nachdem wir auf dem Spielplatz eine gesunde Routine entwickelt hatten, schlug Oskar vor, dass wir Bestimmertage einführen sollten, damit jeder mal entscheiden konnte, was wir machten.

»Damit es interessant bleibt und gleichzeitig gerecht ist«, erklärte er mir und wollte damit offenbar für eine gewisse Struktur und Ordnung sorgen, aber zugleich unseren Radius erweitern, da der Spielplatz ihn zusehends langweilte.

Der erste Bestimmertag gehörte Nippon und führte uns in den Zoo, was ich für eine absolut solide Entscheidung hielt. Auf dem Nachhauseweg fragte ich ihn, welche Tiere ihm am besten gefallen hatten.

»Die gelben und die blauen Elefanten.«

Ich lachte.

»Aber Elefanten sind doch nicht blau. Die sind grau oder graubrau…«

Als ich gerade eine weitere langweilige Farbe wie Braun aufzählen wollte, begann ich mich zu schämen. Für meine unfassbare Kleinkariertheit und Phantasielosigkeit. Wie konnte es sein, dass jedes Kind wusste, dass Elefanten selbstverständlich blau und gelb sein konnten, und ich das offenbar im Laufe des Erwachsenwerdens vergessen hatte.

»… und natürlich die berühmten blauen Elefanten, die mir gerade entfallen waren.«

Er strahlte mich an.

Am Abend fragte ich Oskar, was er für seinen Bestimmertag plane.

»Was hast du immer gerne gespielt?«, fragte er.

Ich dachte nach.

»*Vater, Mutter, Kind*, glaube ich.«

»Dann spielen wir das.«

Am nächsten Tag standen die drei schon an der Tür, als ich kam. Oskar hatte einen kleinen Anzug an, den er wahrscheinlich für Taufen, Hochzeiten und Konfirmationen bekommen hatte und der aussah, als sei er maßgeschneidert, was ich für abwegig hielt, aber nicht vollkommen ausschließen wollte. Mit einem nassen Kamm hatte er sich einen ordentlichen Scheitel wie Alfalfa von den *Kleinen Strolchen* gezogen und offenbar ein Haarprodukt seines Vaters benutzt. Man sah noch ein paar weiße Schlieren am Hinterkopf.

»Oh, wie fabelhaft«, sagte er, als er mich sah, und nahm meinen Arm.

Wir gingen am Kanal spazieren. Oskar, der Vater, hatte einen Ast zum Spazierstock erklärt und stolzierte neben mir her. Die Leute drehten sich nach ihm um, wenn sie an uns vorbeigingen. Ich war die Mutter, und auch wenn es mich anfangs etwas verunsicherte, dass unser Spiel so öffentlich und nicht im Sicheren des Kinderzimmers stattfand, so war es doch auf eine eigenartige Weise behaglich.

Oskar zeigte auf das Treiben im Kanal und bestimmte

für die beiden Kleinen die Fauna, die er darin ausmachen konnte: »Stockente, Schwan, Ausflugsdampfer … Ratte, Plastiktüte …«

So flanierten wir eine Weile und fühlten uns, als seien wir eine Familie um 1900 auf ihrem Sonntagsspaziergang.

»Liebelein«, sagte Oskar nach einer Weile mit seiner sonoren Spielstimme, »magst du nun einkehren?«

Ich lachte.

Im Café bestellte Oskar mir einen Café au Lait, seinen Brüdern Kakao und sich selbst Tee. Dazu Streuselkuchen und kleine Gurkensandwichs, von denen die Ränder abgeschnitten waren, sodass nur »das hervorragend gute kissenweiche Innere« übrig blieb. Wir taten weiter so, als sei Oskar mein kleinwüchsiger Ehemann und die beiden Kleinen unsere »ach so lieben Kinderlein«, und saßen am Fenster, um auf die Straße rausschauen zu können. Oskar machte hin und wieder Konversation mit mir. Dabei imitierte er einen Tonfall, der an eine kaschubische Großmutter erinnerte, und nickte dazu hin und wieder mit ernstem Gesicht. Er sah aus wie eine maßstabsgetreue Sammelpuppe, eine drollige Miniaturausgabe von sich selbst als Erwachsener, wie er da auf dem Kaffeehausstuhl saß, mit den Beinen wippte und beim Sprechen seine Worte mit dem Finger dirigierte.

Mir war nicht klar, woran es lag, aber die Leute machten mit, niemand sagte etwas, das dieses Spiel auf unangenehm banale Weise auffliegen ließ. Sie nahmen uns in unserer Rolle der untypischen Kleinfamilie so ernst, dass ich mir nicht mal sicher war, ob sie es taten, weil sie von der Poesie dieses Kindes so entzückt waren, oder ob sie in der Flüchtigkeit des Alltags vielleicht wirklich nicht bemerkten, dass Oskar keineswegs kleinwüchsig war. Am Anfang hatte ich noch oft zu Boden geschaut, mich gefragt, was die Leute nur von uns denken mochten, und gehofft, niemanden zu treffen, den ich kannte. Aber dann tätschelte Oskar so heiter und zufrieden meine Hand, dass ich aufsah und wieder einmal feststellen musste, was für ein feiner Kerl er doch war. Als Beppi schlief und Nippon malte, blätterten wir schweigend in ein paar Zeitschriften, die im Café auslagen, und ich fragte ihn, ob er einen interessanten Artikel lese, weil ich völlig vergessen hatte, dass er noch gar nicht lesen konnte.

»Was liest du?«, fragte er mich.

»Totalen Quatsch: *10½ Ratschläge für eine erfolgreiche Ehe im 21. Jahrhundert*«, erklärte ich ihm.

»Und? Was ist denn wichtig in einer Ehe?«

»Die sagen …«

»Nein, was sagst *du*?«

Ich war überrascht.

»Ich weiß nicht. Was meinst du?«

»Dass man sich einfach alles erzählen kann, dass man keine Geheimnisse zu haben braucht. Denn Geheimnisse machen Bauchweh.«

Er sah mich an und nickte, als sei er mit seiner Antwort zufrieden.

»Und was noch?«, fragte ich ihn.

»Dass die Frau gut riecht natürlich.«

Jetzt musste er kichern.

12

Ich habe sie nicht sofort gesehen. Vielleicht habe ich sie zuallererst auch gar nicht gesehen, sondern nur gefühlt. Im Dunkeln, als Tom seinen Arm um mich schlang und ich sie aus Versehen berührte. In meiner Erinnerung sind wir uns jedenfalls schon relativ vertraut gewesen, als ich die Narbe auf Toms rechtem Arm zum ersten Mal tatsächlich sah. Ich erschrak nicht, aber vielleicht zuckte ich kurz, weil sie plötzlich da war und ich mir nicht vorstellen konnte, dass ich sie nicht schon vorher bemerkt hatte, dass er davor tatsächlich immer seinen Ärmel darüber gehabt hatte und sie mir verborgen geblieben war. Es war mehr eine große vernarbte Fläche, die sich über seinen Unterarm zog, als eine Narbe. Sie erinnerte mich an die Ausläufer von erkalteter Lava, die sich in langen Zungen den Ätna herunterschlängeln und an einer Stelle gestoppt hatten und geblieben waren.

Es dauerte ein paar Wochen, bis ich mich traute, ihn vorsichtig und mit einem unschlüssigen Zeigen danach zu fragen.

»Eine dumme Unachtsamkeit«, antwortete er nur.

Er erzählte mir nie die ganze Geschichte, es blieb bei kurzen Andeutungen, aus denen ich irgendwann schließen konnte, dass er während seiner Internatszeit einen Unfall mit Feuer gehabt haben musste, an dem offenbar jemand anders schuld gewesen war. Wer, sagte er nie. Diese Andeutungen und dass er offenbar etwas verbarg, verliehen ihm, ohne dass er es vielleicht wollte, etwas Heroisches, das er nur noch vergrößerte, je mehr er versuchte, es abzuwehren. Er vermittelte nicht den Eindruck, als könne er nicht darüber reden. Es war eigenartig, wie sehr ich diese Narbe mochte. Diese für jeden sichtbare Versehrtheit, diesen Beweis von Verletzlichkeit und das verbriefte Überstehen eines Unglücks. Die Sichtbarkeit dieser Verletzung hatte etwas Beruhigendes – denn etwas wie der Tod eines nahen Verwandten wäre so unbestimmt gewesen, etwas, das man jemandem nicht ansah, obwohl es womöglich umso größer da war. Die Narbe war real.

Wenn er schlief, strich ich manchmal ganz sacht darüber, berührte ihn dabei aber kaum, weil er sonst selbst im Schlaf zusammenzuckte.

13

Ich war mit dem müden Beppi um den Block geschoben und hatte Oskar und Nippon bei einer Gruppe älterer Nachbarjungs zurückgelassen, die vor dem Haus herumstanden und mit denen die beiden offensichtlich gerne in Kontakt treten wollten. Als ich aber mit dem schlafenden Beppi zurückkam, waren die größeren Jungs weg.

»Wo sind die anderen? Warum sitzt ihr hier allein?«, fragte ich die beiden.

»Die haben gesagt, wir sollen uns synchronisieren«, antwortete Nippon enttäuscht.

»Was haben sie gesagt?«

Nippon dachte nach, bis er vor Anstrengung seine Ohren jucken musste, aber bevor er etwas erwidern konnte, korrigierte Oskar ihn:

»Verdünnisieren. Wir sollen uns *verdünnisieren*, haben sie gesagt.«

»Verstehe«, antwortete ich.

Ich verriet ihnen nicht, dass ich früher auch oft diejenige gewesen bin, die weggeschickt wurde, wenn es spannend wurde. Ich war wie Anne von den *Fünf Freunden*, die zu Hause die Stellung halten sollte und immer alles Wichtige und Aufregende verpasste. Jedes Mal hatte ich Pläne geschmiedet für die Zeit, wenn ich endlich alt genug wäre, um zu den Großen zu gehören und selbst einen von den Kleineren wegschicken zu können. Aber dieser Zeitpunkt trat nie ein. Als es so weit war, waren die Großen längst weg, und die Kleinen machten ihr eigenes Ding. Ohne mich. Ohne es zu merken, war ich zu alt geworden für solche Sachen.

Ich setzte mich zu den beiden auf die warmen Steinstufen und zog Nippon, der gerade versuchte, mit der Zungenspitze etwas Schnodder von seiner Oberlippe zu erwischen, auf meinen Schoß. »Aber Schnupfen schmeckt ja so gut«, erklärte er immer, wenn man ihm das verbieten wollte. Ich steckte meine Nase in seinen nach Kinderschweiß duftenden Nacken. Dieser Schweiß, der wie Holz riecht, das den ganzen Tag in der Sommersonne gelegen hat. Dann schauten wir schweigend die Straße hinunter, ob nicht vielleicht jemand vorbeikäme, dem man hinterherrufen konnte, er solle sich mal besser versynchronisieren.

In diesem Moment war ich glücklich.

Ich war auch mit Tom glücklich gewesen. Wir hatten eine Zeit, in der unser gemeinsames Leben einem Tanz glich. Wenn er mir etwas erklärte und ich nur so tat, als ob ich es noch nicht verstanden hatte, nur damit er nicht aufhörte zu reden. Wenn er mich auf der Stange seines Fahrrads sitzen ließ und wir ziellos durch die Gegend fuhren. Dann schloss ich die Augen, legte meine Wange an seine Brust, und am Ziel riet ich, wo er uns hingefahren hatte. Ich war glücklich, als wir einmal im Wald spazieren gingen, uns durch stachelige Brombeersträucher am Wegrand kämpften und mit einem Korb selbstgepflückter Beeren nach Hause kamen, um daraus blutrote, blubbernde Marmelade zu kochen. Wir lachten im Kino an Stellen, an denen kein anderer lachte. Und wenn wir im Bett lagen, schmiegten sich unsere Körper so passgenau ineinander, als seien wir Legosteine. Jeder seiner Körperteile schien in eine Kuhle oder Beuge meines Körpers zu passen und umgekehrt, als hätte genau da vorher etwas gefehlt. Mit ihm fühlte es sich an, als stimme der Mythos von den Kugelmenschen, die ihre fehlende Hälfte suchen. Mit Tom war es, als täten die äußeren Ränder des Körpers nun endlich nicht mehr weh von diesem Sehnen. Mich beruhigte es auf eine globale Weise, dass er da war.

Ich würde manchmal gerne wissen, was er in diesen Momenten gedacht hat.

14

Oskar fragte mich, was wir machen würden. Ich hätte Bestimmertag. Ich antwortete, dass wir machen konnten, was sie wollten.

»Aber was willst *du* machen?«

»Ich weiß nicht.«

Er lächelte mich an.

»Ist mir egal?«, versuchte ich es erneut.

Oskar lächelte einfach weiter. Das machte mich nervös. Ich war es nicht mehr gewohnt, solche Sachen zu entscheiden, hatte mich vor einiger Zeit dafür entschieden, das anderen zu überlassen und ihnen einfach zu folgen. Sie würden schon wissen, was das Richtige war. Jedenfalls dachte ich das.

»Ich weiß es wirklich nicht … Freibad vielleicht?«

»Freibad? Freibad ist prima. Da waren wir noch nie. Aber wir mögen Freibad bestimmt.«

Und Freibad gefiel uns sofort.

Ich ging danach oft mit den Jungs in das Naturfreibad am See. Manchmal fühlt es sich rückblickend so an, als hätten wir dort tagelang am Stück gelebt. Nicht nur, weil wir bald alle Bademeister kannten: Den mit dem Drei-Punkte-Tattoo auf der Hand, der uns immer vergessene Schnorchel und Taucherbrillen aus der Fundkiste schenkte, die Nette, die manchmal, wenn nicht so viel los war, mit den Jungs spielte, damit ich ein paar Bahnen schwimmen konnte, und der Schöne mit dem immer frisch rasierten Undercut, der wohl vor allem so gern die Badeaufsicht am Steg übernahm, weil er dort sein Spiegelbild im Wasser betrachten konnte. Sondern auch, weil wir wussten, wo man am besten die riesigen Karpfen beobachten konnte und wo am wenigsten Schlingpflanzen wuchsen. Wir hatten den Entenkindern Namen gegeben und trauerten mit der Entenmutter, als von Woche zu Woche ein Küken weniger hinter ihr herschwamm. Die violett gebräunten Best Ager mit den leuchtenden Hüft-OP-Narben erwiderten von ihren Sonnenliegen aus winkend Beppis »Hallo«, und wir wussten, wer die Chefs der Clique von Halbstarken waren, die immer bei den Bänken rumlungerten und den vorbeilaufenden Mädchen ihre unter Sonnenöl glänzenden Tattoos präsentierten. Sonnenöl, das meterweit nach Kokos roch.

Jeden Tag aß ich warme heruntergetropfte Kleckse Erdbeereis von den braunen Füßen der Jungen, und der über allem schwebende Duft von Pommes rot-weiß und Sonnencreme begleitete mich in meine Träume. Morgens waren wir oft die Ersten vor dem Kartenhaus und kicherten, sobald der Rollladen hochgezogen wurde und wir die Kassierer mit unseren Grimassen erschreckten. Die Tage glichen einander auf beruhigende Art und Weise: Oskar übte tauchen, und Nippon spazierte umher, um andere Badegäste anzuglotzen, während Beppi am liebsten nackt im flachen Wasser stand und seinem kleinen Pimmel beim Pinkeln zuschaute.

Stella hatte am Anfang ein paarmal gefragt, ob wir nicht lieber in den Tennisclub gehen wollten, in dem die Familie Mitglied war. Das habe ihr Mann vorgeschlagen, denn da gäbe es auch einen Pool, und das Publikum sei, sie wand sich, offenbar um die Bemerkung ihres Mannes so wenig wertend wie möglich wiederzugeben, »ja doch irgendwie ... anders?«. Ich erklärte ihr, dass wir sehr zufrieden mit dem öffentlichen Freibad seien, was auch stimmte. Das Leben im Freibad ist auf die beste Art überschaubar. Wir picknickten, buddelten, lasen, schwammen, und manchmal gingen wir nach dem Schwimmen rüber zu den Schaukeln, um uns in der Sonne aufzuwärmen. Dann saß ich mit Beppi im Gras, suchte nach vierblättrigen Kleeblättern und hörte Nippon und Oskar zu, wie sie sich mit jedem Schwung in immer irrsinnigere Quatsch-Gespräche voller Ausrufezeichen schaukelten. Gespräche, die für jeden Erwachsenen vollkommen unlustig und absolut unlogisch waren, über die die beiden aber so lachten, dass sie kaum noch Luft bekamen und von den Schaukeln zu fallen drohten. Beppi auf meinem Schoß verstand wahrscheinlich auch kein Wort, kreischte aber jedes Mal hocherfreut mit. Er war das bestmögliche Publikum der Welt.

»Komm, wir wandern aus!«

»Jaaa, wir wandern aus! Wir ziehen nach Newyorka!«

Schwungholen.

»Nee, nach Nipponyorka.«

»Nein, ich weiß jetzt: Oskarnjorkanien!«

Schwungholen.

»Ja, Oskananien, Trullananien, Schmumananien ...«

»Jaaaa!!! Da gibt es eine Oper mit Blödilanie aus Kackilanien!«

Gelächter und erneutes Schwungholen.

»Dann sprechen wir auch nur noch Trollanisch.«

»Trollawanisch? Krollapansisch!!«

»Pfirsichanisch!«

»Bananisch-Himbeersahnisch ...«

»Jaaaa!! Blaubeerblaablananisch, Blublablubbsisch ... Huhu, da drüben, Herr Blablanien aus Frunanien am Mount Apfelsinjanien.«

»Duuuu bist Herr Mount Pupsijanien!«

»SIMULTANABSPRUNG!!!«

Ausgelassenes Gelächter und gemeinsamer Sprung in die Sandgrube.

Ich schloss die Augen. Wenn man im Freibad die Augen zumacht, den Kopf in den Nacken legt, sich die Sonne ins Gesicht scheinen lässt und dem beruhigend gleichmäßigen Klacken des Beachballs auf den Holzschläger in der Ferne lauscht, scheint die Zeit plötzlich stillzustehen, und es ist ein bisschen so, wie wenn man morgens aufwacht und für ein paar Sekunden nicht genau weiß, wo man ist. Diese Mischung aus lachendem Kindergeschrei und dem Duft von erhitztem Luftmatratzengummi macht, dass man für einen Moment völlig vergisst, wie alt man ist. Vielleicht weil im Freibad immer Sommer ist und alles ewig scheint. Wenn man abends vom Bademeister rausgekehrt wird, ist absolut gewiss, dass morgen ein weiterer Tag endlosen Sommers folgt, an dem man stundenlang die Beine ins Wasser baumeln lässt, sich kichernd gegenseitig den Rücken mit von der Sonne ganz flüssig gewordener Sonnencreme einschmiert und von zu viel Calippo-Eis diesen stechenden Kälteschmerz in der Stirn bekommt.

Tom mochte öffentliche Freibäder nicht. Am Anfang hatte ich gedacht, das läge womöglich an der Narbe, die er nicht gern den Blicken Fremder aussetzte. Aber das war es nicht. Er hätte den Tennisclub vorgezogen. Freibäder und die Menschen, die ins Freibad gingen, waren ihm einfach *zu realistisch*. Genau wie Rummel, Freizeitparks, Zoos oder Eisbahnen. Die Menschen, die dort waren, und diese Nähe, die man gezwungenermaßen mit ihnen einging, bereiteten ihm Unbehagen. Er wollte, dass alles schön und perfekt war und in einer gewissen Distanz blieb. Vielleicht arbeitete er deshalb auch für diese Baufirma, die hohe, makellose Gebäude schuf, die allem anderen gegenüber erhaben waren. Die wie frischgebügelte Hemden in der Stadt standen und die anderen Gebäude in ihrer Umgebung wie den schäbigen Cousin aussehen ließen, für den sich alle auf der Familienfeier schämten. Vielleicht sollte man skeptisch gegenüber jemandem sein, der diese anderen Dinge nicht mochte. Der nicht auch das Unperfekte am Leben ins Herz schloss. Oder es wenigstens versuchte.

Tom hatte zwar sofort eine ausführliche Erklärung geliefert, warum er nicht mit uns ins Freibad gehen wollte und man solche Orte generell meiden sollte, aber seine Ausführungen waren mir in dem Moment zu anspruchsvoll gewesen. Ich konnte ihm nicht richtig folgen. Es war wie einer dieser Debattentexte aus dem Feuilleton, die man nicht sofort lesen wollte, damit einem diese schlaue Intellektuellen-Schwarzmalerei nicht den sonnigen Vormittag verdirbt, die man aber aus der Sonntagszeitung herausriss, weil es einen unter Umständen irgendwann doch interessierte, was in dem Artikel stand. Darum steckte man die Seite ein, um sie später in Ruhe zu lesen. Man schleppte sie wochenlang in der Tasche mit sich herum, bis einem wie damals auf Schulausflügen der Multivitaminsaft oder ein Joghurt auslief und man den ekligen Haufen Papiermatsch schließlich genervt wegschmiss. Aber hin und wieder fiel einem der Artikel doch wieder ein, und man fragte sich, wie die Theorie wohl gelautet hatte.

Genauso frage ich mich nun, was er mir damals erklären wollte, ob ich ihm besser richtig zugehört hätte, weil in seinen Ausführungen womöglich auch die Erklärung gesteckt hätte, warum das mit uns seiner Ansicht nach nichts werden konnte.

Ich hingegen war froh über all diese Orte, die ich mit den Jungs wiederentdeckte. Sie gaben mir das Gefühl zurück, dass man zwar erwachsen werden musste, aber dass es dennoch weiter diese unbeschwerten Momente im Leben geben konnte. Mich erleichterte es, dass sie mir zeigten, dass man sich irrt, wenn man denkt, man könnte die Pommes nicht mehr essen, nur weil sie auf den Boden gefallen sind. Man musste einfach nur das bisschen Sand und die Grashalme abkratzen, und schon aß man die besten Pommes der Welt, besser als alle, die man je zuvor probiert hatte. Wen störte da noch ein kleines Knirschen beim Kauen. Sie zeigten mir, dass es weiter möglich war, auf dem Geländer zu balancieren, selbst wenn man sich dabei anfangs wie eine Witzfigur fühlte, weil man immer wieder unelegant ins Schwanken geriet und runterspringen musste. Dass es dennoch Quatsch war, sich für so etwas zu schämen, dass man sich stattdessen amüsieren konnte und sollte. So vieles, was die Jungen selbstverständlich machten und dachten, war für Tom undenkbar. Ihn interessierte die Poesie dieser kleinen Dinge nicht. Und das machte mich nach einer Weile zunehmend traurig. Manchmal versuchte ich, ihn umzustimmen. Ich wollte ihn an meinem Leben mit den Jungs teilhaben lassen, damit er auch Gefallen fand an diesem kurzen Loslassen vom Erwachsensein, und erzählte ihm von unseren Erlebnissen: von dem kleinen koreanischen Mädchen zum Beispiel, wie es am Rand des Sees gestanden hatte und immer wieder auf Deutsch zu seiner auf zwei Bänken versammelten Familie rüberrief: »Opa, ich will mit dir schwimmen!« Und als der ihr auf Koreanisch antwortete und offenbar absagte, versuchte sie es in immer flehenderem Ton bei allen anderen Familienmitgliedern, die infrage kamen: »Papa, ich will nur mit dir schwimmen ... Oma, Mama, ich will viel lieber mit euch schwimmen. Nicht allein. Mamaaa, Paaapaaa, biiiitteeeee, kommt doch ins Wasser.« Sie hatten sie weiter ermuntert, alleine ins Wasser zu gehen, aber das Mädchen versuchte mit ihren nun fast schon gesungenen Bitten unbeirrt, doch noch einen der Erwachsenen zu überzeugen, bis erneut etwas auf Koreanisch erwidert wurde, sie aufsah und dann ganz laut rief: »Aber ihr könnt doch nackidei gehen.«

Aber Tom interessierte sich nicht für meine Geschichten. Er konnte oder wollte sich nicht begeistern für all diese Dinge, die ich mit den Jungs erlebte und wiederentdeckte. Er wollte sich nicht an seine Kindheit erinnern. Und im Freibad fällt einem zwangsläufig sofort alles wieder ein. Aber nicht nur das Wunderbare. Auch die anderen Sachen, die man vergessen hatte. Dieser unfassbare Durst zum Beispiel, weil man immer nur diese warme *Capri-Sonne* im Schwimmbeutel hatte, die man dann in abgezählten Minischlückchen trank, damit sie etwas länger hielt. Und wie fies es war, wenn man bemerkte, dass man im Schwimmbad *groß* musste. Denn es gibt nicht viel, was scheußlicher ist, als sich die nassen Badesachen quietschend vom Körper zu puhlen, um dann mit seinem feuchten Hintern auf einer ebenfalls feuchten Klobrille sitzen zu müssen, während von draußen irgendwelche Leute gegen die Tür hämmern und rufen, man solle sich mal beeilen, was man da überhaupt so lange mache, *doch wohl hoffentlich nicht kacken*? Und die Großen, die, egal wie viel älter man wurde, trotzdem älter blieben. Die einem wahnwitzige Dinge androhten, den Turnbeutel in einen Baum warfen, einen im Spind einschlossen oder auf den Fünfer lockten.

Tom wollte ein geordnetes, überschaubares Hier und Jetzt und sicher keine unkalkulierbaren Erinnerungen an die Kindheit, die voller Siege, aber eben auch voller Niederlagen waren.

15

Wenn es für das Freibad nicht warm genug war oder wir Abwechslung brauchten, gingen wir wie in unseren Anfangstagen auf den Spielplatz. Dort trafen wir Hildegard und Ilse, die uns über ihre Lieblingsthemen auf dem Laufenden hielten: Ilse schüttelte gerne den Kopf über das *Sagrotan*-Syndrom der Mütter, die ständig verstohlen Kinderfinger und Spielzeug mit Desinfektionstüchern abwischten, wenn sie mal nicht gerade nonstop »EsEnEssen« schrieben. Und Hildegard rechnete mir vor, wie unsinnig und teuer Brei in Gläschen sei, und informierte mich darüber, dass die Frauen heute ja nicht mal mehr wüssten, wie man Kartoffeln in einer Bettkiste zu Ende koche. Sie waren sich einig, dass die Mütter heutzutage alle viel zu dünn seien, und schaukelten dazu lachend ihre riesigen gemütlichen Busenbuffets, und dass die jungen Dinger sich keine Vorstellung machten, wie es früher gewesen sei, ohne Pampers, als man all die Windeln noch auskochen musste. Sie erklärten, was für ein Unsinn »ADH-Dingsbums« sei und dass man heute ja keine Klapse mehr verteile, was wohl irgendwie richtig sei, das war heutzutage eben so, das nahmen sie hin, aber dazu nickten sie ihr *Aber soviel, wie wir wissen, hat ein kleiner Klaps auch noch niemandem geschadet*-Nicken.

Wenn diese Themen abgehakt waren, sprachen sie am liebsten über Krankheiten (ihre und die von anderen) und am Ende über Ilses Kinder (zwei), Enkelkinder (drei), Urenkel (eins). Dabei hörte man heraus, dass sie bei den Enkeln gerne mehr Einfluss auf die Erziehung gehabt hätten, »aber man muss sie eben machen lassen, weil man sich auch nicht aufdrängen will«.

Wenn zwischendurch eins der Kinder, die sie betreuten, weinend angelaufen kam, weil es hingefallen oder geschubst worden war, strichen sie ihm meist nur freundlich über den Kopf und sagten: »Das war wohl nicht das erste Mal und wird auch nicht das letzte Mal gewesen sein.« Davon offenbar getröstet, trotteten die Kinder seufzend davon und spielten weiter.

Zwei besonders gutaussehende Väter, die mit ihren insgesamt vier Kindern auf dem Spielplatz auftauchten, zogen die Aufmerksamkeit aller anderen Besucher auf sich. Sie holten etliche Snackboxen aus den Taschen, zogen Schuhe und Pullover aus und breiteten sich mit Sandspielzeug, Trinkflaschen, Windeln und Schnullerdöschen auf dem Piratenschiff aus. Dabei sahen sie aus, als posierten sie für das Cover-Foto eines dieser hippen Magazine für moderne Eltern. Alles, was sie machten, schienen sie aber mit einer gewissen ironischen Brechung zu tun. Wenn sie den Kindern einen Obst-Quetschie anboten, dann sprachen sie das Wort »Quetschie« so aus, als kannten sie es in Wahrheit gar nicht, hätten es gerade eben erst zu ihrem großen Amüsement im kleinen Spielplatz-Baedeker im Glossar entdeckt und es nun für lustig befunden, das ulkige Fremdwort auch mal zu benutzen. Und während sie koffeinhaltige Kaltgetränke, Reiswaffeln und Eimer jonglierten, telefonierte immer mindestens einer der beiden.

»Ja, ich habe schon mit Peer gesprochen, wir haben total Bock auf das Projekt. Logo. Der Kunde ist wirklich superinteressant. Klar, klar, klar … Ja, das verstehe ich. Ganz klar. Du, wir wollen auch, dass sich alle gut fühlen. *Elias, bitte komm da runter* … Du, echt, gar kein Ding. Der Content zählt. Und ich würde das nicht einfach so sagen, aber ich find's richtig richtig gut, wirklich richtig richtig gut. Wir kloppen euch da 'ne schöne Präse zusammen … *Elias!* Klaro, Elias, äh, Matthias, Matthias, gar kein Ding, du kennst mich doch. Morgen ist das Angebot raus. Du, gern. Mach's gut, ja. Selber! Grüß schön, tschüs, tschau. Ja, ahoi.«

Mein Vater hatte früher, wenn er zur Arbeit musste, manchmal beim Gehen noch Späße mit uns im Flur gemacht. Wir waren um ihn herumgesprungen, und er hatte Dinge gesagt wie: »Ach, ich vermisse meine Kinder immer viel zu sehr bei der Arbeit. Heute nehme ich einfach eins mit.« Dann hatte er sich meinen Bruder, meine quietschende Schwester oder mich geschnappt und so getan, als trage er uns wie eine Aktentasche unterm Arm aus dem Haus. Dabei hatte er dann laut zu sich selbst gesprochen: »Ich gebe sie einfach als Kleinwüchsige aus, die für mich arbeiten. Soll mir doch erst mal einer das Gegenteil beweisen …«

Ich hatte mir immer gewünscht, er meine es dieses eine Mal ernst, und gelacht, bis ich nach Luft schnappen musste, und erst als ich wieder atmen konnte, merkte ich, dass er mich längst auf dem Teppich im Flur abgelegt hatte und gegangen war. Dann rannte ich zum Fenster und konnte ihn, wenn ich Glück hatte, gerade noch wegfahren sehen.

Später, als meine Geschwister und ich älter wurden, entwickelte unser Vater die Angewohnheit, oft Dinge mit einer großen Geste machen zu wollen. Dinge, von denen er vielleicht irgendwann mal gelesen oder sie in einem Film gesehen hatte. Er guckte dann so komisch, und sein selbstzufriedenes Grinsen war fast körperlich spürbar, weil ihm seine in diesem Augenblick verbreitete Bedeutsamkeit offenbar so gefiel. An dem Tag, nachdem ich meinen Führerschein bestanden hatte, gab es auch so einen Moment. Er fuhr das Auto aus der Garage, reichte mir den Autoschlüssel und deutete mit einem »Fahr du mich doch bitte heute zur Arbeit« auf den Fahrersitz. Dann setzte er sich auf die Rückbank und begann demonstrativ, Zeitung zu lesen. Während ich noch darüber nachdachte, aus welchem Buch oder Film er diese Szene haben konnte, erklärte er nach einer Weile, ohne die Zeitung herunterzunehmen: »Ich vertraue dir, meiner Tochter, wie du siehst, absolut blind.« Ich erwiderte nichts, aber etwas daran hatte mich wütend gemacht. Dieses Aussprechen einer Selbstverständlichkeit, die übertrieben generöse Haltung hielt ich nur schwer aus.

Während Hildegard noch in Richtung der Superväter starrte, nickte Ilse ihr vielsagend zu, und ich hatte den Eindruck, dass sie beide tief beeindruckt waren von diesen Typen und sie gerne noch länger beobachtet hätten. Aber die packten schon wieder ein und schoben los – Dinge erledigen, telefonieren, Bedeutung verbreiten, »die Präsentation zusammenkloppen« – und ließen ihr Publikum, uns, enttäuscht und auch ein wenig erschöpft zurück. Doch nachdem analysiert war, was die Kerle vergessen hatten (zwei Schaufeln, ein Sieb, zwei Sandeisformen und eine Trinkflasche – »tüüüüpisch!«), ebbte die Begeisterung schnell ab.

16

Ich habe Stella in der ganzen Zeit nur selten gesehen, ohne dass mindestens ein Kind an ihr hing. Schlafend oder wach, auf ihrem Arm, Schoß oder in einem Tragetuch. Das lag sicherlich vor allem daran, dass sie vollkommen davon überzeugt war, dass Kinder immer so viel körperliche Nähe bekommen sollten, wie sie wollten. Wenn ich jetzt darüber nachdenke, kann ich mich tatsächlich nur an ein einziges Mal erinnern, dass ich ganz alleine mit ihr in einem Raum gewesen bin.

Ich hatte sie zuerst gar nicht bemerkt. Sie hatte im dunklen Wohnzimmer am Fenster gesessen und mir den Rücken zugewandt. Ich wollte eigentlich nur meine Tasche holen, um nach Hause zu gehen, als ich sie entdeckte und sah, dass sie weinte. Ihre zitternden Schultern hoben sich vor dem matten Licht ab, das von draußen kam. Sobald sie aber aufhörte sich zu bewegen, schien es, als sei sie bloß ein überdimensionierter Scherenschnitt, den jemand ans Fenster geschoben und dort vergessen hatte. Sie drehte sich nach einer Weile zu mir um:

»Weißt du, was es so schwer macht, Kinder großzuziehen?«

Ich schüttelte den Kopf, war mir aber nicht sicher, ob sie mich im Dunkeln überhaupt erkannt hatte.

»Sie kommen perfekt auf die Welt. Wirklich. Sie sind absolut perfekt. Und vom ersten Tag an ruiniert man sie ein wenig. Mit allem, was man tut oder eben tun muss. Man impft sie, man zwängt sie in Hosen, stülpt ihnen Mützen, Hemdchen und Weltanschauungen über. Man erklärt ihnen nonstop, was sie alles nicht dürfen, und gleichzeitig macht man irgendwie am Ende selbst alles falsch: Wenn man sie schreien lässt, wenn man ihnen nicht beibringt, auch mal zu schreien, wenn man sie einen Moment aus den Augen lässt und sie sich kratzen, stoßen, hinfallen. Wenn man sie zu streng oder zu lasch erzieht, mit ihnen schimpft oder sie zu sehr behütet. Wenn man nicht konsequent oder zu konsequent ist. Egal wie: Plötzlich, von einem Moment auf den anderen, fangen sie an, sich wie richtige Menschen zu verhalten, sie verlieren dieses unwirklich Perfekte.«

Ich nickte und setzte mich auf eins der Sofas.

»Hast du schon mal MDMA genommen?«, fragte sie mich plötzlich. »Kennst du das Gefühl in den Tagen, manchmal noch Wochen danach?«

Ich war zu erstaunt über ihre Frage, um irgendetwas antworten zu können, aber das erwartete sie offenbar auch gar nicht.

»Man ist total leer gespült. Vollkommen. Es ist, als könne man sich ins Hirn schauen, aber da ist nur noch ein dunkler, leerer Raum. Alle Gedanken sind plötzlich weg, alle Worte. Keine Farben mehr, keine Erinnerungen, keine Musik, einfach alles weg, besenrein hinterlassen. Aber das wirklich Erstaunliche ist, dass man es sieht und auch begreift, aber überhaupt nicht schlimm findet. Man ist vollkommen zufrieden damit, dass man zu einem absolut inhaltsleeren Gefäß geworden ist. Und genau so ist es, wenn du ein Kind geboren hast. Du bist danach monatelang vollkommen leer gefegt. Die Leute nennen das so albern Stilldemenz, aber das trifft es nicht, denn Demenz scheint den Leuten, die darunter leiden, ja häufig Angst zu machen und sie zu quälen, aber nach einer Geburt bist du für eine ganze Zeit vollkommen einverstanden damit, dass du dir nichts merken kannst, dass du Schwierigkeiten hast, einigermaßen zusammenhängende Gedanken zu verfolgen oder gar zu formulieren, und dass du herumgeisterst wie jemand, der sein kompletttes Gedächtnis verloren hat. Nichts daran stört dich übermäßig. Du fragst dich eher, warum die anderen sich bloß mit all den Gedanken belasten.«

Sie dachte eine Weile nach. Mir fiel auf, dass ich auch nach mehreren Monaten, die ich inzwischen für sie arbeitete, nicht sagen konnte, wer sie tatsächlich war, aber dass das gleichzeitig vollkommen egal war. Ich schwärmte auf eine Art für sie, wie man früher in seine Grundschullehrerin verliebt war. Die so viel wusste, die immer so gut roch und die die glänzendsten Haare der Welt hatte. Noch weitaus länger als die vier Grundschuljahre hatte ich fest daran geglaubt, dass das mit Frau Blume und mir etwas Besonderes gewesen war, bis ich sie dann Jahre später zufällig auf dem Wochenmarkt in meiner Heimatstadt traf und sie mit einem freundlichen, aber ungenauen Lächeln an mir vorbeiging.

»Wie selbstreferenziell so ein Leben doch ist, nicht wahr?«, fragte Stella in die Stille.

Ich verstand nicht, was sie meinte.

»Wenn man Kinder bekommt, spricht man plötzlich nur noch über Kinder, sosehr man sich vorher auch vorgenommen haben mag, anders zu sein. Man spricht über die eigenen Kinder, die Kinder anderer Leute, Kinder im Allgemeinen, nicht vorhandene Kinder, große Kinder, kleine, all die Dinge, die Kinder brauchen, besonders auch über all die Dinge, die Kinder ganz sicher nicht brauchen, Dinge, die man Kindern kaufen kann, sollte, muss, bloß nicht kaufen sollte! ... Vorher hätte man geschworen, dass man niemals zu diesen Eltern gehören wird, deren Leben sich fortan ausschließlich um das Kind dreht. Aber auf einmal findet man das vollkommen in Ordnung, viel schlimmer noch, man bemerkt nicht mal, dass es so ist. Manchmal denke ich sogar ernsthaft darüber nach, ob es nicht doch eine wahnsinnig nette Idee wäre, einen dieser Mami-Blogs zu schreiben, Fotos in drolliger Filteroptik ins Netz zu stellen oder ein Kindermodengeschäft zu eröffnen. Ernsthaft: Ich hatte wirklich gedacht, dass das immer nur die anderen sind.«

Ich verriet ihr nicht, wie gut ich das alles nachvollziehen konnte. Ich wollte schließlich auch allen Leuten davon erzählen, dass Kinderhaare nach Maggi rochen. Dass Kinder innerhalb von Sekunden eine Unordnung herstellen konnten, als hätte jemand den gesamten Zimmerinhalt in ein Tischfeuerwerk gesteckt und anschließend gezündet. Und dass sie über Nacht wuchsen. Nicht etwa ein paar Millimeter, sondern so, dass sie als scheinbar neue Menschen mit einem plötzlich viel größeren Kopf und teilweise ganz anderem Gesicht aufwachten. Dass sie sich wie Schlangen häuteten, ihre alten Hüllen während eines unruhigen Schlafs ablegten und morgens als völlig andere Menschen erwachten. Und dabei waren Oskar, Nippon, Beppi und Polly ja nicht mal meine eigenen Kinder.

Während ich noch darüber nachdachte, redete Stella bereits über die Bügelwäsche, die wohl nie ein Ende nahm, und wie froh sie war, dass nun einmal in der Woche jemand kam und sich darum kümmerte, damit ihr Mann nicht mit ungebügelten Hemden auf seine Dienstreisen fahren musste.

Und dann sprach sie doch wieder über die Kinder.

»Polyxena wird wahrscheinlich mein letztes Kind sein. Sie wird schon so bald, viel viel viel zu schnell groß sein, sie wird laufen lernen, und dann wird sie mich verlassen, jeden Tag ein Stückchen mehr, so wie die drei anderen vor ihr auch. Darum möchte ich mich jetzt gerade keine Sekunde von ihr wegbewegen. Ich möchte sie anstarren, stillen und dabei zusehen, wie ihre Wimpern wachsen. Ich liebe alle meine Kinder. Wirklich. Abgöttisch. Aber in diesem allerersten Jahr sind sie vollkommen reine Wesen. Wenn sie nach dir schreien, brauchen sie wirklich etwas, ohne jeden Zweifel. Sobald sie größer werden, werden sie Menschen, die wie alle anderen Menschen auch ihre Interessen durchsetzen wollen. Wenn du mit jemandem all diese Monate in einer fast vollkommenen Symbiose gelebt hast, kannst du nur schwer begreifen, dass derjenige dich nun anbrüllt, weil er plötzlich anderer Meinung ist und nicht findet, dass du angemessen auf seine Forderungen reagierst ... Das ist eigentlich eine absolut unerträgliche Situation, in der du dich nun für wahrscheinlich etliche Jahre, wenn nicht für den Rest deines Lebens befindest. Und trotzdem scheinen mir Kinder die einzige logische Konsequenz auf alles zu sein.«

Ein anderes Mal hatte Stella zu mir gesagt: »Wenn schon Rosamunde Pilcher gesagt hat: ›Vertraue nicht allen Gedanken, die du denkst‹, was bleibt dann noch?« Vielleicht hätte ich darauf antworten sollen, dass es doch ganz egal war, wer etwas sagte, wenn es denn für einen selbst irgendwie stimmte. Jetzt denke ich, ein Experte oder jemand, der mehr Erfahrung mit so etwas hatte, hätte gemerkt, dass sie vielleicht auf keine gute Art erschöpft war, dass ihre Lethargie etwas Seelenwundes bekommen hatte. Aber ich hatte nicht genug Ahnung von solchen Sachen und außerdem das Gefühl, dass sie trotz allem womöglich recht hatte. Es war offensichtlich eine emotionale Sonderleistung, jemanden, den man so sehr liebte, dahin erziehen zu müssen, dass er einen im Idealfall auf eine Art verließ. Ich verstand, dass sie diesen Zustand bei Polly nun möglichst hinauszögern wollte, auch wenn sie vielleicht nicht die besten Entscheidungen traf und das zumindest teilweise auf Kosten der Jungs geschah.

17

»Wenn man zwei Jungs bekommen hat, ist es nahezu ausgeschlossen, dass man beim dritten Mal ein Mädchen bekommt«, erklärte die eine schwangere Mutter der anderen.

»Ja, das habe ich auch gehört«, pflichtete ihr die andere bei.

»Ich weiß nicht, wie dieses Gesetz genannt wird, aber wenn deine Eltern zum Beispiel auch nur gleichgeschlechtliche Geschwister haben, sinkt die Wahrscheinlichkeit noch mal.«

»Ah. Ja. Na klar. Jetzt, wo du es sagst, wird einem das erst mal so klar.«

Ich stand jedes Mal, wenn diese Art von Gesprächen geführt wurde, stumm daneben und dachte beeindruckt: »Menschenskinder, das habe ich tatsächlich auch nicht gewusst.« Erst viel später fiel mir dann oft auf, dass das Gesagte offensichtlich ziemlicher Blödsinn gewesen war, denn niemand kann das Geschlecht von Kindern voraussagen, auch nicht von zweiten und dritten. Aber Gespräche auf dem Spielplatz schienen einer ganz eigenen Logik zu folgen.

»Das ist der Gebär-Effekt«, erklärte Ilse unbeeindruckt, als ich sie darauf ansprach. »Wird irgendwie bei Geburten hervorgerufen. Wie bei einem Nahtod-Erlebnis, nach dem

Menschen sicher sind, den Himmel gesehen zu haben, ist das Gebären eines neuen Menschen ähnlich radikal und ruft eine scheinbare Allwissenheit hervor, die sich aber vor allem aus Ahnungen speist.«

Bei Hildegard und Ilse hingegen wurde viel von dem, worüber sie sprachen, in Syndrome und Effekte zusammengefasst. Ich erfuhr nicht immer, wie die genauen Theorien lauteten, aber mit der Zeit lernte ich, dass es zum Beispiel den Brocken-Effekt gab: »Wenn du auf den Brocken, also, den Berg, gewandert bist, schmeckt dir auch das Essen in dem Ausflugslokal da oben, was ansonsten *immangeable* ist. Das ist dann der reine Brocken-Effekt. Den kannst du natürlich auch überall sonst haben.« Und dann zählten sie jedes Mal ihre besten Brocken-Effekte auf: nach der Fahrradtour an der Ostsee 1987, im Europa-Park, nach dem Spaziergang in der Eifel … Die von ihnen als »Syndrome« bezeichneten Beobachtungen funktionierten vom Prinzip her ähnlich wie die Effekte, waren aber meist brisanter und unerklärlicher.

Als ich Tom von Ilse und Hildegard erzählte und darauf wartete, dass auch er über ihre Geschichten, die Syndrome und Effekte schmunzelte, fragte er mich nur, ob ich es für möglich hielt, dass ich inzwischen am Stockholm-Syndrom litt. Als er das sagte, lachte ich darüber, aber eigentlich nur, um nicht antworten zu müssen. Um stattdessen zu verstehen, wie ernst er es gemeint hatte, wie verletzend er damit wirklich sein wollte – und warum. Vielleicht hatte er sich gar nicht so viel dabei gedacht, und das Stockholm-Syndrom war einfach nur das Erste, was ihm eingefallen war. Vielleicht wollte er mir damit aber auch deutlich machen, wie irrational er meine Sympathien für Stella und ihre Kinder fand – ähnlich der von Geiseln, die ein emotionales Verhältnis zu ihren Geiselnehmern entwickeln, wenn sie nur genug Zeit mit ihnen verbringen.

Tom reagierte ähnlich kühl, als ich ihn warnen wollte, dass man Kindern niemals glauben durfte, wenn sie sagten, dass es vollkommen in Ordnung für sie sei, den Heliumballon steigen zu lassen. Dass sie zwar behaupteten, genau zu wissen, was »Dann ist er weg, wirklich weg, also, für immer weg« bedeutete, dass das aber gelogen war. Dass man am Ende den ganzen Weg zum Jahrmarkt zurückgehen musste, weil das Weinen einfach nicht aufhörte und weil sie vom Schluchzen diesen schrecklichen Schluckauf bekamen, der erst stoppte, wenn man ihnen einen neuen rosa Einhorn-Ballon kaufte, obwohl man zehn Euro schon beim ersten Ballon für einen happigen Betrügerpreis gehalten hatte. Alles nur, um nicht mehr dieses Wimmern und Hicksen hören zu müssen. Tom schüttelte nur mit dem Kopf und wiederholte mein »zehn Euro«. Aber er betonte es anders, er sprach es aus, als hätte es sich dabei in Wirklichkeit um hundert Euro gehandelt.

Er verstand auch nicht, warum es uns so amüsiert hatte, als im Park die eine feine Dame der anderen zurief: »Hast du noch einen Kackbeutel für mich?« Vollkommen wurscht, dass man ja wusste, dass sie den in Wahrheit nicht für sich, sondern für ihren Hund brauchte. Tom lächelte dazu nur höflich gequält.

Wären all diese Dinge kurz hintereinander passiert, wäre mir womöglich früher aufgefallen, dass irgendetwas nicht stimmte. Aber ich hätte trotzdem, genau wie jetzt, nicht gewusst, was und warum. Ich war wie ein Facharzt, der nur die Symptome seines fachspezifischen Organs sah, aber nicht den ganzen Patienten betrachtete. Ich bemerkte, dass Tom häufiger auf eine eigenartige Art abwesend wirkte. Am Anfang fiel es mir nur als leises Flimmern im Hintergrund auf, und ich dachte, dass er vielleicht einfach müde war, Ärger bei der Arbeit hatte oder dass ihn meine Kindergeschichten eben nicht so sehr interessierten wie mich oder meine Freundinnen. Ich fand es zwar merkwürdig, dass er die Jungs nicht kennenlernen wollte, aber ich dachte mir für alles eine Erklärung aus. Und am Ende des Tages, jeden Tages, fand ich uns immer noch glücklich genug. Ich war glücklich, und ich konnte mir einfach nicht vorstellen, warum es ihm um Himmels willen anders gehen sollte. Darum sog ich jeden Moment auf, in dem wir lachten und einander berührten, sodass es für die nächsten paar Tage reichte, an denen wir uns nicht sahen oder er sich so weit weg anfühlte.

Jetzt frage ich mich manchmal, ob Tom eher ein Effekt oder ein Syndrom gewesen ist. Aber ich habe die Cousinen nie danach gefragt.

18

Obwohl Nippon immer alles klaglos mitmachte, was sein großer Bruder entschied, hatten seine eigenen Bestimmertage eine deutlich konventionellere Färbung: Er liebte das Freibad, den Matsch-Spielplatz, alle Museumsshops und den Zoo.

An Beppis Tagen taten wir oft nur so, als würde er sich mit absoluter Gewissheit eine bestimmte Sache wünschen. Meistens waren das Dinge, die wir selber gerne machen wollten, und da er ja noch nicht widersprechen konnte, behaupteten wir immer, dass er zufrieden aussah, wenn wir ihm unsere Pläne unterbreiteten. Aber wenn wir wirklich nur ihm eine Freude machen wollten, gingen wir am Altenstift vorbei. Er krähte und hüpfte in seiner Karre, sobald er das weiße Tor sah, und wenn wir den Innenhof betraten, winkte Beppi fröhlich seinem Stammpublikum zu. Es war kein Wunder, dass es ihm dort gefiel. Die alten Leute behandelten ihn wie einen Dessertwagen im Restaurant, winkten ihm zu, streckten ihre krummen Finger nach ihm aus, um sie in seine weichen Speckarme und -beine zu bohren, ließen ihn ihre mit Wanderplaketten verzierten Gehstöcke angucken, tätschelten ihm den Kopf, bewunderten seine blonden Locken und zogen am Zipfel seiner Mütze. Beppo strahlte dabei die ganze Zeit und dirigierte seine Fans vor der Karre hin und her oder stieg aus und schob für sie ihre Rollatoren auf und ab.

Oskar und Nippon hatten etwas Angst vor dem Mann im Rollstuhl, der sein Gefährt mit nur einem Fuß langsam vorwärtsbewegte und Beppi immer wieder zurief: »Dich nehm ich mit. Komm! Dich nehm ich mit. Komm schon, Kleiner ...«, und vor der Frau, die Beppi ihren Teddy mit einem »Süß! Süß!« durchs Gesicht wuschelte, und hielten sich eher im Hintergrund. Aber Beppi fand das alles überhaupt nicht merkwürdig, man konnte sehen, dass er hochzufrieden war, wenn er die alten Leute besuchte.

Nicht alle Aktivitäten dachten wir uns selbst aus. Manche Spiele kamen zu uns. An einem Nachmittag waren wir an einer Baustellenausfahrt stehen geblieben. Die Bauarbeiter hatten schon Feierabend, und die Jungen fingen an, in die großen Pfützen zu hüpfen, die die Lkws hinterlassen hatten, und sich mit Matsch zu beschmeißen. Ich fand das nur verständlich, denn vorher waren wir zwei Stunden im Museum gewesen, und nun schienen sie das gute Benehmen so heftig wie möglich abschütteln zu müssen. Sie tobten im Matsch, als seien sie Angehörige eines wilden Stamms, und ich ließ sie gewähren.

Auf dem Weg nach Hause kämpften wir alle gegen die Müdigkeit. Nippon war der Erste, der aufgab, in Beppis Karre kletterte und mit über den Bügel baumelnden Beinen einschlief. Sein Gesicht und Teile der Karre waren mit einer dünnen Schicht Lehm bedeckt, sodass es aussah, als bekäme er gerade eine Moorpackung.

Und weil Nippon nun in der Karre lag und schlief, musste ich Beppi tragen. Er hing sackschlapp vor Müdigkeit in meinen Armen und hatte jede Körperspannung verloren, sodass ich ihn nach einer Weile nur noch schwer halten konnte. Ich sagte Oskar, dass wir eine Pause machen müssten, und er schien dankbar für die Unterbrechung. Wir hockten uns auf einen Bordstein, und sobald wir uns hingesetzt hatten, schlief auch Beppi ein. Oskar und ich saßen schweigend da und sahen den Hosenbeinen und Röcken zu, die an uns vorbeihasteten und keine Notiz von uns nahmen, als plötzlich eine Euro-Münze neben Beppis Füßen landete.

»Entschuldigung, Sie haben …«, versuchte ich, aber da begriff ich auch schon, wie unsinnig das war, denn als ich aufsah, sah ich den stummen gütigen Blick des Euro Werfers und dann unser Spiegelbild im Schaufenster gegenüber. Wir sahen tatsächlich ziemlich zerrissen und schmuddelig aus, als gehörten wir zu einer dieser bettelnden Kinderbanden, die im Sommer aus Südosteuropa in deutsche Städte gekarrt werden, um für irgendwelche miesen Hintermänner zu betteln. Auch Oskar hatte begriffen und strahlte mich keck an. Wir blieben, bis wir 4,63 Euro zusammenhatten, schenkten sie einem der Punker in der U-Bahn und fuhren nach Hause.

Als ich mich am Abend von ihm verabschiedete, fragte Oskar, was wir heute gelernt hätten. Das machte er hin und wieder. Es schien ihm wichtig zu sein, dass wir etwas lernten und dass wir das Erlernte auch in einer Essenz festhielten. Es ging dabei um kleine Dinge wie etwa eine neue Steinwurftechnik oder eine Tierart, die wir bis dahin nicht gekannt hatten, aber auch um große, globale Dinge über die Welt und über das Leben.

Als er mich nun ansah und ernst fragte, was ich glaube, was wir heute wohl gelernt haben, wusste ich, dass er nichts von dem meinte, was wir im Museum gesehen hatten.

Ich dachte nach.

»Dass wir überleben können? Dass wir immer durchkommen, egal wie.«

Er senkte den Kopf und schien das Gesagte in sich aufzunehmen, als prüfe er die Richtigkeit meiner Antwort. Dann hob er mit einem Ruck den Kopf, sah mir in die Augen und wiederholte strahlend:

»Wir können überleben!«

Er umarmte mich kurz und schloss dann die Tür hinter mir.

Oskar schien danach von der Idee fasziniert, dass man theoretisch unabhängig von seinen Eltern leben konnte. Wir mussten *Überleben* immer wieder spielen, in den Varianten *normales Betteln, Betteln mit Musikinstrumenten, Sperrmüll* und *Containern*, von dem Oskar behauptete, in der *Sendung mit der Maus* einen Bericht darüber gesehen zu haben, was ich stark bezweifelte. Wir spielten es auch in Verbindung mit *Vater, Mutter, Kind*. Mir gefiel, dass wir es uns nicht ausgedacht hatten, *Überleben* hatte uns gefunden.

Es war seltsam, zu erkennen, wie sich plötzlich die ganze Welt veränderte, nur weil man sich auf den Boden setzte und die Blicke der anderen plötzlich von oben auf einen gerichtet waren. Wie man auf einmal nicht mehr als Individuum wahrgenommen, sondern nur auf die vom Staub schmuddeligen Beine und Hände reduziert wurde. Man war am Boden, mehr interessierte die Leute nicht.

Am Abend radelte ich zu Tom. Er saß gerade in der Badewanne und las. Ich setzte mich aufs Klo und sah ihn an.

»Alles okay«, fragte er mich, ohne aufzusehen. Die Frage hatte kein Fragezeichen. In Rock und Hemd stieg ich zu ihm in die Wanne und nahm ihm sein Buch aus der Hand.

»Ich hätte gern ein Kind mit dir.«

Er zögerte einen Moment, obwohl er nicht überrascht schien, sah mich dann an und seufzte.

»Ich bin wirklich noch nicht bereit, einem fremden Menschen das Leben zu ruinieren.«

»Aber das ist doch ganz anders …«, versuchte ich.

»Du weißt, was ich meine«, antwortete er und griff nach dem Buch, um weiterzulesen.

Ich versuchte, mir meine Enttäuschung nicht anmerken zu lassen, und schluckte die Tränen runter. Aber plötzlich fühlte sich das Wasser ganz kalt an. Auch nachdem ich heißes dazulaufen ließ. Ich stieg wortlos aus der Wanne und ging tropfend zur Tür.

Tom sah für einen Moment von seinem Buch hoch:

»Gib mir doch bitte ein Handtuch. Ich habe vorhin vergessen, mir eins hinzulegen.«

Ich erzählte ihm auch später am Abend nichts davon, wie Nippon am Nachmittag gesagt hatte, ich sei »so lieb wie eine Mama«. Und wie er mich, nachdem ich ihn an mich gedrückt hatte, gefragt hatte, warum ich dann keine Kinder hätte.

»Das fragt man nicht«, hatte Oskar seinen Bruder zurechtgewiesen, »weil man nie weiß, ob jemand gerne welche hätte, aber keine bekommen kann.«

»Ich habe es noch nicht probiert«, erklärte ich.

»Warum nicht?«, wollte Nippon wissen.

»Keine Ahnung.«

»Weil du keine willst?«

Ich hatte nachgedacht.

»Doch, ich hätte schon gerne welche, denke ich.«

»Ist es, weil du nicht verheiratet bist?«

»Vielleicht.«

Ich war froh gewesen über seinen Vorschlag, denn so hatte ich nicht über eine andere Antwort nachdenken müssen. Und hatte ihm vor allem nicht sagen müssen, dass es vielleicht daran lag, dass Tom noch nicht gesagt hatte, ob er welche wollte.

Nun müsste ich ihm wohl eine andere Antwort geben.

19

Beppi lag auf dem Küchenboden und wälzte sich hin und her. Dabei schluchzte er jämmerlich.

Als ich versuchte, ihn auf den Arm zu nehmen, jaulte er auf und ließ sich schlapp aus meinen Händen gleiten, um sich weiter auf dem Boden zu winden. Ich sah Nippon an, der interessiert danebenstand. Er zuckte nur mit den Schultern und sagte:

»Macht er schon den ganzen Morgen.«

»Entthronungstrauma«, erklärte Oskar, der in die Küche gekommen war.

»Wie bitte?«

»Er leidet darunter, dass er nicht mehr das Baby ist. Polly hat ihn von seinem Thron gestoßen, und das empfindet er als traumatisch.«

Nippon und ich sahen ihn erstaunt an, und sogar Beppi unterbrach für einen kurzen, überraschten Moment sein Lamento.

»Das ist ganz normal bei Kindern in seinem Alter«, fügte Oskar hinzu und betonte dabei jedes Wort, als hielte er uns für völlig beschränkt.

Ich sah Oskar fasziniert an. Wenn er solche Sachen sagte, war ich immer für einen Moment versucht, ihm weitere Fragen zu anderen Dingen des Lebens zu stellen. Er schien für alles erschreckend einleuchtende Erläuterungen zu haben. Woher auch immer er die hatte.

Oskar legte sich zu Beppi auf den Boden, und nachdem Nippon es ihm nachgemacht hatte, schauten alle drei erwartungsvoll zu mir hoch, bis ich mich schließlich auch zu ihnen legte. Zuerst jaulte Beppi wütend auf und versuchte, nach uns zu treten, aber dann fingen wir alle an, ihn zu kitzeln und zu lachen, und schließlich musste auch er lachen.

»Spiegelneuronen. In seinem Gehirn. Sie zwingen ihn dazu.«

»Ah ja«, sagte ich, »na klar, die guten alten Spiegelneuronen.«

Oskar nickte zufrieden.

Wenn ich gewusst hätte, dass es mich schon bald selbst erwischen würde, dieses Entthronungstrauma, hätte ich Oskar weiter ausgefragt, hätte ihn gefragt, wie lange so etwas denn anhalte und wie man es wieder loswerden könne, wie man seine Spiegelneuronen überlistete. Aber in diesem Moment dachte ich nur, wie gut es doch war, nicht mehr so klein zu sein, dass einem das Leben derart den Boden unter den Füßen wegziehen konnte, bis man sich auf den Küchenboden legen und vor Verzweiflung hin und her wälzen musste. Gleichzeitig sehnte ich mich in diese Zeiten zurück, als Probleme so leicht zu lösen waren und eine kleine Kitzelattacke einen aus der tiefsten Krise retten konnte.

20

Es war September geworden. Und ein ansonsten ereignisarmer Dienstagabend wurde plötzlich zu dem Tag, an dem sich alles in ein Vorher und ein Nachher teilte, als Tom ohne Vorwarnung sagte, dass er am nächsten Tag zu seinen Eltern fahren werde. Er sagte das, ohne von seinem Computer aufzusehen.

»Die ganze Woche?«, fragte ich zurück.

Er nickte.

»Auch das Wochenende.«

»Spontan?«

Nein, das sei seit einer Weile geplant.

Ich war überrascht. Darüber hatte er mit mir kein einziges Mal gesprochen. Ich sagte ihm, dass ich gerne mitkommen oder wenigstens nachkommen würde.

Er drehte sich zu mir um und sah aus, als habe man ihn bei etwas Wichtigem gestört. Schon wieder. Dabei atmete er ein und ließ die Luft beim Sprechen gepresst heraus, wie ein Lehrer, der diesen Idioten vor sich die Formel zum fünfhunderttausendsten Mal erklären muss.

»Ach, Martha …«

»Wir sind jetzt schon seit einer ganzen Weile zusammen, und ich habe deine Eltern bislang nicht kennengelernt und du meine auch nicht. Es ist doch nicht so, dass wir uns seit knapp zwei Wochen kennen und ich das Aufgebot bestellen will. Ich würde sie gerne einfach mal kennenlernen. Nur so.«

»Martha, es hat sich eben bislang nicht ergeben. Wir machen das schon noch irgendwann. Diesmal passt es einfach nicht.«

Es fühlte sich an wie bei einem schweren Unfall, wenn Krankenwagen und Polizei ohne Sirene kommen, wenn nur das Blaulicht auf den Autos leuchtet. Alles kommt einem plötzlich wie in Zeitlupe vor, als hätte jemand den Ton abgestellt.

Ich versuchte, die Tränen runterzuschlucken, und starrte die Wand an, während er mir wieder den Rücken zuwandte. Dabei kamen mir eine Menge Gedanken. Dass die Wand so schön und glatt war zum Beispiel, das war doch auch mir zu verdanken. Seine ganze Wohnung hatte ich mit ihm renoviert. An drei Wochenenden von morgens bis tief in die Nacht. Stundenlang hatten wir, ohne ein Wort zu sagen, nebeneinandergestanden und Tapeten von den Wänden gekratzt. Die Art von Tapetenbeseitigung, die niemals zu enden scheint, wo man so lange kratzt, bis man anfängt, in den Tapetenfetzen, die trotz aller Gewalt und Seifenlauge an der Wand kleben bleiben, Dinge zu sehen. Kontinente, Sternzeichen und Tiere vor allem. Ein Zustand wie im Delirium, wie Fieber während einer Matheklausur. So was macht man doch nicht einfach so für jemanden. Das macht man doch nur, weil man mit dem anderen Zeit verbringen will, völlig egal womit, ihm helfen will, ohne eine Gegenleistung zu erwarten. Und vielleicht auch, weil man fest daran glaubt, irgendwann gemeinsam in diesem raufaserbefreiten Heim zu wohnen.

Ich dachte eine Weile stumm nach, ehe ich begann, ihm das zu sagen. Er drehte sich wieder zu mir um, langsam, und es sah tatsächlich so aus, als sei er erstaunt. Dann hörte er mir einfach nur zu, ohne eine weitere Regung.

Ich habe ihm all das gesagt und noch eine Menge mehr. Erst leise, vorsichtig, und dann laut. Offenbar lauter, als ihm lieb war, denn zwischendurch stand er auf und schloss das Fenster. Er ließ es geschehen, dass ich ihn irgendwann in meiner Verzweiflung umarmte, und tätschelte mir lasch den Rücken. Dann trommelte ich mit den Fäusten gegen seine Brust, und er hielt meine Handgelenke wie einen öligen Lappen von sich weg und wartete ab, dass ich mich wieder beruhigte. Später umarmte ich ihn noch einmal, kraftlos, und dann lagen wir den Rest der Nacht schweigend nebeneinander, lagen angezogen auf der Bettdecke, als wäre alles andere undenkbar.

Als ich im Dunkeln seine Narbe berührte, stieg so etwas wie Zorn in mir auf. Zum ersten Mal machte mich irgendetwas an der Narbe wütend. Dieses Gefühl, dass sie ihn auf eine eigenartige Weise von anderen abzuheben schien, er dadurch diese stumm heroische Aura verbreitete und das ausnutzte, ohne dass man ihm das nachweisen konnte. Ich wollte, dass sie verschwand – oder dass ich wenigstens auch eine bekäme, eine Narbe, die alle sehen konnten, die mich besonders und tapfer erscheinen ließ.

Über dem Haus flogen Gänse in Richtung Süden. Man konnte ihre langgezogenen Rufe hören, als hinterließe jeder Schrei einen Kondensstreifen. Im letzten Jahr hatten wir noch das Fenster geöffnet, uns weit hinausgelehnt, nach oben gesehen und uns gefreut, als wir ihre vorbildliche V-Formation im Nachthimmel entdeckten.

Als ich am nächsten Morgen ging, sagte ich ihm, er solle sich erst wieder melden, wenn er sich sicher wäre. Er antwortete, er werde sich sicher melden, sobald er von seinen Eltern zurück sei, aber es klang nicht so, als habe er damit auf das geantwortet, worum ich ihn gebeten hatte.

21

Als ich in die Küche kam, saß Stella am Tisch und fragte mich unvermittelt, ob ich schon mal an der Mecklenburger Seenplatte gewesen sei. Ich schüttelte den Kopf.

»Tatsächlich? Dabei ist es so schön da.«

Ja, davon hätte ich gehört, erwiderte ich, ich hatte sogar schon mal geplant, mit meinem Freund dahin zu fahren. Stattdessen waren wir dann aber nach Neuberesinchen gefahren.

»Ach, das klingt putzig. Wurden da nicht die Märchenfilme für die DEFA gedreht?«

Ich lachte ein verlegenes »So ähnlich« und sagte nicht, dass Neuberesinchen in Wahrheit eine Plattenbausiedlung in Frankfurt/Oder ist und sich in dieser Stadt wenig als Schauplatz für ein Märchen eignete. Ich sagte ihr auch nicht, dass Neuberensinchen tatsächlich unser einziger gemeinsamer Ausflug außerhalb von Berlin gewesen war. Tom hatte mich mitgenommen, weil er einen Termin mit einem Bauunternehmer hatte. Ich könne mir doch ein bisschen die Zeit vertreiben, während er bei dem Termin sei, hatte er gesagt. Danach könnten wir dann noch an der Oder durch die Auen spazieren. Ich lief also eine Ewigkeit zwischen dem *Haus der Jugend*, das seit Jahren leer stand, mit Brettern vernagelt und mit Graffiti besprüht war, und der Haupteinkaufsstraße, die nur aus traurigen Flachbauten mit vergilbten *Zu vermieten*-Schild im Fenster bestand, hin und her. Toms Termin hatte letztlich so lange gedauert, dass ich allein mit der Bahn nach Hause gefahren war.

»Hättest du Lust mitzukommen?«

»Was?«

»Ich habe da einen Job. Ein paar alte Bekannte drehen einen Film, und ich soll ein paar Fotos machen. Oskar und Nippon bleiben hier bei ihrem Vater, und ich brauche jemanden, der auf die beiden Kleinen aufpasst, während ich fotografiere. Ist leider etwas kurzfristig, ich weiß: Freitag früh bis Sonntagabend.«

Das sei kein Problem, antwortete ich, mein Freund sei auch weggefahren, da sei ein bisschen Ablenkung vielleicht gar nicht schlecht. Ich freute mich mehr, als ich ihr zeigen wollte. Die Vorstellung, mehr Zeit mit Stella zu verbringen und sie besser kennenzulernen, gefiel mir. Es war mir sogar egal, wo und wie, mit Stella wäre ich womöglich sogar noch mal nach Neuberesinchen gefahren.

Manchmal malte ich mir aus, wie es wäre, mit Stella befreundet zu sein. Ich stellte mir das gerne vor. Niemand, den ich kenne, ist wie sie, und ich kenne niemanden in meinem Alter, von dem ich annehmen könnte, dass er irgendwann einmal so werden könnte. Selbst wenn Stella im Stehen schlief, hatte sie die Gabe, dass alle taten, was sie wünschte. Nichts war ein großes Problem, sondern nur eine Sache, die man mit einem bezaubernden Lächeln regeln konnte.

Ich mochte alles an ihr: Wie sie roch, wie sie sich bewegte, diesen Tick mit ihrem regelmäßig zuckenden rechten Auge, das man zuerst als keckes Zuzwinkern missverstehen konnte. Die Ketten, Armbänder und Ringe, die sie immer trug, obwohl die Kinder sich unentwegt wie chinesische Artisten um sie schlungen. Dazu trug sie maßgeschneiderte Kleider, die zwar auf den ersten Blick schlicht geschnitten waren, aber immer ein Detail besaßen, mit dem sie aus der Reihe fielen. An jedem anderen Menschen hätten sie womöglich überkandidelt ausgesehen, aber Stella trug sie mit einer Anmut und Grazie, die einem den Atem nahmen. Dazu diese langen grauen Haare, die nur rein faktisch grau waren. Wenn man mich gefragt hätte, hätte ich immer geantwortet, sie seien silbern. Und obwohl sie ständig all diese merkwürdigen Dinge sagte, und wie sie sie sagte, auf diese abrupt erstaunte und entrückte Art, fühlte ich mich ihr nah, auch wenn etwas an ihr mir immer fremd blieb. Und selbst wenn man das, was sie sagte, vielleicht manchmal als etwas weltfremd und abgehoben empfand, obwohl sie einem fast nie zuhörte oder eine Antwort abwartete, konnte ich es ihr nie übelnehmen oder ihr etwas ausschlagen.

Stella hatte gesagt, ich solle mich einfach an die Ecke vor meinem Haus stellen, sie komme mich da einsammeln. Während ich auf sie wartete, stellte ich mir einen Moment lang vor, ich wartete auf Tom, der mich zu einem Wochenende bei seinen Eltern abholte, und das fühlte sich eigenartig an, weil es so unwirklich zu sein schien, für alle Zeiten unwirklich.

Ich sah nur kurz hoch, als ein altes Wohnmobil neben mir hielt. Erst als sie hupte, guckte ich genauer hin und entdeckte Stella hinter dem Steuer. Sie beugte sich zur Beifahrerseite und öffnete mir die Tür.

»Steig ein.«

Während ich reinkletterte, versuchte ich, meine Verblüffung zu verbergen, und winkte Beppi und Polly zu, die hinten in ihren Kindersitzen festgeschnallt saßen. Beppi winkte fröhlich zurück.

»Ich hoffe, ein Wochenende im Camper zu wohnen, ist in Ordnung für dich?«

»Ja klar. Total. Ich hatte nur ...«

»... nicht damit gerechnet«, beendete sie meinen Satz und lachte. Meine Überraschung schien ihr zu gefallen.

Wir fuhren die meiste Zeit, ohne viele Worte zu verlieren. Ich sah aus dem Fenster und genoss die Ruhe, die einkehrt, wenn die Landschaft mit achtzig Stundenkilometern an einem vorbeizieht. Es war ein gutes Schweigen mit Stella, keines, das man mit Anekdoten und Höflichkeiten füllen musste, es war eins von der Sorte, wie man es nicht mit sehr vielen Leuten hat.

Hin und wieder sagte sie dann plötzlich so Sachen wie: »Man muss sich mal vorstellen, man wäre Vladimir Klitschko, und die Leute wollen immer Fotos mit einem machen, auf denen sie so tun, als ob sie einem einen Kinnhaken verpassen. Ist doch verrückt.«

Dann nickte ich lächelnd und dachte so etwas wie: »Aber wirklich, stell dir das mal vor.«

Früher machte mein Vater mit meinen Geschwistern und mir einmal im Jahr allein Urlaub. Jeden Sommer, zwei Wochen. Weil meine Mutter dann »das eine Mal nur an sich denken« wollte. Er steckte uns drei in seinen BMW und fuhr einfach los. Als wir noch kleiner waren, schlief mein Bruder am liebsten hinten auf der Hutablage, auf die er genau passte, und meine Schwester und ich spielten mit unseren Puppen Märchen nach. Am liebsten Geschichten von Waisenkindern, die allein im Wald lebten. Sobald mein Bruder die Hutablage freigab, winkten wir Hunderte von Kilometern lang den Autofahrern hinter uns zu und fragten unseren Vater Kfz-Kennzeichen ab. Ansonsten wurde auf diesen Reisen nicht viel gesprochen, jedenfalls erinnere ich mich nicht an irgendwelche Gespräche. Wir saßen einfach da, sahen raus oder schlossen hin und wieder die Augen, während draußen die Welt vorbeizog. Und sobald wir die Autobahn verließen, kurbelten wir die Fenster runter und legten unsere Köpfe auf die Unterarme, die Gesichter in Richtung der Sonne. Dazu hörten wir Musik. Kassetten mit der Lieblingsmusik meines Vater, die er vor den Reisen in nächtelanger Arbeit zusammengestellt hatte. Wir ließen uns dabei die Sommerferienluft ins Gesicht pusten, und nur der, der in der Mitte sitzen musste, hoffte, die Zeit möge schneller vergehen. Später durfte dann immer einer vorne neben unserem Vater sitzen, und so konnten alle gleichzeitig ihre Gesichter und Arme bräunen. Zu essen gab es jeden Tag Pommes, die in Zeitungspapier eingewickelt waren, und Calippo-Eis, so viel man wollte. Jedenfalls in meiner Erinnerung.

Vor einiger Zeit hatte ich ein paar dieser Kassetten, die mein Vater damals aufgenommen hatte, wiedergefunden. Ich war etwas knapp bei Kasse gewesen und wollte die alten *Drei ???*-Kassetten meines Bruders zu Geld machen. Er hatte noch die originalen ersten 39 Folgen mit der viel tolleren Musik, die es dann später nicht mehr gegeben hatte wegen irgendeines Urheberrechtsstreits mit dem Komponisten. Vor allem von der begehrten Folge 29 versprach ich mir einen einigermaßen guten Preis. Ich fand, wer so einen Schatz im Keller der Eltern herumstehen ließ, verdiente nicht länger, ihn zu besitzen, und hatte die Kiste beim letzten Besuch einfach mitgenommen. Und dann hatte ich in derselben Kiste tatsächlich auch die Kassetten meines Vaters gefunden, die ich bis zu diesem Moment längst vergessen hatte. Ich hatte sie mit zu Tom genommen, weil er im Gegensatz zu mir noch einen Kassettenrekorder besaß, und dann hörten wir zusammen *Dire Straits*, *Eric Clapton*, *Joe Cocker*, *The Mamas and the Papas* und all den anderen guten alten Freunden meines Vaters zu. Tom hatte irgendwann das Licht ausgemacht, und wir hatten zu *Cocaine* und *Sultans of Swing* getanzt. Ganz eng.

Nachts waren wir aufgewacht, keiner konnte sagen, wer wen geweckt hatte, wir schienen einfach in demselben Moment aufgewacht zu sein. Ich konnte sein Lächeln spüren, als er mich im Dunkeln ansah. Wir suchten, nackt nebeneinanderhockend und ohne das Licht anzumachen, in der Kiste, und dann legte Tom eine Kassette ein, spulte sie zurück und legte sich in meinen Arm wie eine Katze. Ich schob meine kalten Füße zwischen seine Oberschenkel, und wir hörten *Das Gespensterschloss*, bis es draußen langsam dämmerte. Und im ersten Morgenlicht liebten wir uns noch einmal.

Stella konnte einem auf eine eigenartig nobel erscheinende Art klarmachen, dass sie zweifellos immer mit den coolen Leuten abgehangen hatte. Sie beließ es bei Andeutungen, sprach so etwas niemals aus, aber wenn man die Puzzleteile zusammensetzte, war klar, dass sie immer beneidenswert interessante Freunde gehabt hatte. Im ganzen Haus hingen wie in einem gigantischen Poesiealbum Kunstwerke, Bilder und Fotos als stumme Beweise. Ein paar von Stellas Künstlerfreunden hatte Anna gekannt. »Der?! Bist du dir ganz sicher? Wow!«, wiederholte sie ständig, als ich ihr davon erzählt hatte.

Als Fotomodel hatte Stella in Japan und New York gearbeitet, aber nie den ganz großen Durchbruch geschafft. Dennoch hatte ich nicht das Gefühl, dass darin ein Makel lag, eher dass sie es dann wohl einfach nicht besonders gewollt hatte.

Auf den meisten Fotos musste Stella zwischen zwanzig und dreißig gewesen sein. Mit Ende dreißig hatte sie den Vater der Kinder kennengelernt, und die beiden hatten recht bald Oskar bekommen, nur wenig später Nippon und dann Beppi. Und nun Polly, die Stella sich heimlich gewünscht hatte. Nun war sie Mitte vierzig und immer noch so schön, dass ich mich zusammenreißen musste, sie nicht ständig anzustarren.

Langsam fuhr Stella das Wohnmobil von der Straße auf ein riesiges Gelände, an einem kleinen Holzverschlag vorbei, wo sie unsere Crew-Ausweise vorzeigte. Die Reifen knirschten auf dem Sandweg.

»Wo sind wir hier?«, fragte ich erstaunt.

»Hier finden verschiedene Festivals und Partys statt. Ein unglaublich schönes Gelände, oder? Während des Theaterfestivals drehen ein paar Leute, die ich kenne, einen Film. Ich habe aber ehrlich gesagt keine Ahnung, worum es geht. Sie haben es mir erklärt, das Ganze schien mir aber recht … ambitioniert.«

Stella kurbelte das Fenster wieder runter, um eine Frau zu begrüßen, die auf einem Fahrrad neben uns herfuhr. Dann parkte sie an einem Wäldchen zwischen einem riesigen alten Personenbus, einem pink gestrichenen Bundeswehr-Krankenwagen und ein paar Zelten, die in einem Halbkreis aufgestellt waren, und sprang mit einem Satz vom Fahrersitz. Nachdem wir die Campingstühle und einen Tisch rausgestellt hatten, die Markise ausgefahren, Beppi in die Karre und Polly in ein Tragetuch gesetzt hatten, hängte sich Stella zwei Kameras um, und wir gingen los. Sie winkte ein paar Leuten zu, die vor einem Zelt saßen und ihr ein freundliches »Oh, wie schön, dass du da bist, Stella!« entgegenriefen. Dann fing sie an, ein paar Fotos zu machen. Sie strahlte dabei eine unglaubliche Leichtigkeit aus. Es sah aus, als täte sie das wie in einem Spiel. Als helfe ihr der Blick durch die Linse, verlangsamt anzukommen in dieser vollkommen anderen Welt.

Ich sah mich in Ruhe um und war bis zur Atemlosigkeit überwältigt von so viel Neuem. Ich konnte nicht glauben, dass es einen Ort gab, der so faszinierend war, so freundlich, voller Musik und Gelächter. Jedes selbstgepinselte Hinweisschild war voller Liebe. Man ging an freundlich lächelnden Frauen mit Indianerschmuck auf dem Kopf und Glitzerstaub im Gesicht vorbei. In den Bäumen hingen an bunten Bändern Scherben aus Spiegeln, die sich im Wind drehten und in der Sonne funkelten, Lampions mit langen Papierschweifen in Regenbogenfarben und selbstgebastelte Drachenköpfe aus Pappmaschee, aus deren Mündern es leuchtete und die ab und zu Rauch ausstießen. Um einen kleinen Teich war ein Miniaturdorf gebaut, durch das man gebeugt gehen musste, weil über den Häusern an einem

Geflecht aus Drähten Wolken und eine Sonne hingen, die, von einem Motor angetrieben, ständig ihren Standort wechselten. Neben den Häusern gab es eine Apotheke, eine Bäckerei und eine Kirche, aus der zwei Paar Menschenbeine ragten. Aus dem Inneren hörte man Gekicher.

Wir liefen weiter und kamen zu einer weitläufigen Wiese, auf der ein mehrere Meter hohes Kunstwerk aus Metall stand. Ein riesiges Schiff, das, von Windmühlen angetrieben, hin und her schwankte und aus dessen Bordwänden Wasserstrahlen kamen, die kleine Seen auf dem trockenen Sandboden hinterließen. Ein paar Kinder sprangen lachend unter den Wasserstrahlen herum und versuchten so, die Staubschicht, die ihre Haut bedeckte, abzuwaschen. Das Wasser lief in braunen Bahnen an ihnen herunter. Plötzlich entdeckten die Kinder ein Phantasiegefährt aus Sperrmüll, auf dem vier als Weltraumfahrer verkleidete Erwachsene saßen. Die Kinder liefen kreischend hinter dem Fahrzeug her und versuchten, an einer Leiter aufzusteigen, um mitzufahren.

Hin und wieder fuhren alte, besprühte Autos an uns vorbei. Ohne Kennzeichen, manche sogar ohne Reifen mehr vor sich hin ruckelnd als fahrend, und auf den Dächern saßen fröhliche Leute. Aus dem Innern quollen Menschen und laute Musik.

Auf beiden Seiten der Wege waren Stände mit duftendem Essen, dahinter Lager aus Zelten, Bussen und Planen gegen Sonne und Regen, in deren Mitte Grüppchen zusammensaßen, die aßen, sich gegenseitig die Haare schnitten oder auf Luftmatratzen schliefen.

Ich hatte die ganze Zeit das Gefühl, irgendetwas sagen zu müssen, zu erklären, wie wohl ich mich fühle, wie froh ich war, hier zu sein. Aber ich brachte vor Aufregung kein Wort heraus.

Ein Mann mit wilden langen Haaren, die ihn wie einen Piraten aussehen ließen, kam auf uns zu.

»Die Königin! Endlich!«

Stella lächelte und löste sich von meiner Seite. Die beiden gingen aufeinander zu, er streckte die Arme nach ihr aus, und dann blieben sie einen Moment lang voreinander stehen, bis der Pirat sie hochhob und sein Gesicht an ihrem Hals vergrub. Beim Anblick der beiden musste ich die Luft anhalten. Sie wirkten so vertraut, und das zwischen ihnen war offensichtlich so viel mehr als Wiedersehensfreude.

»Warum warst du im Sommer nicht hier?! Ohne dich ist es nicht dasselbe. Früher hast du immer behauptet, dein Herz würde stehenbleiben, wenn es nicht mindestens einmal im Jahr den Beat von Techno unter freiem Himmel hört«, sagte er zu Stella, während er sie behutsam wieder auf dem Boden absetzte.

Sie lächelte. »Jetzt bin ich ja da.«

Das sei Sebo, erklärte mir Stella, »ein alter Freund«. Sebo lachte, wiederholte ihr »alter Freund«, als träfe es das nicht ganz, und umarmte mich herzlich.

Ich folgte Stella, ließ mich über das Gelände treiben, schloss mich ihrem Tempo aus Gehen, Leutebegrüßen und Stehenbleiben zum Fotografieren an, als sei ich ihr Schatten.

Ich wollte hier sein, mich den Menschen und der Stimmung hingeben, alles auf eine vollkommene Weise erleben können, aber meine Gedanken entwischten mir immer wieder, glitten zu Tom und diesem vollkommen idiotischen Dienstagabend, und das machte mich traurig und wütend. Ich war froh, dass ich Polly hatte, die ich mal schlafend, mal fröhlich vor sich hin glucksend im Tragetuch vor meinem Bauch trug, und dazu Beppi, den ich in der Karre schob oder an der Hand herumspazieren ließ. Zwischendurch setzte ich mich mit ihnen ins Gras, gab ihnen etwas zu essen und zu trinken und schaute dabei den vorbeilaufenden Menschen zu, die alle unbeschwert und glücklich schienen.

Es war gut, dass wenigstens der Akku von meinem Handy schon am ersten Abend leer war, sodass ich nicht ständig auf das Display starren konnte. Und während ich Tom vermisste und mich fragte, wie nur alles wieder in Ordnung kommen konnte, dachte ich gleichzeitig, dass ich nicht an ihn denken, sondern das Ganze hier genießen sollte. An einem solchen Ort war ich noch nie zuvor gewesen, und Stella war so nett zu mir. Sie stellte mir all diese freundlichen und interessanten Menschen vor, und ich konnte immer nur daran denken, dass keiner von ihnen Tom war. Wie heißt dieses verdammte Syndrom, unter dem ich leide? Und zu diesem unbekannten Syndrom kam noch ein weiteres: Das Mensch-Verdopplungs-Syndrom, von dem ich überzeugt war, dass es keine Erfindung von Ilse und Hildegard ist. Es beschreibt, dass man alle Menschen um sich herum in Paarungen sieht. Man hat das Gefühl, alle anderen sind mindestens zu zweit, während man selbst der einzige Mensch weit und breit ist, der allein ist. Und genau so ging es mir.

Ich hätte nach dem Wochenende niemandem beschreiben können, wie es auf dem Festival gewesen war, was die Leute gesagt hatten, was für Stücke und Performances gezeigt wurden, wie die einzelnen Hangars, Zelte und Buden ausgesehen hatten. Ich hätte nur sagen können, dass ich gerne als ein anderer Mensch da gewesen wäre. Einer, der im Hier und Jetzt war und nicht die ganze Zeit an einen Typen denken musste, dem es wahrscheinlich völlig egal war, ob ich an ihn dachte oder nicht. Der Sachen gesagt und nicht gesagt hatte, die alles eindeutig sein ließen, und man zog trotzdem keine Konsequenzen daraus, sondern dachte nur, es wird wieder gut, es wird gut, es muss gut werden.

Stella weckte mich früh am Sonntagmorgen. Sie bedeutete mir, mitzukommen. Ohne etwas zu sagen, stieg sie einen der Hügel hoch, und ich folgte ihr. Oben angekommen, setzten wir uns ins Gras und sahen uns den Sonnenaufgang an. Neben uns saßen Paare, die sich still anlächelten und in die Sonne blinzelten, aus der Ferne hörte man Musik. Unten gingen Leute eingehakt und leise lachend zu ihren Zelten.

»Genau das hier ist der schönste Moment. Der letzte Morgen, wenn alle ganz leer, aber gleichzeitig glücklich sind. Als habe man gegen etwas gekämpft, und nun kann man sicher sein, dass man fürs Erste gewonnen hat. Nächte können so dunkel, so kalt und so gefährlich sein, aber wenn du siehst, wie die Sonne wieder aufgeht, wie sie dich langsam wärmt und du in absoluter Gewissheit verstehst, dass es eben die Sonne ist, die Leben möglich macht, dass du genau deshalb lebst, dann ist das einfach unbeschreiblich. Hörst du das leise Wummern der Musik?«, sie schloss die Augen. »Wie ein Herzschlag.«

Auf der Rückfahrt schliefen Beppi und Polly, und auch Stella sprach kaum. Das Wohnmobil war im Gegensatz zum Hinweg mit einem melancholischen Schweigen ausgefüllt. Als ein Schild die Überquerung der Stadtgrenze dokumentierte, sah sie zu mir rüber und sagte:

»Weißt du, ich habe mich für mein Leben entschieden. Voll und ganz. Ich wollte lieber vom Leben im Bauwagen träumen als im Winter das Eis in einer Wassertonne zerschlagen. Das ist vielleicht ein bisschen traurig, weil man natürlich für immer wild und stürmisch bleiben wollte, aber letzten Endes ist es eben auch okay, sich davon zu verabschieden. Und dennoch, egal wie sehr man sich bemüht, hin und wieder kommt man doch an einen Punkt, an dem man einfach ein bisschen zu wenig Luft bekommt in seiner schön gestrichenen Blubberblase in *Oxford Stone, Castle Gray* und *Vert de Terre*. Diesem Leben zwischen perfekt gestutztem Rasen, dem abbezahlten Haus, Freunden mit hübschen Ferienhäusern, die sich immer die Zähne putzen, Autos, die nie den Duft des Neuwagens verlieren, weil sie schon weit vorher ausgetauscht werden, und in dem es Versicherungen für scheinbar jede denkbare Notlage gibt.

Aber in manchen Momenten reicht all das nicht, da reicht es nicht, sich sicher zu sein, dass man sich richtig entschieden hat. Dann bemerkt man, dass auch dieses wohlig warme Leben in ständiger Bedrohung ist. Vor dem Haus unserer Nachbarn parkt jeden zweiten Freitagabend ein Auto. Der Mann darin wartet, er macht den Motor nicht aus, die Rücklichter leuchten, bis seine beiden Söhne mit ihren Wochenendrucksäcken hinten eingestiegen sind, dann fährt er los. Die Jungen drehen sich nicht um, sie schielen bloß kurz zum Fenster hoch, an dem ihre Mutter ihnen winkt.

Man muss sich eingestehen, dass, wenn man dieses gewünschte Leben konsequent zu Ende denkt, es eben auch heißt: Nie mehr verlieben, nie mehr zum ersten Mal küssen. Und das erfüllt mich jedes Mal tatsächlich einen Moment lang mit dem Gefühl, dem die Portugiesen den unübersetzbaren, aber wohl treffenden Begriff *Saudade* gegeben haben.«

22

Ihr Mann küsste sie zur Begrüßung auf die Stirn, während er sie fragte, wie es gewesen war.

Stella lächelte ihn an.

»Ach, du weißt doch, wie es im Mecklenburger Land halt so ist: wunderschön und so herrlich ereignislos.«

Er nickte und sah dabei in die Sonntagszeitung. Ich nickte ihm ein zustimmendes »Wunderschön« zu, als er kurz zu mir rübersah, und während er Beppi mit dem ausgestreckten Finger in den Bauch pikste und ihn fragte, ob er sich mit den *Damen* denn nicht schrecklich gelangweilt habe auf dem platten Land, wiederholte der fröhlich das »Wundaaschön« seiner Mutter.

Stellas Mann hat in meiner Erinnerung nie ein Gesicht. Ich konnte es mir einfach nicht merken. Selbst wenn er mit einem Fahndungsfoto polizeilich gesucht worden wäre, hätte ich ihn wahrscheinlich nicht wiedererkannt. Für mich ist er am Ende ein Hosenbein geblieben. Wenn ich an ihn denke, sehe ich immer nur ein elegantes Anzughosenbein, das gerade durch eine Tür nach draußen verschwindet, sich vor einem der Kinder hockend verabschiedet oder in ein Taxi steigt, sodass man für einen kurzen Moment auf lila-orange oder grün-blau gestreifte Strümpfe blickt, die im nächsten Moment auch schon hinter der Autotür verschwinden und wegfahren. Abhängig davon, ob er morgens ging oder abends kam, hatte er mehr oder weniger Falten in den Kniekehlen, aber letztendlich war das Hosenbein einfach sehr selten da.

Stellas Mann war ständig auf Dienstreisen oder irgendwelchen Konferenzen unterwegs. Mit dem, was er tat, verdiente er offensichtlich mehr Geld als genug und legte darüber hinaus Wert darauf, dass seine Frau keinem Beruf nachging, damit nicht der Verdacht entstünde, sie müsse zusätzliches Geld verdienen. Das Modeln, Fotografieren und ihre Yoga-Kurse sah er als Selbstverwirklichung oder Hobby an, mit dem sie sich ein Taschengeld dazuverdiente. Womöglich hatte er ihr auch all diese Kinder geschenkt, damit sie nicht Gefahr lief, sich zu langweilen, oder Zeit zu haben, ihn zu betrügen, wenn er nicht da war. Und darum war es ihm vielleicht ganz recht, dass die Kinder sie so viel Kraft kosteten.

Er war selten zu Hause, während ich bei den Kindern war, und ich kann mich nicht an sehr viele Gespräche zwischen Stella und ihrem Mann im Detail erinnern. Aber eins ist mir doch in Erinnerung geblieben. Da teilte er ihr seine Theorie über Frauen mit, die sich mit über fünfundzwanzig noch als »Mädchen« bezeichneten.

»Ich habe mal eine Geschichte über ein Nilpferd gelesen, das nicht gemerkt hat, dass es längst ausgewachsen war. Es ging jeden Tag in das Haus der Leute, die es als Waise gefunden und aufgezogen hatten, und legte sich dort aufs Sofa, wie es das als Baby immer getan hatte. Und dann musste es eines Tages überrascht feststellen, dass das Sofa plötzlich unter ihm zusammenbrach, weil es nun mal kein süßes kleines Babynilpferd mehr war. Erwachsene Frauen, die von sich als *Mädchen* reden, denken genauso.«

Als Stella ihm antwortete, konnte man an ihrem Tonfall nicht erkennen, ob sie wütend oder genervt war:

»Man muss aufpassen, dass man das Leben nicht so führt, wie man Pommes mit Ketchup und Mayo isst. Dass man immer nur ganz wenig Soße nimmt, aus Angst, sie reiche sonst nicht für die ganze Portion. Sonst merkt man plötzlich, dass die Pommes alle sind und man längst nur noch mit dem Plastikstecker die Mayo in den Riesenhaufen Ketchup rührt.«

»Du isst doch überhaupt nie Pommes«, erwiderte er.

Sie hatte sich nicht umgesehen, als sie ihre Teetasse genommen und aus der Küche gegangen war.

Stella und ihr Mann waren offensichtlich grundverschieden, so verschieden, wie zwei Menschen nur sein können. Er war wie ihre Antithese. An ihm war nichts geheimnisvoll, verspielt oder unangepasst wie bei Stella, alles wirkte unterkühlt, kontrolliert, und er hatte einen eigenartigen Humor, bei dem man nie wusste, ob es überhaupt lustig gemeint war. In manchen Momenten erinnerte er mich ein wenig an Tom. Tom und Stellas Mann waren Menschen, die bei Sonnenschein Regenjacken kauften, weil ihnen einfach klar war, dass es irgendwann wieder regnen musste und sie darauf vorbereitet sein wollten. Stella und ich waren höchstwahrscheinlich bereits mehrere Tage hintereinander klatschnass geworden, ehe wir darüber nachdachten, dass wir uns darum kümmern sollten.

Hatte sie ihn deshalb ausgewählt als Ehemann und Vater ihrer Kinder? Dachte sie oft darüber nach, doch auszubrechen aus diesem geordneten Leben, um stattdessen ein anderes, unkalkulierbareres zu führen? Ich fragte mich auch, ob es ihr gefiel, dass er nicht derart hingerissen und verzaubert von ihr zu sein schien wie alle anderen Menschen um sie herum. Und gefiel ihm, dass sie sich von seinem Verhalten genauso wenig verunsichern ließ? Bei den beiden hatte man das Gefühl, der eine war dem anderen gegenüber immer ein wenig abweisend oder ließ ihn auflaufen, was zu einer eigenartigen Dynamik führte, wie ein ritueller Schattenkampf. Und vielleicht war das der entscheidende Unterschied zu Tom und mir. Die beiden waren sich ebenbürtig. Vielleicht hoffte ich manchmal, herauszufinden, wie sie das schafften, damit ich es von ihnen lernen konnte.

23

Auf dem Weg nach Hause malte ich mir aus, wie ich Tom von dem Wochenende mit Stella erzählen würde. Wie ich ihm sagen würde, dass ich im nächsten Sommer gerne mit ihm zu einem der Festivals auf dem Gelände fahren würde. Um dann endlich alles richtig erleben zu können, weil er bei mir wäre. Aber auch als die Woche längst vorüber war, wartete ich immer noch auf seinen Anruf.

Dann wartete ich irgendwann nur noch auf irgendeinen Anruf von ihm, aber er meldete sich einfach überhaupt nicht mehr. Und mir fiel kein Vorwand ein, unter dem ich mich bei ihm melden könnte, zum Beispiel um irgendwelche Sachen zurückzufordern, denn auf einmal bemerkte ich, dass da gar keine Sachen von mir waren. Und er hatte offenbar darauf geachtet, keine Spuren in meiner Wohnung zu hinterlassen. Alles, woran ich mich erinnerte, was er je mitgebracht hatte, waren Blumen, ein paarmal die Sonntagszeitung oder Lebensmittel.

Anna sagte: »Das ist doch gut, du hast ihm doch gesagt, dass er sich erst wieder melden soll, wenn er sich sicher ist. Das ist doch jetzt wirklich mehr als eine Antwort. Nun hast du immerhin Gewissheit. Scheißkerl, Idiot, vergiss ihn!«

Aber irgendwie ging das nicht.

Das alte Lied.

24

Ich saß auf dem Badewannenrand und weinte. Plötzlich flog die Tür auf, und Nippon kam herein. Als er mich sah, schrie er los:

»Oskaaaaaar, sie hat Auaaaa!!!«

Oskar kam hereingelaufen, blieb erstaunt stehen und fragte:

»Tut dir was weh?!«

»Nein … aber irgendwie auch schon.«

Er wollte wissen, wo.

»Überall?«, antwortete ich.

Oskar ging aus dem Badezimmer, während Nippon mich weiter beobachtete, als hielte er das für seine Aufgabe: Der erste Zeuge bleibt am Tatort, für den Fall, dass die Polizei ihn später befragen möchte. Ich konnte hören, dass Oskar etwas in der Kommode im Flur suchte und eine Schublade nach der anderen aufzog. Nach einer Weile kam er zurück und hielt mir eine Packung Pflaster hin.

»Das ist lieb von dir, aber es ist nicht diese Sorte Schmerz.«

»Bei Nippon helfen die auch bei *solchem* Schmerz … Soll ich dir vielleicht mal eins aufkleben?«

Ich zuckte mit den Schultern und sah ihm dabei zu, wie er etwas umständlich eins der Winnie-Puuh-Pflaster auspackte, zufrieden betrachtete und mir aufs Bein klebte. Nippon hatte sich hingehockt und sah sich das Ganze interessiert an. Als Oskar fertig war, guckte Nippon zu mir hoch und fragte mit einer hochgezogenen Augenbraue:

»Wieder gut?«

Dazu nickte er aufmunternd.

Ich schüttelte mit dem Kopf und zeigte auf meinen Arm.

»Da noch.«

Oskar klebte ein Pflaster auf die Stelle, auf die ich gezeigt hatte.

»Und da.«

Als die Packung leer war, behauptete ich, jetzt sei es schon viel besser. Nachdem Nippon, darüber offenbar zufrieden, aus dem Badezimmer gegangen war, beugte sich Oskar zu mir und flüsterte in mein Ohr:

»Du hast geschwindelt, für Nippon, nicht wahr?«

Ich nickte.

»Es hört einfach nicht auf, verstehst du? Egal, was ich mache, es wird überhaupt nicht besser.«

Er kniff die Augen zusammen, als müsse er darüber nachdenken.

»Wenn Kinder schaukeln«, sagte er dann auf einmal, »kommt es den Erwachsenen doch oft so vor, als würde das ewig dauern, als würden die Kinder, wenn man sie lässt, für immer und ewig weiterschaukeln. Aber das stimmt nicht. Man lässt sie nur einfach nie zu dem Moment kommen, dass es genug ist. Und so ist das mit dem, was du hast, vielleicht auch. Es fühlt sich nur an, als ob es niemals zu Ende geht.«

Er stand auf und ging, bevor ich ihm widersprechen konnte. Ich streichelte über Ferkels knittrigen Kopf auf meinem Knöchel und blieb immer noch ratlos auf dem Badewannenrand hocken.

Nippon kam zurück ins Badezimmer.

»Du hast gar kein echtes Aua?!«

Er schien empört.

Oskar trat hinter ihm durch die Tür und zuckte mit den Schultern.

»Man kann Kindern die Wahrheit zumuten«, klärte er mich auf.

»Ich bin einfach traurig, weil mein Freund sich nicht meldet, verstehst du?«, sagte ich zu Nippon.

»Warum rufst du ihn nicht an?«

»Das geht nicht.«

»Ist sein Telefon kaputt?«

Ich schüttelte den Kopf. Nippon verzog das Gesicht zu einer irren Grimasse. Das machte er manchmal, wenn ihm etwas zu kompliziert wurde, in der Regel Dinge wie Schnürbänderzubinden.

Oskar stand an die Badewanne gelehnt und nestelte an einem losen Faden an seinem Pullover. Er dachte offenbar über etwas nach.

»Kannst du dir nicht einfach einen neuen Freund suchen? Einen netten?«

Er sah nicht hoch, als er das fragte, und auch nicht, als ich ihm antwortete.

»Aber ich will ja keinen neuen. Ich will nur ihn.«

»Kommt er denn bald zurück?«

»Vielleicht?«

Ich konnte sehen, dass er mir glauben wollte, aber beim besten Willen nicht konnte.

»Warum ist er überhaupt weg?«

»Ich weiß es nicht. Er glaubt offenbar, dass er gerade nicht mit mir zusammen sein kann. Aber vielleicht merkt er ja jetzt, dass wir es eigentlich gut miteinander hatten. Ich kann mir nicht vorstellen, ohne ihn zu sein, und ich kann mir auch nicht vorstellen, dass er das kann.«

Nun sah mich Oskar an. Er schien unschlüssig:

»Was ist an ihm so gut gewesen?«

»Ich weiß es nicht. Alles.«

»Was mochte er an dir?«

Ich sah ihn fragend an.

»Wir beide«, er zeigte auf mich und dann auf sich, »wir verstehen uns gut. Richtig gut. Ich würde dich heiraten. Du bist eine wirklich gute Mutter bei *Vater, Mutter, Kind*. Warum suchst du dir nicht einen, der das mehr so sieht wie ich?«

»Weil das ja kein Spiel mehr ist. Und weil Jungs über zehn in der Regel nicht mehr so sind wie du.«

Oskar schaute mich ungläubig an und dachte angestrengt nach.

»Warum will man mit jemandem zusammen sein, der das nicht will?«

Gespräche mit Oskar waren oft wie eine Schachpartie, in der man sich nach nur drei Zügen in einer ausweglosen Situation befand. Als sei man nur einer von vielen Teilnehmern bei diesen Showrunden, wo irgendein russischer Großmeister jungen Menschen eigentlich zeigen sollte, was für ein Vergnügen das Schachspielen war. Aber dann ging der Meister bloß gelangweilt von Brett zu Brett und warf einen nach dem anderen aus dem Spiel, ohne auch nur so zu tun, als schaue er überhaupt richtig hin.

Ich schwamm.

»Kennt ihr das nicht, dass man jemanden mag, der einen gerade nicht so mag?«

Nippon, der inzwischen auf meinem Schoß saß, fuhr herum und sah mich entgeistert an:

»Wer mich nicht mag, ist blöd!«

Ich sah zu Oskar, der nur erschöpft die Arme hob, als wolle er sagen: »Was soll man dem noch hinzufügen?«

25

»Der guckt aber oft rüber«, sagte Hildegard zu Ilse.

»Ist mir auch schon aufgefallen«, antwortete die.

»Uns wird er wohl nicht meinen …«

»Hmmmh.«

Ich sah gedankenverloren in die Richtung, in die sie guckten. Ein Junge schubste parallel zwei kleine Jungen auf den Schaukeln an und sah etwas ertappt weg, als ich zu ihm rübersah. Dann guckte er noch mal hoch und lächelte. Mit der Zeit kam er immer weiter in unsere Nähe, bis ich ihn schließlich fragte, ob er der Babysitter oder Bruder der Jungen sei.

»Sie sind meine Halbbrüder. Aber ich bin bei der freiwilligen Feuerwehr, da kümmere ich mich auch immer um die Kleineren.«

Ich fragte ihn, ob er hier in der Nähe wohne.

»Fünfzehn«, sagte er etwas hastig, »ich werde aber nächsten Monat sechzehn.«

Er wurde rot, als er sein Versehen bemerkte, und zeigte zur Rutsche, wo einer seiner Brüder gerade die Leiter hochkletterte.

»Ich muss da … da mal … mal hin.«

Ilse und Hildegard sahen mich grinsend an und sprachen weiter über mich, als säße ich nicht direkt neben ihnen.

»Auf den hat sie aber Eindruck gemacht.«

»Kann man so sagen.«

»Bisschen jung ist er vielleicht.«

»Ach, das verwächst sich. Ist was für später.«

»Sie kann sich die jungen Männer hier aber auch aussuchen …«

Ich könnte nicht sagen, was mich in diesem Moment so erschütterte. Die offenbar drohende Gewissheit vielleicht, dass sich von nun an und für alle Zeit ausschließlich die Falschen in einen verliebten und man scheinbar nichts dagegen machen konnte.

»Warum heult sie denn?«, fragte Hildegard Nippon und zeigte auf mich, als wäre ich eine Vase oder der Protagonist einer Nachmittagssendung im Fernsehen. Jedenfalls nicht anwesend.

»Ihr Freund ruft nicht an«, erklärte Nippon, hochzufrieden darüber, dass er die Antwort kannte.

»Gar nicht mehr?«, wollte Ilse daraufhin wissen.

»Nöö.«

»Dann ist es wohl nicht mehr ihr Freund.«

Achselzucken.

»Hat er eine Neue?«

Wieder Achselzucken.

»Und wie lange geht das nun schon so?«

Erneutes Zeigen von Hildegard auf mich.

Nippon zuckte erneut mit den Achseln und sagte vage: »Länger?«

Er verlor das Interesse an dem Gespräch, jetzt, wo er keine befriedigenden Antworten mehr geben konnte, und dampfte ab. Ilse und Hildegard hingegen kamen erst richtig in Fahrt und wendeten sich Liebes-Syndromen zu, die nur scheinbar nichts mit mir zu tun hatten, in Wahrheit aber natürlich alle und ausschließlich an mich adressiert waren.

»Wusstest du, dass sich bei Verliebten der Herzschlag synchronisiert, sobald sie sich anschauen?«, fragte Ilse ihre Cousine.

»Ach.«

»Ja!«

»Woher hast du das nun schon wieder?«

»Deutschlandradio. Wissenschaftler haben das herausgefunden. Und weißt du, wessen Herz sich auf das des anderen einstellt?«

»Na?«

»Das Herz der Frau auf das des Mannes.«

Hildegard stöhnte genervt auf, was Ilse mit einem Nicken und dramatisch gesenkten Lidern begleitete. Sie schüttelten beide mit den Köpfen, wahrscheinlich um zu unterstreichen, dass sie sich das auch keineswegs erklären konnten.

»Aber wusstest du, dass …«

Ich holte tief Luft, dann unterbrach ich sie in einem einzigen Ausatmen.

»Heutevielleichterstmalkeineliebessyndromemehr*bitte*?!«

Sie schauten mich an.

»Ach.«

»Ach.«

»In Ordnung. Sie muss natürlich nicht auf uns hören«, sagte Ilse.

»Nein, wozu auch?«

»Ja, was sollen ihr zwei alte Frauen schon raten können,

die sich, wenn sie ein paar neue Unterhemden kaufen, schon fragen sollten, ob sich das überhaupt noch lohnt. Und keine Supermarkt-Treuepunkte mehr sammeln, weil die Gefahr, kurz vor der WMF-Topfset-Prämie sowieso nicht mehr auf der Höhe zu sein, zu groß ist.«

»Genau, warum sollte sie auf uns hören.«

»Ja, warum.«

Ich hielt es nicht mehr aus:

»Also gut. Was ist es, was muss ich wissen, damit es aufhört? Und wie kann es sein, dass jemand einen plötzlich nicht mehr will, einfach so?!«

Sie machten eine endlos lange Pause, wahrscheinlich um größtmögliche Spannung zu erzeugen. Es fehlte nur, dass eins der Kinder aus dem Gebüsch gesprungen kam und auf einem Eimer einen Trommelwirbel machte.

»Die Wahrheit ist: Es gibt da kein Rezept. Bei diesen Sachen gibt es leider keine Abkürzungen, wenn man sie nicht auch nehmen will«, sagte Ilse.

Wir sahen uns an. Sie schienen sich nicht zu schämen, dass statt einer geplatzten Bombe nur ein kleines *Puff* aus ihrem Lager gekommen war, und ich musste feststellen, dass die Cousinen das Ganze für ungefähr so gravierend und die Welt aus den Angeln hebelnd betrachteten wie ein aufgeschlagenes Knie: Im Moment etwas unangenehm und sicher auch schmerzhaft, aber das geht vorüber. Immer. Knibbel halt nicht ständig am Schorf.

Ich versuchte, mich auf irgendeine Art getröstet zu fühlen, während die beiden sich anderen, wichtigen Themen zuwandten:

»Was macht eigentlich die Henning?«

»Die kommt in die Betreuung. Ihr Sohn möchte das.«

»Und die Heidmüller?«

»Lange nichts gehört. Das letzte Mal war das mit der Gürtelrose.«

»Ach ja. Unangenehm.«

»Apropos. Wie geht's der Schulz?«

»Die Schulz? Die ist vergangene Woche verstorben. Krepps!«, erklärte Hildegard nickend und schwieg. Hildegard, die Krebs immer mit diesem noch tödlicher klingenden Doppel-P aussprach.

»Heutzutage stirbt ja kaum noch einer am Tod«, stellte nun ihrerseits Ilse fest und pikste ihren Finger mehrmals in die Luft, als müsse sie die Punkte unter ihre Ausrufezeichen per Hand setzen.

26

Ein paar Tage später erklärte Oskar mir, dass Nippon an seinem Bestimmertag gerne zu mir nach Hause gehen würde.

»Zu mir nach Hause?«, fragte ich ihn erstaunt.

Er nickte.

Das hatten sie noch nie vorgeschlagen. Ich überlegte, ob es ordentlich genug war, um spontan Besuch zu empfangen, und was man überhaupt mit Kindern in meiner Wohnung machen konnte. Um Zeit zu gewinnen, fragte ich ihn, was sie denn da wollten.

»Aber woher soll ich das wissen?«, antwortete Oskar kopfschüttelnd. »Es ist doch Nippons Bestimmertag.«

Ich erklärte ihm, dass wir dann mit der U-Bahn fahren müssten, länger und mit Umsteigen. Aber er hörte mir gar nicht mehr zu, sondern befahl seinen Brüdern, sich anzuziehen. Beppi schaute ihn entgeistert an, als müsse er ihn daran erinnern, dass er das ja noch gar nicht alleine konnte. Dann schaute er mich an und streckte mir seine Ärmchen entgegen. Ich half ihm, sich in die Jackenärmel zu fädeln, und überprüfte nebenbei die Gummistiefel, die Nippon vor mich gestellt hatte, um sich bestätigen zu lassen, dass er sich auch wirklich keine »widerlichen Entenfüße« anzog.

Im U-Bahnhof zeigte Oskar auf ein paar Punker, die ein dreckiges Pappschild vor sich aufgestellt hatten.

»Was steht da?«

»Sie bitten um Essen und Trinken«, sagte ich mit gedämpfter Stimme.

Oskar sah mich forschend, aber auch etwas herausfordernd an.

»Was steht da genau?!«

»Eine Spende für Suff und Fraß«, las ich nun wahrheitsgemäßer vor.

Er nickte anerkennend, und dann gingen wir zum Fahrstuhl.

In der U-Bahn sprachen wir nicht viel. Beppi war nach zwei Stationen eingeschlafen, während Nippon aus dem Fenster schaute und offenbar immer noch darüber nachdachte, warum es U-Bahn heißen konnte, »wenn sie doch aber soooo oft oben fährt«. Und Oskar schien mich mit seinem durchgehend milden Lächeln, in dem immer noch ein Rest Freude über *für Suff und Fraß* hing, davon abhalten zu wollen, ein längeres Gespräch mit ihm darüber anzufangen, dass sie sich in meiner Wohnung vermutlich sehr langweilen würden, da ich keine Spielsachen hatte. Also saßen wir schweigend nebeneinander. Mehr zu sich selbst sprach Oskar hin und wieder flüsternd die durchgesagten Stationsnamen nach.

Als wir bei meinem Haus ankamen, mussten Oskar und ich die schaukelnde Karre mit dem noch immer schlafenden Beppi in den zweiten Stock schleppen, und Nippon machte voller Entsetzten sein *Pipi! Klo! Sofort!*-Gesicht, als er die Treppenstufen tänzelnd hinter uns hochhüpfte.

Schnell schob ich ihn ins Badezimmer und blieb neben ihm stehen, um ihm Klopapier zu reichen. Aber er ließ sich Zeit und inspizierte ganz in Ruhe mein Badezimmer. Auf einmal sah auch ich mich um, als wäre ich zum allerersten Mal hier, und fragte mich, warum die Person, die hier lebte, bloß derart viele Fläschchen, Tuben, Bürsten, Spangen, Sprays und Döschen besaß. Und warum sie immer noch nicht die zweite Zahnbürste weggeschmissen hatte, die er sowieso nie benutzt hatte, weil sie immer nur bei ihm übernachtet hatten, da er behauptet hatte, nur auf seiner eigenen Federkernmatratze Schlaf finden zu können. Und hätte jemand, der das Wort »Federkernmatratze« benutzte, einem nicht sowieso verdächtig vorkommen müssen?

Nippon zog von unten an meinem Pulloverärmel und riss mich aus meinen Gedanken.

»Und wann bekomme ich endlich das Eis?«

»Welches Eis?«, fragte ich erstaunt.

»Oskar hat gesagt, ich kriege ein Eis, wenn wir heute nicht auf den Bauplatz-Spieli, sondern zu dir gehen.«

»Ach so, DAS Eis. Das gehen wir gleich beim Späti um die Ecke kaufen.«

Nippon nickte zufrieden. Ich war erstaunt, obwohl es mich nicht wirklich überraschte, dass das Ganze natürlich nicht Nippons Idee gewesen war. Aber trotzdem verstand ich in diesem Moment nicht, warum genau Oskar seinen Bruder benutzt hatte, um in meine Wohnung zu gelangen.

Auf dem Weg nach Hause blieb Nippon plötzlich stehen.

»Batman weint«, erklärte er.

Er klang besorgt, aber ich verstand nicht sofort, was er meinte. Bis mein Blick seinem ausgestreckten Finger folgte und auch ich den kleinen Jungen im Batman-Kostüm sah, der zusammengesackt auf dem Bürgersteig gegenüber saß. Der Junge war so damit beschäftigt zu weinen, dass er nicht sah, wie seine Mutter ihm die Arme hinhielt, um ihm hochzuhelfen. Dann sah Nippon mich an, als erwarte er eine Erklärung. Aber ich sah nur ratlos zurück. Schließlich wurde Batman von seiner Mutter hochgehoben und ins Auto getragen.

Nippon seufzte in die Stille, als das Auto mit dem Jungen und seiner Mutter schließlich im Verkehr verschwunden war, und dann war es, als schüttle er etwas ab. Er dachte einen Moment nach.

»Ich war mal Spiderman«, erklärte er mir mit einem Achselzucken.

Den Grund ihres Besuchs begriff ich erst, als ich abends wieder nach Hause kam: Alle Fotos von Tom waren weg. Oskar war dabei sehr gründlich vorgegangen und hatte wirklich kein einziges übersehen. Ich fand sie erst in den nächsten Tagen wieder, eins neben dem anderen penibel unter die Regale geschoben. Einen Moment überlegte ich, sie aufzuheben, anzuschauen und wieder aufzuhängen, schob sie dann aber stattdessen mit der Fußspitze noch ein Stück weiter nach hinten.

27

Der Spielplatz war gefährlicher als andere Orte. Wenn wir im Zoo waren, dachte ich viel weniger an Tom als auf dem Spielplatz. Weil man im Zoo herumgehen musste und etwas zu tun hatte, auf dem Spielplatz aber viel saß und viel Zeit hatte, um nachzudenken, zu viel. Manchmal hatte ich das Gefühl, der letzte Monat ohne ihn sei rasend schnell vergangen, und dann auch wieder zermürbend langsam. Meine Gedanken waren beherrscht von den Worten »niemand« und »niemals wieder«: *Es gibt niemanden, der so gut riecht wie er. Niemals wird jemand wieder so gut riechen, küssen, schmecken, sich anfühlen, mich anfassen – wie dieser eine.*

Wie oft hat wohl schon jemand diesen Satz gesagt. Wahrscheinlich zweimal so oft wie *Ich liebe dich*.

Als ich nach einer Weile, die ich gedankenverloren dagesessen hatte, hochguckte, sah ich, dass eines der Mädchen, die mit einer der Kindergartengruppen gekommen waren, begonnen hatte, Beppi einzugraben. Schaufelweise warf sie Sand auf seinen Bauch. Sie arbeitete rasch, und sie tat das auf keine liebevolle Art, die vermuten ließ, dass es sich um ein Spiel handelte. Sie schaufelte mit einem gewissen Wunsch nach Vernichtung im Blick. Ihre Körpergröße allein verriet nichts über ihr Alter, aber unten fehlten zwei Milchzähne, woraus ich schloss, dass es ihr letzter Sommer vor der Schule sein musste. Vielleicht war das der Grund, vielleicht wollte sie sich durch diesen kleinen Totschlag einfach nur der drohenden Beschulung entziehen. Beppi jedenfalls schien von der Ausweglosigkeit seiner Situation überzeugt. Er hatte die Augen geschlossen und summte etwas, das wie ein indianisches Beerdigungsmantra klang.

»Was soll das?«, fragte ich den Hinterkopf des Mädchens.

Die Kleine stoppte ihre Arbeit, schaute erstaunt auf und musterte mich missbilligend.

»Er stört uns beim Kochen.«

Das Mädchen deutete auf die mit Sand gefüllten Eimer und ein Sieb, auf dem sie zerrupfte Blätter drapiert hatte. Um ihren Ärger zu unterstreichen, entriss sie Beppi nun auch die kleine gelbe Schaufel, die er vorhin fröhlich brabbelnd aus ihrer imaginären Küche entwendet und bis eben tapfer festgehalten hatte.

»Spinnst du?!«

»Aber er ...«

»Nein!«

»A...!«

»Nichts aber!«

»ABER ...«, versuchte sie es ein letztes Mal, inzwischen in dieser schrillen Empörungstonlage, die nur kleinen Mädchen möglich ist.

Ich sah mich um und betrachtete dann das pinke T-Shirt des Mädchens, das mit einem »Meine Mutter ist hübscher als deine«-Schriftzug bedruckt war, dann beugte ich mich ganz langsam zu ihr herunter und flüsterte:

»Nein, habe ich gesagt. Hörst du? Und ich sage dir noch was: Du bist eine kleine zickige Kröte. So wie ich das sehe, spielt hier auch überhaupt keiner mit dir. Du sitzt ganz allein in deiner schicken glasfaserverstärkten, aber imaginären Kunststoffspielplatzküche. Und spätestens mit dreißig, das verspreche ich dir, wird es dir verdammt noch mal leidtun, dass du diesen super Typen da« – ich zeigte auf Beppi, der, nachdem er meine Stimme gehört hatte, neuen Lebensmut gewonnen hatte und nun durch ein vorsichtig blinzelndes Auge dem Geschehen folgte, ansonsten aber weiterhin wie eine umgedrehte Schildkröte regungslos auf dem Rücken lag – »... dass du diesen unfassbar coolen Typen so mies behandelt hast und ihn nicht stattdessen mal lieber auf eine Sandsuppe eingeladen hast!«

Ihr Gesichtsausdruck wechselte zwischen Verwirrung und Empörung. Sie sah sich nach den Kindergärtnerinnen um, ob nicht doch eine von ihnen Zeugin dieses Dialogs geworden war. Aber niemand sah in unsere Richtung. Die einzige, die in unserer Nähe saß, tippte gelangweilt auf ihrem Handy herum. Ernüchtert schaute das Mädchen wieder mich an. Ich nickte und schloss dabei einen dramatischen Moment lang die Augen.

»Und jetzt nimmst du deine Siebensachen und schwirrst ab.«

Mit zitternder Unterlippe raffte das Mädchen Sieb, Eimer, Schaufeln und Harke zusammen und stand auf, um zu gehen.

»Die Schaufel bleibt hier«, erklärte ich.

Mit einem Plumps landeten die gelbe Schaufel und offenbar als kleine Zugabe noch eine grüne Harke neben ihren Füßen. Das war der Moment, in dem Beppi entschied, sich mit rudernden Armen aus seiner unglücklichen Lage zu befreien. Auf allen vieren krabbelte er zur gelben Schaufel und winkte mir damit erstaunt, aber glücklich zu.

Ich ließ mich schlapp in den Sand neben dem Häuschen fallen.

28

Ich machte mir viele Gedanken darüber, was ich tun würde, wenn sich Tom doch noch meldete. Er war jetzt etwas mehr als einmal Sommerferien lang weg. Die Antwort schwankte je nach Tagesverfassung zwischen einem »Spinnst du? Verschwinde, auf Nimmerwiedersehen« und dem trotzdem viel wahrscheinlicheren »Okay, blöd. Egal, Hauptsache, du bist wieder da«. Während ich mich für diese ausgesprochene Unwahrscheinlichkeit wappnete und in meinem Kopf zahlreiche mögliche Szenerien durchspielte, wurde mein Bedürfnis, mit irgendjemandem über Tom zu sprechen, der ihn kannte, immer größer. Mir wurde aber immer klarer, dass wir tatsächlich kaum Leute zusammen getroffen hatten und Tom auch sonst nicht besonders viel von seinen Freunden gesprochen hatte.

Mit einer Ausnahme: Er hatte immer wieder von einem Matze erzählt. Einem Freund, mit dem er eine Zeit lang »so ein Business aufmachen« wollte. Das Produkt war Matzes Idee, und Tom hatte, wie er sagte, das große Potenzial erkannt. Für Tom sollte es vor allem eine spaßige Nebensache sein, etwas, das ihm eine gewisse Lässigkeit verleihen würde und womit man gleichzeitig Geld verdienen konnte. Für seinen Kumpel hatte er das Ganze aber als »Riesenchance« gesehen, sich endlich etwas Vernünftiges aufzubauen und nicht länger »mit diesem Kunstkram rumzueiern«. Matze hatte die *Grannies green vegan Smoothies made in Berlin / Brandenburg* entwickelt. *Berlin Smutje* sollte die Marke heißen, die sie in Clubs, auf Märkten und in ein paar Bioläden verkaufen wollten. Das Obst und Gemüse hatte Matze anfangs in dem Garten seiner Großmutter in Brandenburg gezogen, und später wollten sie es aus einer Aquaponik-Farm beziehen. Einfach die Welt ein kleines bisschen verbessern, das hatte Matze gewollt. Mit der Betonung auf *ein kleines bisschen.* Tom hatte dagegen in einer Dimension geplant, die alle europäischen Großstädte mitdenken wollte. Und warum eigentlich nur Europa?

Ich glaube, dass er eigentlich auch mit mir nicht gerne darüber sprach, aber weil ihn die Situation verrückt machte und er noch viel weniger mit jemand anderem über den drohenden Misserfolg sprechen wollte, platzte es hin und wieder aus ihm heraus. Matze war das Ganze nach Toms Meinung viel zu nachlässig angegangen, hatte nicht schnellstmöglich Toms endlose To-do-Listen abgearbeitet, Protokolle über bereits Getanes an ihn geschickt und keine Schlachtpläne für weitere Marketingmaßnahmen erarbeitet. Irgendwann hatte Matze ihm einen Brief geschrieben, um den Tom tagelang herumgeschlichen war, als hätte er geahnt, dass ihm der Inhalt nicht gefallen würde. Niemand schrieb heutzutage für gute Nachrichten noch einen Brief. Briefe wollten auf alte Schule machen, einen guten Stil bewahren. Und er hatte natürlich recht behalten. Matze hatte ihm geschrieben, dass er es ihm bitte nicht übelnehmen solle, aber dass er das mit dem Business lieber sein lassen, lieber wieder nur befreundet sein wolle.

Ich habe noch immer Toms nur mühsam gezügelten Wutausbruch über Matzes »saudummes Phlegma/Faulheit« im Ohr. Er hatte tatsächlich »Phlegma Schrägstrich Faulheit« gesagt, als diktiere er mir ein Protokoll seiner Wut. Dann war aber auch schon dieser Dienstag gekommen, an dem er zu seinen Eltern gefahren war, und so habe ich nie erfahren, was er ihm am Ende geantwortet hat.

Ich weiß nicht, warum ich gerade mit diesem Matze sprechen wollte. Vielleicht weil ich ihn mir von allen von Toms Freunden noch am ehesten als jemanden vorstellen konnte, vor dem es mir nicht unangenehm war, dass Tom mich so hinterlistig hatte stehenlassen. Entsorgt wie eine alte, in den Straßengraben geworfene Waschmaschine an einer italienischen Autobahn. Vielleicht weil mir die Vorstellung von einem Typen, der mit seiner Großmutter Smoothies machte und sie *Smutje* nannte, weil die Oma dachte, sie hießen so, irgendwie gefiel. Vielleicht wollte ich aber auch gerade ihn treffen, weil mir die anderen Freunde eigenartig diffus geblieben waren. Mit ihren Namen, die klangen, als hätte sie jemand mit Zuckerguss auf Lebkuchenherzen geschrieben: Misi, Muppi, Mäusi, Clari, Beni, der Preinsing, Schalle, Leischnik, Clemi und Lupo. Und mit den paar anderen, die ich tatsächlich flüchtig kannte, wollte ich auf keinen Fall über all das reden.

Von einem plötzlichen Tatendrang befallen, nahm ich mein Rad, fuhr zum Bahnhof, trug es in eine Regionalbahn nach Brandenburg und machte mich auf die Suche nach diesem Matze, was nicht sonderlich schwer war, da Tom ihm einen unbestritten professionellen Internetauftritt hatte machen lassen, den es noch immer gab. Dort hatte alles ganz ordentlich gestanden, so wie Tom eben war: Firmengeschichte, Name und Sitz der GbR, Steuernummer, Haftungsausschlüsse, die Namen der Geschäftsführer, Adresse des Firmensitzes und als Startseite ein Bild des rührigen Bullerbü-Hauses mitsamt der Großmutter davor. Als ich aus dem Zug stieg, konnte ich es sofort riechen: Es war dieser Tag im Jahr, an dem die Luft nach toten Marienkäfern roch. Als ob sie alle auf einmal auf ein geheimes Kommando hin starben.

Matze war zwar überrascht, als ich mit meinem Rad in den Garten geschoben kam und ihm erklärte, wer ich war, schien sich aber irgendwie auch über meinen Besuch zu freuen. Vielleicht lag es daran, dass man auf dem Land viel weniger Besuch bekommt, als man angenommen hatte, als man rausgezogen war, weil man den Freunden ihre *Ey, super, dann kommen wir jedes Wochenende raus und grillen/schwimmen/jäten/ernten/backen/hacken Holz/kochen/wecken ein und machen danach endlose Spaziergänge*-Beteuerungen tatsächlich geglaubt hatte.

Er bot mir etwas zu trinken an, und ich war überrascht, dass er mit zwei Flaschen Bier zurückkam, weil ich eher Filterkaffee in einer Thermoskanne, Rhabarberschorle oder Wasser aus einem Brunnen mit selbstgemachtem Holundersirup erwartet hatte. Ich sagte ihm nicht, dass ich Bier überhaupt nicht mochte, sondern nahm mit angehaltenem Atem einen Schluck, nachdem wir mit einem dumpfen *Klick* angestoßen hatten.

Als er sagte, er könne sich daran erinnern, dass Tom ihm mal von mir erzählt hatte, konnte ich nicht sagen, ob es stimmte oder ob er nur nett sein wollte. Aber allein, dass er es behauptete, war irgendwie tröstlich, und plötzlich war es auch egal, was ich ihn eigentlich hatte fragen wollen. Als ich neben ihm im Garten saß, auf dieser Bank, auf der Tom wahrscheinlich auch gesessen hatte, um mit ihm Pläne zu schmieden, merkte ich, dass es mir gar nicht darum gegangen war, tatsächlich irgendetwas Konkretes zu fragen. Was hätte das auch sein sollen? Ihn zu treffen war mehr, wie das letzte vergessene T-Shirt des anderen zu finden, vom Boden aufzuheben und die Nase reinzustecken, um noch ein letztes Mal den Duft des Verlorenen zu riechen. Aber der Geruch war auch hier nur noch schwach. Auch Matze hatte länger nichts von Tom gehört. Die Sache mit den Smoothies war Vergangenheit. Sie hatten sich nach dem Brief zwar noch zwei- oder dreimal getroffen, aber jedes Mal mehr geschwiegen als gesprochen, worüber Matze zwar traurig, aber auch ratlos schien.

»Vielleicht ist das seine Art, einem zu zeigen, wie sehr er einen mochte.«

Das Ende ihres gemeinsamen Projekts hatte ihn eigenartig in der Luft hängen lassen, und darum war er erst mal bei seiner Großmutter auf dem Land geblieben und hatte seine Wohnung in Berlin untervermietet, an irgendwelche amerikanischen oder australischen Studenten, das wusste er nicht ganz genau. Von dem Geld lebte er hier jetzt erst mal und wollte eine Weile bleiben, weil ihn seine Arbeiten nicht richtig ernährten. »Noch nicht«, wie er auf diese Art hinzufügte, die Menschen entwickeln, deren Hoffnung schon Seufzer bekommen hat. Er kannte dieses Leben, das man führt, wenn man sich von Projekt zu Projekt hangelt. Dieser Art von Beschäftigung, die mehr einer endlosen Kette erster Dates ähnelt.

Er fragte mich, ob ich sehen wolle, was er sonst machte. Matze war eigentlich Fotograf und hatte an der Kunsthochschule studiert. Im Haus lagen auf einem langen Tisch DIN-A1-Abzüge seines aktuellen Projektes. Er hatte Einkaufszettel gesammelt, die Menschen verloren hatten, hatte die Dinge nachgekauft und anschließend den Einkauf mit dem dazugehörigen Zettel fotografiert.

Mir gefiel die Idee. Die Zettel erinnerten mich an die, die Tom immer schrieb. Aber hier hatte ihnen jemand dabei geholfen, ihre wahre Poesie zu zeigen, eine Poesie, die Tom kategorisch abgestritten hätte.

Zwei der Collagen mochte ich besonders:

Hansaplast: 5 grüne, 2 rote (2,5 breit)
6 Tomaten
1 Gurke
4 Äpfel (Elstar)
3 Bananen
1 Käse: Bavaria blue
500 g Zaziki oder *2 × à 250 g Magerquark*
1 Bauernvesper-Brot
1 Rosinenbrot
2 Beutel Knorr Rindfleischsuppe mit Nudeln
1 Päckchen Kaffeesahne (20 Stück à 10 g)
1 × Heringssalat in Sahne
----
6 Bananen, 6 Mandarinen
½ kg Karotten
½ kg mehlig kochende Kartoffeln
1 l Vollmilch
Reis im Beutel

Käse
½ Hühnerbrust mariniert grün mit Kräutern
Zucchini
Brot Dinkel Hafer
Actimel 4 Stck.
weißer Vollmilchjoghurt 3,5 %
Dr. Oetker Schokomüsli
Dr. Oetker Knuspermüsli
Honig in Flasche Langnese

Beide Zettel waren fast überakkurat geschrieben, und bei dem zweiten erkannte man, dass man von dem Einkauf ein paar Tage satt würde. Es blieb außerdem eigenartig in der Schwebe, ob jemand die Punkte diktiert bekommen, sie für jemand anderen oder für sich selbst geschrieben hatte. Vor allem mochte ich den Wechsel zwischen allgemein benannten Produkten und extra mit Markennamen und Gramm-Angaben bezeichneten.

Matze hatte gerade eine kleine Ausstellung in der Galerie eines Bekannten gehabt und träumte davon, in andere Länder zu reisen, dort Einkaufszettel zu suchen, zu fotografieren und ein Buch daraus zu machen. Aber er hatte natürlich keine Kohle dafür. Davon hatte Tom nie etwas erzählt. Immer nur das Vermarktungspotenzial der Smoothies heruntergeleiert.

Matze stand am Fenster und schaute hinaus, als ich mir die Fotos ansah. »Kommst du mit schwimmen?«, fragte ich ihn aus einem Impuls heraus.

Er drehte den Kopf in meine Richtung.

»Im See? Jetzt?«

Er zeigte aus dem Fenster auf die Bäume, die schon die

Hälfte ihres rotgoldenen Laubs verloren hatten. Ich nickte ihm zu, als er sich umdrehte und mich mit diesen eigenartig hellen blauen Augen ansah. Huskyaugen. Männer mit solchen Augen tranken eigentlich immer zu viel. Männer mit Huskyaugen sind in der Regel gefährlich, auf eine anziehende Art gefährlich. Man nahm sich besser in Acht vor Männern wie Matze. Männer, die einen mit ihrer locker-freundlichen, eher freundschaftlichen Art einwickelten und die so durchdringend gucken konnten mit ihren unnatürlich hellen Augen, dass man unwillkürlich zu Boden blicken musste. Die sich immer durch die Haare strichen, als kämen sie gerade aus der Dusche. Deren Lachen rauchig und ein bisschen fremd blieb. Die einem beim Sprechen die Hand auf den Arm legten. Nicht plump mit der ganzen Handfläche, mehr ein Tanz der Fingerspitzen und nie so lange, dass es aufdringlich gewesen wäre, nur gerade so, dass sich einem alle Haare mit einem Miniaturschauer aufstellten.

Tom war nicht so jemand gewesen. Toms grüne Augen hatten einem das Gefühl von Sicherheit vermittelt, als könne man ihnen vertrauen. Vielleicht war in seinem Blick manchmal etwas, das manche Leute als das Fehlen eines Feuers missverstanden hätten, etwas Langweiliges, aber ich hielt das für ein Zeichen von Beständigkeit. Ich dachte, diese Augen und meine würden in dieselbe Richtung sehen und eines Tages gemeinsam auf einer Bank hinter einem Haus sitzen und in den Garten schauen. Tom hatte keine Huskyaugen, die einen morgens um sieben weckten, gerade aus dem Club nach Hause gekommen, glasig anschauten und mit einer Fahne aus einer nicht mehr rekapitulierbaren Menge von Getränken fragten, ob man jetzt ganz im Ernst nicht noch zum Frühclub mitkommen wolle. Ich hatte genug Huskyaugen kennengelernt. Auch darum hatte ich mich für Tom entschieden.

Wir gingen zum See. Ich schob schweigend mein Fahrrad neben Matze her, die Straße runter in Richtung der Landstraße, von wo ich mittags gekommen war.

Er zeigte auf den See.

»Wenn die Leute in ihrem überfüllten Mitte und ihrem idiotischen Prenzlberg nur wüssten, wie schön es hier ist. Diese elenden *Was ist der #Hashtag?*-Leute. Die werden alle vollkommen verrückt von diesem Bioladen-Gruppenkoller und fühlen sich schon ganz verwegen, wenn sie mal raus zum Schwimmen im Weißensee fahren. Dabei ist der bereits im Juni umgekippt, und nachts schmeißen Jugendliche Mülleimer rein. Berlin ist nur eine S-Bahn-Endstation in jede Richtung von diesem unfassbar schönen Brandenburg entfernt, und die hocken da wie festgetackert in ihren totsanierten *Architectural Digest*-Buden.«

Während er das sagte, zog er sich den Pullover über den Kopf und öffnete die Knöpfe seiner Jeans. Ich lachte und zog meine Jacke und das Kleid aus.

Wir standen eine Weile nackt und fröstelnd im letzten Nachmittagslicht auf dem Steg, die Arme um unsere Oberkörper geschlungen. Die letzten Sonnenstrahlen wärmten nicht mehr, darum sprangen wir beinahe gleichzeitig ins Wasser. In einem Sog zog es mich nach unten, und ich strampelte, erschrocken von der Wucht, mit Armen und Beinen, um wieder nach oben zu kommen. Eiskalt und stechend nahm uns der See in Empfang. Dieser Herbstsee, der vom Ufer ausgesehen hatte, als bereite er sich ganz friedlich auf seinen Winterschlaf vor. Der See, der zu dieser Jahreszeit wahrscheinlich sonst nur selten Menschen begrüßte. Trotzdem schwammen wir immer weiter raus. Das Wasser um uns herum dampfte. Vielleicht war es auch die Luft. Oder wir. Das konnte ich nicht mehr auseinanderhalten. Sowieso ruderte ich mehr, als dass ich schwamm, und man hörte nichts außer ein paar verschreckten Enten, die sich über die Störung beschwerten, und dazu unser nach Luft schnappendes Atmen. Ich konnte bald meine Füße nicht mehr spüren und merkte, wie durch die Kälte das warme Blut in die Mitte meines Körpers gedrückt wurde. Wie schnell der Körper bereit ist, Teile aufzugeben, dachte ich. Aber um das Herz, da kämpft er. Immerhin.

Vielleicht umschlangen wir uns deshalb, sobald wir wieder stehen konnten. Hielten uns fest und küssten uns. Umarmten einander, als wäre der andere der Anker, der einem das Leben retten könnte. Es war eigenartig, diesen nackten, vor Kälte zitternden Körper zu spüren. Seine Hände, die hastig meinen Körper und mein Gesicht abtasteten, und seinen vom eiskalten Wasser kleinen Schwanz gegen meinen Schoß gedrückt. Dazu die Wärme dieses fremden Mundes.

Wir wussten wahrscheinlich beide, warum wir uns küssten. Dass es nicht nur die Kälte war. Dass wir uns küssten, weil dieser andere uns fehlte. Auch wenn das nichts half.

In einem Auseinanderstoßen lösten sich unsere Körper, und wir rannten aus dem Wasser zum Steg zu unseren Sachen.Wir zogen uns schweigend an, während wir keuchend hin und her hüpften, um Blut in Hände und Füße zu bekommen. Dann setzten wir uns mit noch immer zitternden Lippen auf den Steg.

Matze zog einen Flachmann aus der Innentasche seines Parkas und hielt ihn mir hin, ehe er selbst einen großen Schluck nahm. Ich trank und sah zu ihm rüber.

»Was wirst du jetzt machen?«

Er zuckte mit den Schultern.

»Ich weiß nicht genau. Mal sehen. Ich habe ein paar Ideen …«

Er sah mich an, als überlegte er, ob ich die Richtige war, um davon zu erzählen. »Ich habe bei einigen Crowdfunding-Sachen mitgemacht«, fuhr er fort. »Also, bei anderen, und die mit was unterstützt. Nie derbe viel, aber ich habe denen damit ja immerhin gezeigt, dass ich an sie glaube, oder? Ich denke, ich werde die jetzt einfach anschreiben. Einen nach dem anderen. Und fragen, ob sie jetzt auch an mich glauben könnten und mich unterstützen. Wenn ich deren Sachen mochte, mögen die vielleicht auch meine.«

Ich nickte und dachte kurz nach. Dann zog ich einen Zwanzig-Euro-Schein aus meiner Jackentasche und hielt ihn ihm hin. Er sah ihn kurz an, dann steckte er ihn ein, ohne etwas zu sagen.

Wir saßen noch eine Weile nebeneinander, ohne zu sprechen, und verabschiedeten uns dann mit einer dieser linkischen Umarmungen von Menschen, die sich schon mal nackt gesehen haben, sich aber im Grunde überhaupt nicht kennen.

Irgendwie wussten wir, dass wir uns wahrscheinlich nie wiedersehen sollten. Weil das einfach ein ziemlich gutes Ende war. So ein kinomäßiges *Absolute Giganten*-Ende, in dem die Leute mehr schwiegen als sprachen und lange aufs Wasser sahen und dabei viel rauchten. Auch wenn keiner von uns rauchte und dieser See vor uns auch eher ein Tümpel als ein Meer war.

Er stand auf und ging. Und ich sah ihm nicht hinterher.

29

Nun war es endgültig Herbst geworden. Ich sammelte mit den Jungen Kastanien, aus denen wir eine Horde Vater-Mutter-Kind-Figuren bastelten, Beppi erweiterte seinen Wortschatz um »Ach, Mist«, »Ja, doch« und »Beppi auch«, und Nippon sang von morgens bis abends voller Inbrust Laternenlieder. Oskar erklärte unsere Phase des *Überleben*-Spielens mit den Worten »Wir haben alles daraus gelernt, was man lernen konnte« für beendet.

Und nachdem Tom nun schon mehrere Wochen aus meinem Leben verschwunden war, traf ich auf einem Spaziergang mit Beppi Dennis, den alle schon immer nur bei seinem Nachnamen Schmidt riefen. Schmidt stand in meinem Leben irgendwie exemplarisch für die Typen, mit denen ich es eine Weile probiert, es aber nie richtig funktioniert hatte. Obwohl ich nicht mal genau wusste, woran das lag. Er war einer dieser *Du bist echt ein richtig netter Typ*-Typen, an denen das »Aber« wie Sirup klebte. Dabei war er intelligent, hatte einen interessanten Job, und er hat sich immer wahnsinnige Mühe gegeben, wenn wir uns trafen. Einmal hat er mich nachts mit auf sein Hausdach genommen. Wir hatten auf einer Decke gelegen, Wein getrunken und in den Himmel geblickt. Eine dieser raren Sommernächte, wo der Himmel fast ganz klar ist.

Und dann kam eine Sternschnuppe. Ich wusste sofort, dass er sie auch gesehen hatte, weil er sich zu mir drehte und mich so komisch ansah. Sein Gesicht war plötzlich sehr dicht neben meinem. Ich sah ihn an und sagte: »Wünsch dir was anderes.« Dann schaute ich wieder in den Himmel. Und ungefähr so ging es mit uns weiter. Holprig und mit den richtigen Momenten in falscher Besetzung.

Als er nun plötzlich vor Beppi und mir stand, konnte ich mich nicht erinnern, wann wir uns zuletzt gesehen hatten. Und dann fiel mir wieder ein, wie ich im ersten Jahr immer einen großen Bogen um seine Straße gemacht hatte, weil ich ein schlechtes Gewissen hatte, dass ich das mit ihm beendet hatte, obwohl es keinen richtigen Grund zu geben schien. Er wäre eigentlich ein optimaler Freund gewesen: freundlich, interessiert, humorvoll, was hintereinanderweg doch wie die Beantwortung aller Kontaktanzeigenwünsche klang. Ich verbrachte danach eine ganze Zeit damit, ständig nach ihm Ausschau zu halten, um rechtzeitig abbiegen zu können oder die Straßenseite zu wechseln, bevor er mich gesehen hätte. Irgendwann war ich dann zwar wieder an seinem Haus vorbeigefahren, aber wie es der Zufall wollte, begegneten wir uns nicht mehr. Bis heute.

Wir nickten uns in Zeitlupe zu.

»Wie geht's?«, versuchte ich ein bisschen Konversation.

»Hmmmmh …«, antwortete er.

»Alles okay?«

»Was ist das mit euch Leuten mit dem Konzept *Okay*?«, fragte er mich. »Es ist weder eine konkrete Frage nach irgendetwas annähernd Ehrlichem noch etwas, worauf man ernsthaft etwas antworten kann. Oder? Und wäre

›Okay‹ als Antwort darüber hinaus nicht auch ein bisschen traurig?«

Und obwohl ich ihm recht geben wollte, hatte ich keine Antwort.

»Das da?« Er zeigte nun auf die Karre, und in seiner Frage schwang eine Art Resthoffnung mit, es könnte sich vielleicht um einen als Baby verkleideten Hund handeln. Dabei sah er ja, dass Beppi, der ihn freundlich, aber skeptisch anlächelte, keineswegs ein Haustier war.

»Beppi«, erklärte ich und zeigte dabei auf die rotgestreifte Zipfelmütze.

»Ah«, antwortete er.

Ich sagte ihm nicht, dass Beppi nicht mein Kind war, auch weil er sich längst mit einem »Bis dann« verabschiedet hatte. Ich schaute ihm eine Weile nach, während Beppi ihm unbeirrt sein fröhliches *Hey, aber wir könnten doch vielleicht Kumpels werden*-Winken hinterherschickte. Kurz bevor er um die nächste Straßenecke bog, winkte ich mit, wenn auch etwas schlapp. Aber er drehte sich ohnehin nicht noch mal nach uns um.

30

Es ist kein Plan gewesen, über den ich vorher mit irgendjemandem gesprochen habe, um in Erfahrung zu bringen, was andere davon halten könnten. Nicht mal mit Anna. Im Nachhinein noch viel weniger, weil dann absolut sicher war, dass es sich um eine saudumme Idee gehandelt hatte. Aber so etwas passiert wohl, wenn man in einem verzweifelten *Was willste machen?-Kannst nichts machen*-Karussell sitzt, aus dem man gerne aussteigen würde.

Ich weiß schon nicht mehr, wie ich ursprünglich auf die Idee kam. Hinterher redete ich mir ein, es sei der November gewesen, der mich in diesem Jahr noch schlimmer als sonst erdrückte mit seinem dunklen Kleid aus Wolken und Trübsal. Er brachte mich dazu, es für einen richtig guten Einfall zu halten, dass Tom mich einfach noch einmal neu kennenlernen musste, noch mal alles auf null, um aus diesem neuen Blickwinkel zu erkennen, wie perfekt ich in Wahrheit für ihn war. Dafür müsste er das nur von Menschen gesagt bekommen, denen er vertraute. Enge Freunde oder noch besser: Verwandte. Und ich wusste von einem Cousin, Carl, der nicht weit entfernt von den Jungs mit seiner Frau Benedikta und zwei oder drei Kindern lebte. Tom war ihr Trauzeuge gewesen, und sie trafen sich regelmäßig auf ein Bier oder auf Familienfeiern. Bei Tom hatte ein Hochzeitsbild der beiden gestanden, darum wusste ich, wie sie aussahen. Ich war ein paarmal mit dem Fahrrad die Gegend abgefahren und hatte verschiedene Spielplätze abgeklappert, die infrage kamen, bis ich tatsächlich diese Benedikta mit ihren Zwillingen und einem Baby im Kinderwagen entdeckte.

Und ein paar Wochen später sagte ich den Jungs, heute sei ausnahmsweise *mein* Bestimmertag.

»Hast du Geburtstag?«, fragte Nippon.

Ich schüttelte den Kopf.

»Wir machen einen Ausflug zu einem Spielplatz, den wir noch nicht kennen. Das ist doch superspitzenklasse, oder?«

Oskar war skeptisch. Er beäugte mich schräg von der Seite. Aber Nippon lockte ich mit der Aussicht, dass dieser andere Spielplatz eine tolle Rutsche hatte.

Benedikta saß auf einer Bank, neben sich einen *Starbucks*-Becher und eine pinke Brotdose mit Apfelschnitzen. Ich schob unsere Karre zu einer Bank in ihrer Nähe, nicht zu aufdringlich nah, einen geworfenen Ball weit weg. Dann reichte ich den Jungs ihren Bagger, die Planierraupe und ein paar Autos und wartete mit dem in der Karre schlafenden Beppi neben mir ab. Aber zu glauben, dass zwei Jungs wie von Zauberhand mit zwei kleinen Mädchen spielten, stellte sich nach einer Weile als illusorisch heraus.

Als Nippon schließlich kam und um Kekse bat, hielt ich ihm einen hin, ganz nah, sodass er ihn schon riechen konnte, zog ihn aber, kurz bevor er danach greifen wollte, zurück und fragte:

»Sag mal, willst du nicht mit den netten Mädchen da drüben spielen?«

Dabei zeigte ich mit dem Keks auf die drei- oder vierjährigen Zwillinge, die mit ernsten Gesichtern abwechselnd ihre rot-weiß gestreifte Puppenkarre um die Sandkiste schoben. Nippon sah mich an, als hätte ich den Verstand verloren, griff kopfschüttelnd nach dem Keks und ging ohne ein weiteres Wort weg.

Während Nippon mich derart im Stich ließ, konnte ich mich umso mehr auf Beppi verlassen. Nachdem er aufgewacht war, ich ihn aus der Karre gehoben, mit Reiswaffeln und Bananen-Erdbeer-Quetschies gefüttert hatte und wir ein *»Piep, piep?!«-»Ja genau, das ist ein Vogel«*-Gespräch geführt hatten, stellte ich ihn auf die Erde, und er marschierte auf seinen speckigen Beinchen direkt zu den beiden Mädchen. Dazu setzte er sein heiteres *Ihr könnt gerne Babypuppe mit mir spielen, wenn ihr wollt*-Gesicht auf und ließ sich kurz darauf hochzufrieden von ihnen in ihrem Puppenbuggy rumschieben, mit Rosinen füttern und schaukeln. Und er hätte sich wahrscheinlich auch auf das Gewickeltwerden eingelassen, wenn Benedikta nicht eingegriffen hätte, ehe sie dann entschuldigend zu mir rüberkam. Wir lachten uns an, und dann unterhielten wir uns eine Weile über diese drogeriemarktleichten Themen, über die man auf Spielplätzen so spricht.

Als es Zeit wurde, nach Hause zu gehen, küssten die Mädchen ihr neues Baby liebevoll, und wir verabschiedeten uns mit einem »Bis zum nächsten Mal«. Für einen kurzen Moment war ich enttäuscht, dass Benedikta nicht sofort gesagt hatte: »Also, weißt du, mein Mann, der hat einen Cousin, den musst du eigentlich mal kennenlernen.

Ihr würdet einfach so wunderbar zueinander passen«, aber so was brauchte vielleicht etwas Zeit. Das sah ich ein, und ein paar Tage später gingen wir einfach wieder auf den Spielplatz, um ihr die Möglichkeit zu geben, mich noch besser kennenzulernen.

Dieses Mal ließen sich sogar Oskar und Nippon dazu herab, mit Beppi und den Zwillingen Philippa und Theresa, genannt Pippa und Tesi, zu spielen. Aber Oskar lehnte es kategorisch ab, die Rolle des Vaters zu übernehmen. Er erklärte Nippon und sich zu Onkeln des Babys. Mehr könne man aber wirklich nicht verlangen. Diese so überaus moderne Familienkonstellation, die Oskar schuf, gefiel Benedikta, Psychologische Psychotherapeutin in Elternzeit, ungemein. »Ausgesprochen interessant«, sagte sie immer wieder, mehr zu sich selbst. Sie machte sich offenbar auch keine Sorgen darüber, dass ihre Töchter Schwierigkeiten damit haben könnten, diesen nun vaterlosen Jungen mehr oder weniger alleine großziehen zu müssen.

Beim übernächsten Mal fing es plötzlich an zu regnen, und Benedikta fragte endlich, ob wir nicht einfach mit zu ihnen kommen wollten. Das sei doch gemütlicher und außerdem warm und trocken. Sie würde Waffeln und Kakao für alle machen. Vielleicht einen Tick zu schnell und zu euphorisch stimmte ich zu, und fast hätte ich gefragt, ob ihr Mann zufällig auch zu Hause war, damit er mich, Single, kennenlernen könnte, um mich anschließend einem seiner unverheirateten Cousins vorzustellen.

Während die Kinder im Wohnzimmer damit beschäftigt waren, alle Bälle aus einem Miniatur-Bällebad zu verteilen, half ich Benedikta in der Küche mit den Waffeln und unterhielt sie mit Geschichten von Ilse und Hildegard. »Ausgesprochen interessant« fand sie die Syndrome und Effekte, »ausgesprochen interessant«.

Ich fragte mich, warum Tom diese Geschichten nicht gemocht hatte. Das letzte Mal, als ich ihm etwas über die Cousinen und ihre Vorliebe für dramatische Schicksale erzählt hatte, war er fast wütend geworden. Und Tom vermied es in der Regel, sich über irgendetwas wahrnehmbar aufzuregen. Er wurde dann eher unerträglich ruhig. Aber die Geschichte von dem kleinen Jungen, die die Cousinen mir erzählt hatten, hatte Tom total auf die Palme gebracht. Der Junge, Sohn entfernter Bekannten, hatte an einem Tag immer zur Tür gezeigt und besonders kläglich geweint, obwohl er sonst nie weinte, und dann war tatsächlich genau in der Stunde sein Vater tödlich verunglückt. Als habe er es geahnt!

»Ist dir das eigentlich schon mal aufgefallen, Martha, dass das konstruierte Geschichten sind? Die werden immer erst im Nachhinein erzählt. Tausend Dinge geschehen, jeden Tag. Jemand bringt beides zusammen, und zack, hast du eine perfekte Kaffeesatz-Geschichte. Aber diese Zeichen werden im Nachhinein gefunden, das ist das Prinzip, immer vom Ereignis aus. *Bild*-Zeitung!! Nie andersherum, niemals währenddessen. Mach dir das doch bitte endlich einmal klar: IMMER IM NACHHINEIN!«

Er sprach dabei in Großbuchstaben, und danach sagte er sehr lange nichts mehr. Seine Antworten auf jede meiner noch so unverfänglichen Fragen waren nicht mal einsilbig, sondern langgezogene Laute des Unwillens. Mit jemandem wie mir, der nicht mal die billigste Boulevard-Masche erkannte, überhaupt noch zu sprechen, schien ihn zu quälen.

Und natürlich merke ich jetzt, dass es bei Beziehungen im Endeffekt genauso ist. Dass die letzten Töne auch immer in den ersten Klängen mit angespielt wurden. Wie in jedem großen Stück. Ganz leise nur vielleicht, mehr angedeutet, aber sie waren schon da. Nur welche es waren, das wusste man zweifellos erst in der Rückschau. Immer nur danach. Immer nur im Nachhinein. Verstehst du das denn nicht?!

Als ich mit dem Tablett voll Geschirr ins Wohnzimmer kam, sah ich Oskar, der ganz bedächtig die Kommoden und Tischchen abschritt, auf denen etliche Familienfotos in silbernen Rahmen standen. Plötzlich blieb er stehen. Vor Benedikta als Braut, neben ihr die strahlenden Trauzeuginnen. Ich kannte auch die andere Seite des Fotos, die, vor der Oskar jetzt stand. Es war das gleiche Foto, das bei Tom gestanden hatte.

Benedikta kam mit den nach Gemütlichkeit duftenden Waffeln ins Wohnzimmer, aber sie sah rüber zu den Mädchen, die mit Nippon und Beppi spielten. Außer mir sah niemand, wie Oskar die Hand hob und mit dem Zeigefinger auf das Bild zeigte. Er drehte sich zu mir um. Ich stellte langsam den Stapel mit den Tellern ab, ging zu ihm und umschloss seine Hand mit meiner, drückte seinen Zeigefinger ganz sacht zu den anderen Fingern, sodass sie eine Faust in meiner bildeten. Wir blieben einen Moment so stehen, und nur weil ich direkt neben ihm stand, konnte ich hören, wie er ganz leise sagte: »Den kenne ich.« Wir wussten beide, woher er den Mann kannte. Er hatte ihn vor wenigen Wochen in zwanzig verschiedenen Versionen unter meine Regale geschoben.

Ich schlang die Waffel viel zu schnell runter, trieb die Jungs an, dass wir ja auch noch nach Hause kommen mussten, und entschuldigte mich etwas zu hastig bei Pippa und Tesi, dass wir ihren Papa leider nicht mehr kennenlernen konnten.

Manchmal merkt man dann eben doch, dass ein Plan einfach nur und ausschließlich idiotisch gewesen ist. Aber immer erst im Nachhinein.

Danach waren wir nicht mehr auf den neuen Spielplatz gegangen. Ohne ein weiteres Wort darüber zu verlieren, war Oskar am nächsten Tag ganz selbstverständlich in die Straße abgebogen, die zum alten Spielplatz führte.

31

Tatsächlich hatte ich nicht viele gute Ideen, um über Tom hinwegzukommen. Und eine weitere besonders dumme war bestimmt, mit dieser anderen unglücklich verflossenen Liebe zu schlafen. Das war ungefähr so schlau wie der Versuch, seine Crystal-Meth-Abhängigkeit mit Heroin in den Griff zu bekommen. Obwohl es sich für einen kurzen Augenblick vielleicht wie eine unglaublich gute Idee anfühlt, ist es in Wahrheit einer der Fälle, wo man auf den Rat aller anderen hören und es einfach lassen sollte.

Das einzig Gute daran war die Erkenntnis, dass ich theoretisch und in diesem Fall auch praktisch mit Männern schlafen konnte, die nicht Tom waren, und mich in dem Moment sogar ganz gut dabei fühlte. Natürlich nur bis zum nächsten Morgen, an dem ich mit einem üblen Kater aufwachte, zu diesem Typen rüberschaute und mir selbstverständlich klar war, dass auch er nicht die Lösung sein würde. Dass er noch immer ein furchtbarer Wischiwaschi-Typ war, der sich nie richtig für etwas entscheiden und es am Ende niemandem recht machen konnte oder wollte. Genau wie der gute alte Wischiwaschi-Charlie-Brown von den Peanuts. Mir fiel wieder ein, dass er mich in seinem Telefon unter meinem Nachnamen abgespeichert hatte, wegen seiner Freundin, und dass er – auch wenn sie sich auf den ersten Blick überhaupt nicht ähnelten – mit Tom gemein hatte, dass sie andere mit ihrer Unentschiedenheit mit ins Unglück rissen.

Bevor ich ging, schliefen wir zwar noch ein weiteres Mal miteinander, aber schon in der Bahn nach Hause, während ich meine Nase in seinem T-Shirt vergrub, das ich heimlich eingesteckt hatte, erkannte ich, dass man Liebeskummer nicht teilen, dafür aber eventuell verdoppeln konnte. Dass der Geruch seines T-Shirts nun tatsächlich so etwas wie Wehmut in mir hervorrief, darüber, dass es beim letzten Mal nicht funktioniert hatte mit uns und auch dieses Mal nicht klappen würde. Dass ich jetzt auch noch Gefahr lief, dass mir neben Tom nun auch wieder Charlie Brown fehlen könnte, was ich im Vorfeld für total abwegig und absurd gehalten hatte. Ich dachte, ich hätte diese Geschichte mehr als hinter mir gelassen.

Als ich ihn mit Mitte zwanzig kennenlernte, hatte er einen entscheidenden Moment zu spät seine Freundin erwähnt. Da war ich schon verloren gewesen und hatte die Notbremse nicht mehr gefunden. Auch weil ich mir absolut sicher war, dass er sich am Ende für mich entscheiden und seine Freundin verlassen würde, was natürlich nicht passierte. So wurden Charlie Brown und ich nie ein richtiges Paar, sondern etwas, von dem man niemals ein Teil sein wollte. Eine kurze Affäre voller leerer Versprechungen, die nach ein paar Wochen mit seiner Erkenntnis endete, er müsse bei seiner Freundin bleiben. Aus Gründen, die ich dann schon nicht mehr hören wollte. Ich versuchte damals, mich irgendwie von der Schuld freizusprechen, aber etwas blieb von dem Unbehagen, dass man Teil von etwas

Widerlichem gewesen war, von Betrug und Lügereien, von dem man niemandem erzählen konnte.

Ich versuchte nun, nicht mehr daran zu denken. Auch an den vorangegangenen Abend nicht, der mit einem harmlosen Abendessen begann, ein paar unbeschwerten Getränken und Geplauder. Dann hatte ich die letzte Bahn verpasst, und der Rest waren zwei Körper, die sich im Dunkeln wie ein einziges Müssen gegenseitig anzogen und Stunden später voneinander trennten.

Am nächsten Morgen dann Kopfschmerzen und Übelkeit, die alle Aufmerksamkeit forderten. Die noch immer spürbaren Druckstellen, die sein Körper auf meinem hinterlassen hatte. Ganz anders als bei Tom, der immer dieses Legostein-Gefühl hinterließ, bei dem alles so absolut perfekt ineinandergepasst hatte.

Mein schweigender, plötzlich viel zu nüchterner Blick vom Türrahmen aus in seine Küche, auf die Handgriffe seiner Morgenroutine. Dazu die unausgesprochene Frage, was uns das Geschehene sagen sollte. Ein letzter Kuss und dann noch ein allerletzter, der einen Moment lang alles zum Einsturz zu bringen drohte. Denn im Gegensatz zum letzten und zu alldem davor war dieser Kuss irgendwie ungeschützt. Dieser eine Kuss, gebettet in verlegene Blicke zu Boden, drohte in all seiner Ausweglosigkeit etwas zu bedeuten.

32

Nachdem ich also all diese dumm-verzweifelten Dinge getan hatte. Nachdem ich Dennis, den alle Schmidt nennen, begegnet war, der mich so schlagartig und unsanft an all die Typen erinnert hatte, mit denen es theoretisch gut, aber praktisch falsch gewesen war, und an all die, die da womöglich noch kommen würden, und nachdem Tom verschollen blieb, war es noch schwieriger geworden, zu den Jungs zu gehen. Und das lag nicht an ihnen. Es wurde einfach schwierig, überhaupt irgendwohin zu gehen, unerträglich schwer, mich zu waschen oder anzuziehen. Plötzlich bemerkte ich all diese Körperfunktionen, die bis dahin offensichtlich automatisch funktioniert hatten. Ein- und auszuatmen zum Beispiel war auf einmal unglaublich anstrengend. Den Fuß anzuheben, um eine Treppe hochzusteigen, oder den Arm, um mir die Haare zu kämmen.

Auch für die Jungen wurde es schwieriger mit mir.

»Du tropfst.«

»Wie bitte?«

»Du tropfst auf Nippons Bild.«

Oskar zeigte auf mein Gesicht und dann auf Nippons lila Pferde, die durch meine Tränen, die ihnen auf die Köpfe tropften, zu traurigen Ungeheuern wurden. Ich sah Nippon an, der schockiert auf sein Bild schaute und erst dann bemerkte, dass ich schon wieder weinte. Beppi sah vom Boden hoch und fing auch an zu weinen.

Oskar sprang von seinem Stuhl auf und versuchte, den zappelnden Beppi zu trösten.

»Nicht weinen, Beppilein. Das ist nur Theater. Wir spielen nur ein Stück für dich. Musst nicht weinen. Das ist bloß im Spaß in echt.«

Beppi wand sich aus dem Griff seines Bruders und wackelte weiterheulend davon. Oskar stand vom Teppichboden auf und sagte in seiner Erwachsenenstimme als *Vater* zu Nippon, er solle sich mal bitte um den Kleinen kümmern. Dann setzte er sich wieder neben mich auf einen der Kinderstühle, auf denen wir am Basteltisch saßen.

»Wir können nicht mehr zum Kekseladen und nie zum Brunnen, weil du dann immer weinst. Du willst nicht mehr *Vater*, *Mutter*, *Kind* spielen, weil du denkst, dass du nie eine eigene Familie haben wirst. Auf dem Spielplatz hast du zu viel Zeit zum Nachdenken, und bei dem Punker an der Jannowitzbrücke hast du behauptet, er benutzt das gleiche Parfüm wie *er* und die ganze U-Bahn-Station riecht danach. Ich bin fünf Jahre alt, und selbst ich merke, wie verdreht das klingt.« Er sah mich ernst an. »Ich glaube, es ist besser für die Kinder«, er zeigte auf Nippon und Beppi, die gemeinsam Duplo-Steine hinter die Heizung warfen, »wenn du erst mal nicht mehr kommst, sondern etwas dagegen machst, dass du so viel weinst ... Weil unsere Mutter ja schon ziemlich viel ernst und müde und unser Vater ja nur selten da ist, wäre es wichtig, denke ich, dass die andere erwachsene Person in unserer Nähe vor allem immer gut gelaunt und fröhlich ist.«

Ich nickte schluchzend.

»Du kannst doch wiederkommen, wenn es dir wieder besser geht.«

Wie er das sagte, musste ich lachen. Erst nur ein bisschen und dann immer mehr, weil er so ulkig war. Und so lieb. Oskar verstand nicht, worüber ich mich plötzlich amüsierte, und ich konnte es ihm auch nicht erklären. Ich hatte wirklich gedacht, dass man sich für jemanden, den man liebt, anstrengt. Dass man über sich hinauswächst. Weil das doch immer behauptet wird und mein Gefühl für Oskar und seine Brüder bestimmt nicht weniger als Liebe war. Wenn mich also jemand gefragt hätte, hätte ich gesagt, dass ich alles täte, damit es ihnen gut ging. Aber dann musste ich erkennen, dass das nicht stimmte. Ich konnte einfach nicht aufhören mit dem Traurigsein. Und mein Kummer war ihnen am Ende nicht gut bekommen. Dennoch hatte allein der Wunsch, wenigstens ihnen zuliebe damit aufzuhören, nicht gereicht. Stattdessen war es immer schlimmer geworden.

Zum Abschied hielt mir Oskar einen *Tipp-Kick*-Fußballspieler hin. Seinen Glücksfund. Die rot-weiße Farbe des Trikots war an etlichen Stellen abgestoßen, das Gewicht am linken Fuß abgebrochen, sodass nur noch eine scharfe Kante geblieben war. Selbst wenn der kleine Spieler aus Zink seine Mitspieler also wiederfände, könnte er doch nie mehr spielen, ohne umzufallen. Irgendjemand hatte ihn wahrscheinlich deshalb aussortiert, und vielleicht war er der Müllabfuhr dann beim Abholen aus einem Loch im Müllsack gefallen, hatte Nippon vermutet, der gerne Ursachenforschung betrieb. Der Blick des Spielers war von diesem Schicksal unbeeindruckt tapfer und siegesgewiss, und Oskar hatte mir damals erklärt, dass er genau in dem Moment, als er ihn auf dem Gehweg fand, gewusst hatte, wie sehr er ihn sich gewünscht hatte. Danach hatte er ihn oft aus seiner Jackentasche geholt und liebevoll betrachtet, während er das Bein wild zwischen Zeigefinger und Daumen wackeln ließ. Nun überreichte er ihn mir mit einem zu Boden genuschelten »Aber nur geliehen, okay?!«.

Ich ging zu Stella, um ihr zu sagen, dass ich vielleicht eine ganze Weile nicht kommen würde, und erklärte ihr auch, warum. Aber das wusste sie bereits. Natürlich. Sie dachte eine Weile nach, bevor sie etwas erwiderte:

»Hast du es schon bemerkt? Heute ist einer von fünf Tagen im Jahr, an denen man einen Poncho tragen kann. Der Poncho, diese Diva unter den Kleidungsstücken. Ist es nicht herrlich, wenn man es rechtzeitig bemerkt? So oft erkennt man erst am Abend, wenn es zu spät ist, was für ein Tag das in Wahrheit gewesen ist. Und am nächsten Tag ist es bereits zu spät, weil es dann plötzlich Sommer und zu heiß oder Winter und zu kalt ist …«

Sie zeigte dabei aus dem Fenster. Ich sah sie erstaunt an, dann sah ich nach draußen und dachte, dass sie recht hatte: Es war ein vollkommener Poncho-Tag.

Als sie weitersprach, hatte sich ihre Stimmlage verändert:

»Obwohl wir anderen eigentlich wissen, dass es nichts nützt, fühlen wir uns doch verpflichtet, zu sagen, dass es irgendwann auf eine Art besser werden wird. Aber in Wahrheit gibt es in diesem Augenblick natürlich nichts, was man sagen kann, das tatsächlich hilft.«

Sie hatte gut reden mit ihrem erfolgreichen Mann mit

den hübschen Hosenbeinen, den hinreißenden Kindern, dem schicken Haus und ihren fast schon absurd weichen Kaschmir-Ponchos, dachte ich. Was wusste sie in ihrer heilen Welt schon davon, wie es ist, alleine zu sein, wie einsam ich mich fühlte. Aber natürlich sagte ich nichts, wusste, dass ich ihr unrecht tat, habe sie in den letzten Monaten gut genug kennengelernt, um zu bemerken, dass nie alles so heil ist, wie man zunächst denkt. Ich nickte nur, bevor sie weitersprach.

»Ich bin schon einmal verheiratet gewesen. Das hat nicht funktioniert. Offensichtlich. Und manchmal denke ich darüber nach, wie das Leben gewesen wäre, wenn ich diesen anderen Weg weitergegangen wäre. Das *Hätte, hätte, Fahrradkette*-Syndrom, würden die lustigen Damen vom Spielplatz wohl sagen. Aber man weiß es eben einfach nicht. Das Leben enthält keine Doppelblindstudie. Man stellt zwangsläufig nur vage Vermutungen und Prognosen an. Dieser Mann und ich, das war vielleicht die große Liebe, und dann hat diese Liebe irgendwann eine Autoimmunkrankheit bekommen. Wir konnten nicht aufhören, dem anderen gegen jede Logik zu unterstellen, dass man füreinander nicht immer nur und ausschließlich das Beste wolle. Wir haben angefangen, uns zu zersetzen. Unser ›Ich liebe dich‹ hat ein gefährliches ›… doch?!‹ bekommen. Dieses ganze Theatralische, das ist eine Entscheidung. Man selbst weiß das nicht. Aber es ist so, und die anderen wissen das, und darum nervt es sie. Das hat nicht unbedingt etwas mit dir zu tun, das ist mir schon klar. Ich weiß nicht, warum ihr euch getrennt habt. Ich will damit vielleicht nur sagen, dass wir alle diesen Schmerz in uns tragen. Nur eben unterschiedlich gut verheilt.«

Ich wusste nicht, was ich darauf antworten sollte. Nie wusste ich auf das, was sie sagte, eine Antwort. Ich war so müde und wollte einfach nur nach Hause und mich ins Bett legen. Trotzdem fragte ich sie, ob sie denn jetzt glücklich sei.

»Ich weiß nicht. Wahrscheinlich?«

Sie dachte nach.

»Ich sollte es sein, oder?«

Ich zuckte mit den Schultern.

Polyxena, die in Stellas Arm lag, fing an, mit den Fingern zu zucken, und drehte im Schlaf den Kopf und suchte nach der Brust ihrer Mutter. Blitzschnell umschloss Stella mit sanftem Druck ihre kleine Hand, und man konnte sehen, wie Polly sich langsam beruhigte und ihr Atem wieder tief und gleichmäßig wurde.

»Es gibt wahrscheinlich in jeder Beziehung diesen Moment, in dem beide beginnen zu ahnen, dass die ins Schwachsinnige schwappende Verliebtheit möglicherweise doch irgendwann enden könnte. Sie beschwören flüsternd das Gegenteil, versuchen, sich gegen all die Wahrscheinlichkeit eine perfekte Zukunft zu versprechen: ›Ich werde immer für dich … Du musst mich nur … Ja?‹ Und das Nicken des anderen ist schon in diesem Moment gelogen. Denn für jeden, der bei Verstand ist, wäre doch schon da zu erkennen, dass die Stecken einfach zu weit auseinanderstehen: ›Ich werde jederzeit alles für dich tun und wirklich immer für dich da sein‹ steht eben nicht neben ›Du musst mir nur weiterhin jederzeit immer alle Freiheiten lassen‹. Vielleicht habe ich das gelernt beim ersten Mal und habe es dieses Mal gleich zu Beginn abgezogen.«

Stella nahm das schlafende Baby hoch und legte es mir in den Arm. Wieder musste ich erkennen, dass ein schlafendes Kind in seiner Perfektheit ein nur schwer auszuhaltendes Glück ist. Und dass Babys etwas mit einem machen, ein Sehnen in einem erzeugen, das man nicht mit Worten beschreiben kann. Es ist, als brächten sie die Zellen zum Vibrieren, als würde man zerplatzen von all der Liebe, die in einem steckt und die für jemanden bestimmt ist, der noch nicht existiert. Ich hatte keine Antwort gehabt, als Stella mich einmal gefragt hatte, warum ich gerne auf ihre Kinder aufpasste.

Jetzt könnte ich es vielleicht beantworten.

Kinder wecken schlafende Inseln, die man in seiner eigenen Kindheit gebaut hat und die einen nun wieder dazu bringen, dass alles flirrt und sirrt und aufregender wird. Kinder bringen einen dazu, viele Fragen zu stellen, so lange, bis es nur noch ein »Warum ist die Banane krumm?« als Antwort gibt. Kinder um sich zu haben ist, wie verliebt zu sein. In die Kinder, aber auch und vor allem in das Leben. Es juckt einem plötzlich am Rücken, an der Stelle, wo man als Kind meinte, doch auf jeden Fall Flügel zu haben. Man erinnert sich an all die guten Dinge, die das Leben ausmachen sollte. Kinder zwingen einen zu Entscheidungen. Zum einen, weil sie es verlangen. Zum anderen aber auch, weil man plötzlich merkt, dass der Satz »Ach, die Zeit vergeht so schnell« wirklich stimmt, auf eine unerbittliche *Die Zeit und alle Chancen darin vergehen so schnell*-Art mit hundert Ausrufezeichen.

33

In der Woche darauf traf ich Charlie Brown noch einmal. Und wieder verpasste ich die letzte Bahn. Aber etwas war doch anders. Beim letzten Mal hatte ich mich danach noch einigermaßen verwegen und tapfer gefühlt. Stolz darauf, dass ich es geschafft hatte, Tom immerhin für diesen einen Moment zu vergessen. Aber dieses Mal war er die ganze Zeit da, hat mir jede Sekunde kopfschüttelnd zugesehen, meine verzweifelte Suche nach Bestätigung müde belächelt. Ich musste die ganze Zeit daran denken, dass Charlie Brown damals seine Freundin und nicht mich gewählt hatte und sich jetzt vermutlich wieder genauso entscheiden würde. Dass er zwar meine körperliche Nähe suchte, aber dass das nichts bedeutete, dass es ihm nicht um mich ging. Dass es auch mich zu einem armseligen Menschen machte, indem ich jemand anderen dazu brachte, so ein schäbiges Arschloch gegenüber jemandem zu sein, den er zu lieben behauptete. Nur um ein paar Stunden nicht allein zu sein.

Als ich am nächsten Morgen auf dem Bahnsteig stand und versuchte, mich auf meinen vom Restalkohol wackligen Körper zu konzentrieren, um nicht in einen der Mülleimer zu kotzen, beobachtete ich eine Gruppe junger Mormonen neben mir. An ihren schwarzen Schildern zu erkennen, auf denen dieses putzige *Elder* vor ihren Namen stand. Die jungen Missionare warteten mit mir auf die verspätete Bahn. Einer telefonierte, was ihn für mich sofort zum Anführer der Gruppe werden ließ, während die anderen etwas linkisch und verloren um ihn herumstanden.

Elder Johnson und seine Mitstreiter ergriffen nicht die Chance, mit mir über Gott zu sprechen. Dabei war das doch ihr Auftrag. Wenngleich ich mich definitiv nicht in der Lage fühlte, ein vernünftiges Gespräch zu führen, ärgerte ich mich fast ein bisschen, denn wenn nicht in diesem Moment, wann sonst hätte ich das Bedürfnis haben sollen, über Gott zu reden? Am besten gleich mit ihm persönlich. Ich hätte nämlich wirklich ein paar dringende Fragen gehabt. Ich sah rüber zu den Jungs mit ihren dunklen Anzügen, die so schlecht saßen, dass sie ihre Träger wie vom Förderband gefallene Pakete aussehen ließen. Über den Anzügen trugen sie dunkle Regenjacken, obwohl die Sonne schien. Wahrscheinlich zum Schutz vor den Sünden der Welt. Ich betrachtete ihre adrett sitzenden Krawatten und die furchtbar praktischen Schuhe. Solche, wie Busfahrer, Gefängniswärter und Mitarbeiter von Sicherheitsdiensten sie meistens tragen. Es rührte mich, wie sie da derart ordnungsgemäß herumstanden, dass ihre Mütter zu Hause in Utah sicher stolz auf sie wären, und dachte die ganze Zeit: *Vater, ich habe gesündigt. Mehrmals. Es hat mir auf eine scheußliche Art gefallen. Ich werde es womöglich wieder tun, und ich schäme mich nicht annähernd überzeugend genug. Bitte, Vater, vergib mir dennoch.*

34

Die Adventszeit kam, und immer wenn ich vor die Tür ging, verfolgte mich das dringende Bedürfnis, all den Weihnachtsschmuck abzureißen, auf der Straße zu zertrampeln und anschließend zu verbrennen. Draußen war es mindestens so kalt wie in mir, und ich hatte das Gefühl, dass mich jemand wärmen müsste, bevor ich erfror. Also rief ich wieder den guten alten Charlie Brown an. Wir trafen uns in einer Bar und warteten diesmal noch nicht mal ab, dass die letzte Bahn abgefahren war. Nach drei hastig getrunkenen Flaschen Wein gingen wir direkt zu ihm. Ich wartete im Wohnzimmer, während er in der Küche nach mehr Alkohol suchte. Ich musste mich konzentrieren, um nicht einzuschlafen, und versuchte meine ganze Aufmerksamkeit auf die Geräusche zu lenken, die er in der Küche machte. Das Klirren von Flaschen und das Rauschen von laufendem Wasser, unter dem er Gläser spülte. Ich schloss die Augen, und für einen Moment ließ ich mich fallen in dieses Gefühl von vermeintlicher Nähe und Vertrautheit.

Immer wenn es ganz still war in meiner Wohnung, fiel mir besonders auf, wie sehr Tom mir fehlte. Dieses Mixtape seiner Geräusche gehörte zu meinem Leben. Das Geklimper, wenn er Tee kochte. Zuerst die Porzellankanne, die er jedes Mal, wenn er sie aus dem Schrank nahm, mit einem *Kling* gegen die Tür stieß und dann leise fluchte. Das dumpf sprudelnde Wasser im Wasserkocher, der sich mit einem Klicken ausschaltete. Das Rascheln der Teepackung. Wie er am Ende den Teebeutel mit einem *Flatsch* in die Spüle warf, anstatt gleich in den Mülleimer, der doch genauso weit war, aber einen Handgriff gespart hätte. Und wie schön es klang, wenn er am Computer schrieb. Wie seine Finger, locker auf der Tastatur liegend, in Zehnfingertechnik ein nur angedeutetes, weiches Klacken erzeugten, ohne dass er ihnen dabei zusehen musste. Die Art, wie er Pappkartons zerriss und stapelte, als gefiele ihm das laute Ratschen, dieser eigenartige Zickzackton, als hörbarer Beweis von Fleiß. Und dann vor dem Schlafengehen das schaumig kratzende Kreisen seiner Zahnbürste und die konzentrierte Stille, wenn er Zahnseide benutzte. Und wie er abends im Dunkeln mit einem dumpfem Knall jedes Mal irgendwo gegenlief und ich ihn mit meinem Kichern ins Bett lotsen musste. Die Abwesenheit all dessen machte die Stille zu einem gefährlichen Rauschen, von dem meine Ohren schmerzten. Manchmal aß ich haufenweise Knäckebrot oder Äpfel und Möhren, nur um mit all dem Krach dagegen anzukauen, dass Tom fehlte.

Ich öffnete die Augen und hörte, wie Charlie Brown aufs Klo ging. Wenn er aufgeregt war, ging er oft aufs Klo, und jetzt sprühte er sicher noch mal Parfüm auf. Er roch immer ziemlich gut. Aber nun auch noch mit Gerüchen anzufangen war gefährlich, denn sonst erinnerte ich mich zwangsläufig an den von Tom. Ich versuchte, mich auf das schmale Bücherregal neben mir zu konzentrieren. Ich konnte nicht erkennen, ob die Sortierung irgendeiner Art von Logik folgte. Da stand der *Fänger im Roggen* neben

Paulo Coelho, einem Hermann-Hesse-Schuber, der als Mängelexemplar ausgewiesen war, und einem mit Kuli bekritzelten Reclam-Heftchen *De bello Gallico*. *Faserland* stand vor *Unendlicher Spaß*, das ich herauszog und die Seiten durch meine Finger blättern ließ. Das Knacken verriet, dass er David Foster Wallace höchstens zu einem Drittel gelesen hatte. Darüber musste ich lachen, weil das so zu ihm passte und weil ich niemanden kannte, der mehr als ein Drittel von diesem Buch gelesen hatte, was immerhin ein Drittel mehr war als ich selbst. Dafür habe ich *Faserland* dreimal gelesen. Damals. Und war schwer beeindruckt gewesen. Damals. Ich fragte mich nun, was es mir heute noch sagen würde. Dachte darüber nach, dass ich es vielleicht noch mal lesen sollte. Dann fiel mir ein, dass ich es an irgendwen verliehen und nie zurückbekommen hatte. Und plötzlich ärgerten mich all die Dinge, die ich nie zurückbekommen hatte. Ich merkte, dass ich in nahezu jedem Zustand jeden Gegenstand aufzählen konnte, den ich irgendwann an irgendwen in den Wirren von Trennungen verloren und aus Gründen des Stolzes oder Weigerung der Gegenseite nie zurückbekommen hatte. Ich fand nicht, dass die Dinge, die ich im Gegenzug noch von diesen Leuten hatte, das irgendwie wettmachten. Da blieb immer dieses ungute Gefühl zurück, aufs Kreuz gelegt worden zu sein. Selbst wenn ich die Dinge womöglich gar nicht mehr besitzen wollte, hätte ich sie lieber in einen Riesenschredder auf dem Recyclinghof geworfen, als sie bei einem von ihnen zu wissen, diesen miesen Dieben.

Ich konnte in diesem Moment nicht sagen, ob ich bereit war, *Faserland* noch einmal zu kaufen, nur weil ich es erneut lesen wollte. Ich versuchte mich an das Ende zu erinnern, aber es fiel mir schwer, mich an mehr als die Tatsache zu entsinnen, dass der Erzähler sich mit einem Boot auf den Zürichsee rausfahren lässt, was ich damals tatsächlich nur für eine merkwürdige Art von Ausflug gehalten hatte. Ich hätte das Buch natürlich herausziehen und nachsehen können, aber in meiner freien Hand hielt ich ja noch immer den zweidrittelungelesenen *Unendlichen Spaß*, dessen Titel allein mir Unwohlsein bereitete.

Dann sah ich auf einmal oben im Regal Fotos von ihm und dieser Freundin und fragte mich, wie ich die beim letzten und vorletzten Mal hatte übersehen können. Diese Fotos waren nicht alt und vergilbt, sie waren fröhlich und aktuell, und plötzlich wollte ich nicht mehr dabei sein, wenn einer einen anderen, von dem er behauptete, ihn zu lieben, derart belog.

Haben Tom und ich uns belogen? Irgendwo muss es eine Art von Lüge gegeben haben, sonst wäre er nicht weg. Manchmal frage ich mich, ob er mich belogen hat oder ob ich es selbst war und ob es einen Unterschied machen würde, das zu wissen. Hat er womöglich mit dieser Beziehung etwas anderes gemeint, als ich verstanden habe? Ich habe mich schließlich schon einmal geirrt bei der Klassifizierung zwischenmenschlicher Beziehungen. Denn lange Zeit wunderte ich mich nur, wenn mir Leute von ihren *Flirts* erzählten, und verstand nicht, was an einem *Flirt* so großartig Kichernswertes war. Bis zu jenem Moment, als mir Anna erstaunt erklärte, dass es sich bei der Umschreibung *Flirt* selbstverständlich um hundsordinäre Affären handelte. Man stelle sich das vor, wie man auf einmal all die *Flirt*-Geschichten im Schnelldurchlauf rekapituliert und nun jedes *Flirt* erheitert durch das Wort *Bumserei* ersetzt.

Ist es wirklich denkbar, dass Tom »Beziehung« gesagt und »Affäre« gemeint hatte? Und habe ich »Klar, Entspannung, alles easy, ich habe Zeit« gesagt, aber »Entscheide dich jetzt, sofort und vor allem für immer« gemeint?

Das kann doch einfach nicht sein. So was merkt man doch.

Und dann fiel mir auf einmal auf, nach welchem System das Bücherregal von Charlie Brown sortiert war. Thematisch: Adoleszenz. Aber diese miese Sorte, die, die niemals aufhören soll, wenn es nach diesen verdammten Wischiwaschi-Typen ging, die sich niemals festlegen, sich immer alle Möglichkeiten offenhalten wollten.

Ich hatte keine Kraft, *Unendlicher Spaß* zurück ins Regal zu sortieren, ließ es stattdessen achtlos auf dem Sessel liegen, unterdrückte den Wunsch, *Faserland* einzustecken, und zog die Wohnungstür leise hinter mir zu.

35

Ich rief meine Familie an und erklärte ihnen, dass ich über Weihnachten nicht nach Hause kommen würde. Tom hätte mich zu seinen Eltern eingeladen. Sie schienen zu überrumpelt oder erstaunt, als dass sie mir widersprachen. Vielleicht freuten sie sich aber auch einfach nur, dass das mit Tom nun endlich ernster zu werden schien. Während ich ihnen meine Lügengeschichte auftischte, dachte ich darüber nach, wann der Moment kommen würde, an dem ich ihnen sagen musste, dass Tom und ich gar nicht mehr zusammen waren. Inzwischen fühlte sich allein der Gedanke, dass wir überhaupt mal ein Paar gewesen waren, wie eine freche Behauptung an, sodass diese Lüge auch nicht größer erschien.

Ich bereitete mich auf das erste Weihnachten meines Lebens vor, an dem ich allein sein würde, und kaufte morgens am 24. einen kleinen Weihnachtsbaum und eine Gans. Aber sobald ich wieder zu Hause war, schien mir das alles völlig aussichtslos. Ich legte die gefrorene Gans und den Baum auf den Balkon und versuchte ihre Existenz zu vergessen. Stattdessen würde ich am Abend fernsehen und Tiefkühlpizza essen, beschloss ich.

Am Nachmittag ging ich schließlich in die Kirche, um mir das Krippenspiel anzugucken. Ich entschied mich für eine Kirche ganz in der Nähe von Oskar und seiner Familie, vielleicht weil ich hoffte, sie dort zu treffen. Denn womöglich täte ich ihnen dann leid, so allein an diesem Tag, und sie würden mich zu sich nach Hause einladen. Aber entweder gingen sie Heiligabend nicht in die Kirche, oder ich hatte sie in den überfüllten Reihen übersehen. Ich saß schließlich zwischen zwei fast übertrieben perfekten Bilderbuchfamilien. Die Kinder herausstaffiert bis ins letzte Detail und die Eltern fest entschlossen, ein einziges Abbild von Einigkeit und Harmonie darzustellen. Für einen Moment fühlte ich mich dennoch geborgen, wie ich dort in ihrer Mitte von Pelzmänteln eingequetscht saß.

Plötzlich musste ich an die Krippenspiele früher denken. Als man schon zu alt war, um noch selber mitzuspielen, die Eltern einen aber am Heiligabend trotzdem noch irgendwie zwingen konnten, mit in die Kirche zu kommen. Neben mir mein Bruder, der immer auf die Gesangbuchleiste zu erbrechen drohte, weil er sich am Abend vorher wieder traditionell betrunken hatte und sich kein bisschen um die Geschichte dieser jungen Frau mit moderner Familiensituation scherte, außer er käme als potenzieller Vater in Betracht, und meine Schwester, die nach scharfen Typen Ausschau hielt. Und in meiner Erinnerung sind sie eigentlich immer gleich gewesen, diese Krippenspiele: Maria, mit vor Aufregung glühenden Wangen, anderthalb Köpfe größer als Josef, und wie sie sich noch bis kurz vor dem Einzug, im Seitenschiff wartend, Abscheulichkeiten zuflüsterten: »Du bist eine Ameise, du bist … du bist … Staub!« Maria, die resolut das Jesuskind packte und, immer zwei Schritte vor Josef, zur Krippe stürmte, der sich schon jetzt ärgerte, dass er der ganzen

Sache zugestimmt hatte, dazu der scheppernde Chor giggelnder Engel.

Nach der Kirche ging ich nach Hause und legte mich ins Bett. Dort würde ich liegen bleiben und abwarten, wie lange es wohl dauerte, bis man davon starb.

36

Aber das neue Jahr kam, unbeeindruckt von meinen Plänen, und änderte nichts. Ich wurde verrückt. Eine andere Erklärung gab es nicht. Ich war so nicht. Ich war eigentlich ganz normal gewesen. Ich war eine von denen, die die anderen zur Klassensprecherin gewählt haben, weil sie vernünftig ist, sachlich und besonnen. Ich bin fast langweilig normal. So wie jetzt, so bin ich nicht. So will ich nicht sein.

Aber seit er weg ist, ist alles schlimm, wird immer schlimmer.

Mein Leben ist auf einmal voller Tage, an denen ich Brücken, Steilküsten, den Straßenverkehr, Medikamente, Nagelpistolen, Gewässer, Schnüre und Plastiktüten meiden sollte und permanent so etwas wie Fallsucht spüre.

Laut ICD-10-Klassifikation der WHO leide ich inzwischen mindestens an:

F32.2
F41
F43
F43.2
Vor allem leide ich aber an:
F42, Grübelzwang.

Manchmal zähle ich an den Fingern die Stunden ab, die ich nicht mehr mit ihm gesprochen habe (3387), die Tage, die ich seitdem nicht weinen musste (4), die Anzahl der Geheimnisse, die ich ihm noch verraten wollte (54).

Ich brauche Fakten. Unbedingt. Irgendetwas, das ist, wie es ist. Etwas, das jemand geprüft hat und das nicht von einer Sekunde auf die andere nicht mehr stimmt, so wie das mit ihm. Ich würde am liebsten beim Statistischen Bundesamt anrufen, damit die mir sagen, wie viele Menschen sich gerade verlieben, zum ersten und zum letzten Mal küssen, wie oft man sich rein statistisch überhaupt in einem Leben verlieben wird und ob meine Male womöglich schon aufgebraucht sind. Wie oft kommt es vor, dass jemand, der einen verlassen hat, doch noch zurückkommt? Wie wahrscheinlich ist das? Und wie lange sollte man um jemanden weinen, dem das offenbar egal ist? Ich will, dass man meinen Kummer berechnen kann, möchte in Messbecher weinen, meine Tränen in einem Aquarium sammeln, um darin exotische Salzwasserfische zu halten.

Jemand hämmerte gegen meine Wohnungstür. Ich fragte mich nicht, wer das sein könnte, denn Tom würde niemals gegen eine Tür hämmern, und alles andere interessierte mich nicht. Stattdessen stand ich auf, um die Tür zum Schlafzimmer zu schließen. Wenn mich immer wieder jemand störte, konnte das mit dem Sterben natürlich nicht funktionieren. Das Klopfen stoppte, als versuche der Eindringling zu hören, ob sich in der Wohnung etwas tat. Ich ging so leise wie möglich zurück zum Bett und legte mich unter die Decke. Aber das half nichts, das gleichmäßige

Klopfen und Klingeln im Wechsel mit Schlagen der flachen Hand begann von Neuem.

»Mach auf, ich weiß, dass du da bist.«

Es war Anna. Ich schlich zur Wohnungstür und versuchte, durch den Spion zu sehen, ohne dabei zu atmen, aber ich konnte nur ihr von außen an den Spion gedrücktes riesiges Auge sehen.

»Du brauchst nicht die Luft anzuhalten. Ich kann dich trotzdem hören.«

»Hau ab.«

»Mach jetzt auf.«

»Hau bitte einfach ab!«

Ich hatte mich nicht mehr bei ihr gemeldet, seit ich nicht mehr auf die Jungs aufpasste und seit ich die Hoffnung, dass Tom zurückkäme, aufgegeben hatte – und damit irgendwie auch ein bisschen mich selbst. Auch weil ich nicht hören wollte, was sie dazu zu sagen hatte. Sicherlich wäre »Sei froh, der Arsch« noch das Harmloseste gewesen. Schon früher war sie nie gut auf ihn und unsere Beziehung zu sprechen (»Irgendwie klingt das alles komisch. Vielleicht ist er ein Perverser, ein richtig übler …«), und jetzt wollte ich ihr nicht dabei zusehen, wie sie ihren *I told you so*-Tanz nur mühsam unterdrückte.

Ich beobachtete sie weiter durch den Spion. Sie ging nun vor meiner Wohnungstür auf und ab und nahm ihr Handy aus der Tasche. Sie erklärte irgendjemandem am Telefon freundlich, wer sie war und wo sie sich befand und dass sie davon ausgehen müsste, dass ihrer Freundin, mir, etwas Furchtbares zugestoßen sei. Sie stünde vor meiner Wohnungstür und käme nicht herein, obwohl wir fest verabredet seien. Womöglich hätte ich mir etwas angetan.

Eine Überdosis sei nicht unwahrscheinlich. Ja, die Tür aufzubrechen sei eine sehr gute Idee, nein, sie könne nicht anders mit mir in Kontakt treten, es eile wirklich.

Ich öffnete wütend die Tür.

»Was willst du?«

Anna drehte sich zu mir um, ließ das Telefon sinken und musterte mich.

»Du siehst echt scheiße aus.«

»Das ist doch auch so ein Spruch, den du aus irgendeinem Film geklaut hast«, erwiderte ich matt.

»Das mag sein. Aber damit kommen wir doch auch schon zum Punkt, Martha. Leiden in dieser Dimension ist vielleicht cool, wenn du Frida Kahlo bist, Werther oder vielleicht noch eine Figur von Nick Hornby. Wenn du aber du bleibst, ist es eigentlich relativ sinnlos.«

Ich ließ sie stehen und ging zurück zum Bett.

»Du hast also deinen Job geschmissen?«, fragte sie und folgte mir.

»Ich mache die Listen.«

»Ja, diesen Scheiß, aber was ist mit den Jungs?«

»Wir machen eine Pause.«

Woher sie das überhaupt wisse, fragte ich sie.

»Oskar ist mit seiner Mutter in die Eisdiele gekommen und hat mich gebeten, nach dir zu sehen. Du seist in einem ›bedenklichen Zustand‹. Das waren seine Worte. Und darum musste ich ihm versprechen, dich aufzumuntern.«

»Bitte geh einfach«, sagte ich müde. »Ich will nicht hören, dass es besser wird, dass alles aus einem Grund geschieht, dass ich den Kopf nicht hängenlassen soll, dass die Zeit alle Wunden heilt. Ich will einfach nur in Ruhe gelassen werden. Verstehst du?«

Anna setzte sich aufs Bett und umarmte mich. Aber so wie man einen Mehlsack aufheben würde. Dann fing sie an, an mir zu schnüffeln. Ich versuchte sie wegzudrücken, aber sie hörte nicht auf, ihre Nase in verschiedene meiner Körperteile zu drücken:

»Ist dir eigentlich schon mal aufgefallen, dass Kummer, also die Sorte Kummer, die diese Panik erzeugt und einen um 4:48 Uhr aus dem Schlaf hochschrecken lässt, weil man sich derart verraten und verlassen fühlt, dass die nach Kaninchenpisse riecht? Sie zieht einem ganz unangenehm in die Nase. Ein bisschen wie während der Menstruation, wenn man diese Blutmanie bekommt und das Gefühl hat, wirklich alles rieche nach Blut. Es bleibt einem noch tagelang so widerlich in der Nase kleben, egal wie oft man sich wäscht oder die Nase schnäuzt. Und das ist doch schon wieder eins dieser Phänomene, derer sich niemand annimmt. Was ist mit der Wissenschaft nur nicht in Ordnung, dass sie sich nie um die wirklich wichtigen Fragen kümmert?!«

Sie zog mich hoch, und ich ließ es geschehen. Vor allem, weil ich hoffte, dass sie wenigstens mit diesem Gerede voll überspannter Genitive aufhören würde, wenn sie schon nicht vorhatte zu gehen. Aber sie schob mich, weiter darüber referierend, dass man Kummer viel schwerer abbekomme als normalen Schmutz, ins Badezimmer und fragte mich, warum in aller Welt es dafür kein spezielles Duschgel gäbe. Dann drückte sie mich an den Schultern runter auf den Klodeckel, zog mir das Nachthemd über den Kopf, und ich sah ihr nackt dabei zu, wie sie viel zu viel Badeschaum in die Wanne kippte, während sie weiter ununterbrochen auf mich einredete.

»Ich verstehe das, du wolltest weiter in deiner Märchen-Schneekugel sitzen bleiben und darauf warten, dass er vorbeikommt und den Glitzerschnee aufschüttelt. Das hat eine Weile funktioniert, aber aus irgendeinem, dir und mir nicht näher bekannten Grund möchte er das offenbar nicht länger tun. Also steh verdammt noch mal auf und schüttel den Schnee selber auf. Mit den Jungs hattest du endlich etwas eigenen Glitzerschnee in deinem Leben. Nicht von deinem Bruder geerbt, von deiner Schwester übernommen, nicht von deinen Eltern oder irgendeinem Deppen für dich ausgesucht. Ich sage nicht, dass du nun bis zu deinem Lebensende das Kindermädchen reicher Leute spielen solltest. Aber das, was da war, das war doch gut. Das war ein Anfang. Das gehörte dir. Du hast endlich Sachen gemacht, die dich glücklich gemacht haben, und nicht nur versucht, in die kleine, enge, mit kariertem Wachspapier ausgelegte Schublade von diesem Bausparer zu passen. Ich könnte dir jetzt stundenlang einen Vortrag darüber halten, warum Frauen sich auf irgendwelche Scheißtypen versteifen. Es sind eben oft die falschen Gründe, warum man mit jemandem zusammen ist. Da passen die jeweiligen Defizite einfach so herrlich zusammen, dass man Minus und Minus als Plus missversteht. Weißt du nicht mehr, wie ich Mattheo hinterhergeheult habe? Nur weil er der erste Mann war, mit dem ich gleichzeitig kommen konnte, habe ich gedacht, dass ich unbedingt mein Leben mit ihm verbringen müsste. Wer hat mir gesagt, dass ich das mit ihm nur als Übungseinheit sehen sollte, die mir bei allen nachfolgenden Männern hilfreich sein wird? Du! Oder als ich dachte, es wäre eine exzellente Idee, diesen viel älteren Künstler zu heiraten, um ein beschauliches Leben in seinem hübschen Haus und mit seinem süßen Hündchen zu führen. Wer hat mir gesagt, dass das Quatsch sei, da Männer Ende vierzig mir auch noch später als Option blieben? Du! Oder der Typ, dessen Familie ich so mochte, dass ich mich nicht von ihm trennen wollte? Wo ist nur dein messerscharfer Verstand geblieben?«

Ich sah sie an.

»Das habe ich alles überhaupt nicht gesagt. Das warst du doch selber!«, versuchte ich es leise.

»Ach, am Arsch, Martha, darum geht es doch jetzt gar nicht. Du hättest es gesagt haben können, denn du wusstest, dass ich recht hatte. Jetzt gilt es herauszufinden, was es war, das du von dem Trottel lernen konntest. Denn eine gute Sache, die man daraus mitnimmt, bleibt einem immer. Durch den Künstler kenne ich nun den schönsten Blumenladen der Stadt. Und Mattheo … na ja, da ist wohl klar, was ich von dem mitnehme. Und du hast mich von deinem Bruder geerbt, also habe ich seine Familie behalten können, ohne mit ihm zusammen sein zu müssen.«

Sie schrubbte mir schweigend den Rücken mit einem Schwamm, schäumte mir die Haare und spülte sie so lange aus, bis ganz sicher kein Schaum mehr darin war. Als sie damit fertig war, half sie mir beim Anziehen. Zum Schluss kämmte sie mir die Haare und flocht mir einen Zopf. All das fühlte sich zwar ein bisschen eigenartig, aber auch sehr tröstlich an.

»Wir machen jetzt einen Spaziergang.«

»Auf keinen Fall!«

»Nur einmal um den Block.«

Ich schüttelte den Kopf.

»Warum nicht?«

»Ich kann nicht durch das Treppenhaus.«

»Wieso nicht?«

»Die Leute aus dem ersten Stock haben diese Girlande an ihre Tür gehängt, die mich jedes Mal mit ihrem hämischen ›Just married‹ auslachen will.«

»Verstehe.« Sie stutzte. »Unsere *Freunde* haben geheiratet?«

Ich schüttelte den Kopf. Sie meinte das Paar, das sich, wann immer man in mein Badezimmer ging, wo man sie besonders gut hören konnte, zu streiten schien. Manchmal hatten Anna und ich uns einfach zusammen in die leere Badewanne gelegt und ihnen eine Weile zugehört:

»Du machst einfach nichts, nie, du unnützer Luftverschwender.«

»Du Zicke, ich lasse mich doch nicht von dir zu deinem Schoßhündchen erziehen.«

»Dann geh.«

»Geh du doch.«

Irgendwann waren ihnen immer die Argumente ausgegangen, und dann trieben sie es miteinander wie in einem schlechten Film, aber selbst das klang bei ihnen wie ein Streit. Am Ende schien aber auch das nicht ausgereicht zu haben, und stattdessen waren diese eklig glücklichen Honeymooner eingezogen.

»Neue Leute.«

Sie stand auf und ging aus der Wohnung. Ich hörte, wie sie die Treppe runterging und etwas runtergerissen wurde. Dann rief sie mich. Als ich unten ankam, hatte sie die Girlande schon in ihre Jackentasche gestopft.

Nachdem wir einen Kakao im Café gegenüber getrunken hatten und sie mich zurück nach Hause gebracht hatte, baute sie sich vor mir auf:

»Martha, ich will dich nicht anlügen. Es wird womöglich nicht leichter mit der ganzen Angelegenheit, den Richtigen zu finden. Denn in dieser Stadt laufen ein paar wirklich gestörte Typen rum. Aber das ändert nichts daran, dass du jetzt jeden Morgen aufstehst, dich anziehst, etwas isst und dich wieder um so etwas wie Körperhygiene und deinen Alltag kümmerst. Versprichst du mir das?«

»Ja …«

»Du stehst auf, gehst raus, sortierst dich, machst Pläne! Versprochen?!«

Ich nickte noch einmal, nachdrücklicher, und lächelte, so aufmunternd es nur eben ging.

Sobald ich die Tür ins Schloss fallen hörte, legte ich mich zurück ins Bett.

37

Anna kam wieder. Am nächsten Morgen wurde ich davon geweckt, dass sie Musik vor meiner Wohnungstür abspielte, während sie gegen die Tür hämmerte. Die Musik war so laut, dass der Lautsprecher ihres Handys schepperte.

Ich riss die Tür auf:

»Im Ernst? Um neun Uhr morgens? Und dieser Song?!«

»Wieso? ›Man ist so lange einsam, bis man lernt, allein zu sein‹ – das ist doch ein super Lied und voller Wahrheit. Olli Schulz hat auf jeden Fall was draus gemacht, aus seinem Liebesschmerz. Im Gegensatz zu dir! Guck dich an: Bald werden sie dir dein wegen Vernachlässigung verschimmeltes Herz amputieren müssen. Und dann füllen sie nach einer Weile das Loch in dir mit kleinen, bunten Styroporkugeln auf, weil die Luft, die durch dich hindurchströmt, sonst ständig so ein hässlich pfeifendes Geräusch macht und die anderen Leute im Kino oder im Restaurant anfangen sich zu beschweren. Wie ein Miniatur-Bällebad von Ikea wirst du stattdessen herumlaufen müssen, das beim Gehen raschelt und ganz eklig knurpscht.«

»Ich weiß einfach nicht, wie es besser werden könnte. Ich versuche es, aber es funktioniert nicht.«

»Streng dich mehr an. Ich erzähle mir immer Geschichten, die es besser machen. Als ich meinen Kaschmir-Schal verloren habe, habe ich mir gesagt, dass den nun eine bitterarme Zigeunermutter gefunden hat – und jaja, *Zigeuner* soll man nicht sagen –, der immer die ganze erbettelte Kohle von diesem Mistkerl abgenommen wird, aber nun kann sie immerhin jeden Abend ihr süßes Zigeunerbaby in meinem so weichen Schal in den Schlaf wiegen. Oder als ich nicht zum Festival fahren konnte, weil irgendetwas dazwischengekommen ist, ich die 80-Euro-Karte aber auch nicht mehr losgeworden bin, dachte ich, dass auf dem Weg dahin ich oder der, der sonst in den Besitz dieser Karte gekommen wäre, tödlich verunglückt wäre. Also wurde durch den Verfall der Karte ein Menschenleben gerettet. Mit dieser Methode wird es einem immer gut gehen.«

Ich zuckte mit den Schultern.

»Ich habe darüber nachgedacht, was du an diesem Typen toll gefunden haben könntest. Was du aus der Beziehung mitnehmen kannst. Denn wenn du das weißt, kannst du vielleicht endlich loslassen.«

»Du kennst ihn doch überhaupt nicht.«

Sie schien mir überhaupt nicht zuzuhören.

»Den zu lieben war, wie magersüchtig zu sein. Sich den ganzen Tag am Hungern zu ergötzen. Nie annähernd satt zu werden, immer davon zu träumen, dass es eines Tages etwas Herrliches zu essen gibt, was nicht dick macht und wovon man so viel essen kann, wie man will. Mangel macht high! Mein Vater sagt auch immer: ›Ich habe in meinem Leben viel Kunst gekauft, tolle Kunst, aber vor allem erinnere ich mich voller Sehnsucht an die Kunstwerke, die ich nie besessen habe.‹«

Ich versuchte, ihr zu widersprechen. Sie hob aber bloß die Arme in die Luft und bewegte dazu stumm die Lippen und zeigte auf ihre Ohren, um zu signalisieren, dass jeder Versuch, sie vom Gegenteil zu überzeugen, zwecklos sei, da sie nichts hören könne.

»Bist du fertig?«

»Ja, nur noch eins«, setzte sie wieder an. »Sein großer Trumpf war, dass er es geschafft hat, sich fast immer alleine mit dir zu treffen. Denn weißt du nicht mehr, was der entscheidendste und nicht selten schlimmste Moment in einer frischen Beziehung ist? Den anderen in Situationen mit anderen Menschen zu erleben. Danebenzusitzen, wenn er dieselbe Anekdote zum dreihundertsten Mal erzählt. Zu sehen, wie er eines Abends bierlalligen Blödsinn erzählt. Zu erleben, dass jemand sich total spackig gegenüber Fremden benimmt, dass jemand auch mal schwach, unsouverän oder peinlich ist. Das bekommst du zu zweit zu Hause, beim Picknicken oder bei Fahrradtouren doch so gut wie gar nicht mit. Das waren unfaire Voraussetzungen. Er hat sich einfach sehr geschickt jeder Entzauberung entzogen.«

»Tatsächlich.«

»Tatsächlich.«

Während sie sprach, riss Anna meine Briefe auf, die sie vorher aus dem überquellenden Briefkasten gefischt habe musste. Mit gemurmeltem »Rechnung, Rechnung, Werbung, Schrott, Mahnung« sortierte sie sie zwischen Mülleimer und der Ablagekiste, dann las sie mir noch eine Postkarte meiner Großmutter vor: »Phantastisches Essen hier, dazu diese herrliche Landschaft. Mit lieben Grüßen aus Lugano, mein kleiner Engel. Deine Omi«, und zog schließlich aus einem Umschlag das Bahnticket, das meine Eltern mir geschickt hatten und das ich nicht vorhatte zu benutzen. Sie hielt es hoch und las den Zielort vor:

»*Hermagor?* Wo ist das? Und was willst du da?«

»Ein Skiort. In Österreich. Robinson Club. Da waren wir früher immer. Und jetzt wollen meine Eltern noch mal mit allen hin, über ihren Hochzeitstag und meinen Geburtstag. Der letzte gemeinsame Familienurlaub sozusagen, bevor mein Bruder im Mai heiratet.«

»Wie nett, das ist ja wie in einer Werbung für ganz glückliche Bausparer!«, lästerte Anna, aber es war ein verhältnismäßig freundliches »Bausparer«.

Und sie hatte ja recht. Dort erwartete mich mein Bruder mit seiner zukünftigen Frau, mit der er nach kurzem jugendlich-hemmungslosen Austoben seit dreizehn Jahren zusammen war. Außerdem meine Schwester und ihr Freund, die seit etwas mehr als siebeneinhalb Jahren ein Paar waren. Zum siebeneinhalbten Jubiläum hatten sie eine große Party gemacht, zu der ich nicht gegangen war, weil Tom nicht mitkommen wollte. Dazu meine Eltern, die einen Tag nach meinem Geburtstag Hochzeitstag hatten, bei dem mein Vater Jahr für Jahr die gleiche Rede auf meine Mutter hielt: »Nachdem ich diese Frau zum ersten Mal gesehen hatte, vermisste ich sie bereits, als ich die Augen nur für eine Millisekunde zum Blinzeln schließen musste. Und nach diesem ersten Blinzeln wusste ich, dass ich sie heiraten würde.«

Ich hatte meine Bausparerfamilie immer gemocht. Es war mir egal, dass Anna fand, dass das alles manchmal ein bisschen verlogen glückselig war. Ich wollte zu ihnen gehören, auch einer von ihnen sein, und nicht die, deren mickrige Dreijahresbeziehung nun in sich zusammengefallen war wie ein misslungenes Soufflé. Ich weiß nicht, wie die sich das überhaupt vorstellten. Allein rein rechnerisch musste ich zu Hause bleiben. Es fing beim Hotelzimmer an. Für mich war ein Einzelzimmer gebucht, hinter dem sich ein Doppelzimmer verbarg, das für einen Aufpreis allein genutzt werden konnte. All die Skilifte waren entweder für zwei, vier oder sechs. Bei jeder Fahrt würde sich also eines der Paare verpflichtet fühlen, sich aufzuteilen und mit mir zu fahren, um mir nicht das Gefühl zu vermitteln, das fünfte Rad am Wagen zu sein. Wer konnte das für eine halbwegs akzeptable Idee halten?

»Ich kann da nicht mitfahren.«

»Doch, kannst du. Pack deine Sachen. Das tut dir gut. Sport und Kälte sind das beste für Leute wie dich, und ein Ortswechsel wird dir guttun. Manchmal muss man die Perspektive wechseln, um etwas zu begreifen. Die völlige Lächerlichkeit des Rauchens zum Beispiel ist doch erst durch die Elektrozigarette endgültig klar geworden.«

38

Um sicherzugehen, dass ich auch wirklich in den Zug nach Österreich stieg, holte Anna mich ab und befahl mir, mein Fahrrad mitzunehmen.

»Wieso das denn?«

»Warte ab!«

Wir gingen schweigend nebeneinander her, bis wir vor Toms Haus standen. Ich schaute sie erstaunt an.

»Wo steht sein Rad?«

»Im Innenhof.«

»Dann müssen wir warten.«

Ich war beeindruckt, dass sie sich überhaupt gemerkt hatte, wo er wohnte. Wir waren zwei oder drei Mal gemeinsam mit dem Rad vorbeigefahren, und ich hatte mit einem »Da wohnt er« nach oben gezeigt. Und das vor Ewigkeiten. Aber ich konnte ihr das nicht sagen, denn jedes Mal, wenn ich sie anstieß, um mit ihr zu sprechen oder zu erfahren, was das alles sollte, winkte sie nur ab. Als jemand aus der Haustür kam, lief sie los und rief mir zu, ich solle ihr folgen. Ich zwängte das Fahrrad durch die zufallende Tür und schob es hinter Anna her.

»Welches?«

Ich zeigte auf Toms Rad. Es war wie immer an dem Gitter im Innenhof festgekettet. Das Fahrrad stand da, als wäre nichts gewesen, alles ganz normal, als gäbe es da nicht jemanden, dem sein Besitzer das Leben vermiest hatte. Dass das Rad da stand, hieß aber natürlich auch, dass Tom womöglich zu Hause war. Wir standen eine Weile nur so da. Ich starrte einfach zu Boden, traute mich nicht, hochzugucken, denn Toms Küchenfenster ging in den Hinterhof hinaus, und ich starb bei dem Gedanken, er könnte genau in dem Moment, in dem ich hochsah, zu uns runtergucken. Vielleicht wartete Anna darauf, dass er runterkäme, und ich überlegte, was er wohl sagen würde, wenn er uns neben den Mülltonnen herumlungern sah. Irgendwann nahm sie das *Bordo Granit*-Faltschloss aus dem Korb und schloss mein Fahrrad an seinem an. Dann nahm sie die andere Kette, um sie um die Rahmen der beiden Räder zu schlingen. Dann schauten wir uns das Ganze in Ruhe an. Wie sie da so standen, die beiden miteinander verketteten Fahrräder. Meine alte, tapfere *Gazelle* mit Rücktrittbremse und drei Gängen an seinem Aller-Schnickschnack-*Stevens*-Carbon-Whatever-Crossbike. Ich unterdrückte den Impuls, ihnen zuzuwinken, als wir gingen. Ich stelle mir seitdem gerne vor, wie er die beiden Fahrräder wohl voneinander getrennt hat. Das war nicht unmöglich. »Jedes Schloss der Welt kann man knacken«, sagte Anna immer – die früher eine Zeit lang in einem Fahrradladen gejobbt hatte –, wenn man sie nach dem unknackbaren Schloss fragte. Nur wie unangenehm man es dem Dieb machte und wie lange es dauerte, darum ging es. Und so einfach konnte es in Toms Fall nicht gewesen sein. Sie hatte zwei besonders dicke und schwere Ketten besorgt, Sicherheitsstufe fünfzehn. Nur mit einem Bolzenschneider konnte Tom da nichts ausrichten. Da brauchte man schon eine ordentliche Flex. Und es fühlte sich dann doch irgendwie tröstlich an, dass etwas an dieser Trennung auch für ihn mühsam gewesen ist.

Als ich mit Anna auf dem Bahnsteig stand, umarmte sie mich plötzlich und hielt mich eigenartig fest umschlungen. Sie sprach leise in mein Haar, und während ich ihr zuhörte, blickte ich auf ein beleuchtetes Werbeplakat, auf dem ein Pärchen zu sehen war, das sich auf eine andere Leute belästigende Art und Weise verzehrend ansah.

»Diese Sache, in der du gerade steckst, ist ein bisschen wie damals, als ich an Weihnachten diesen Haufen Haschkekse gegessen habe. Davor hatten mich natürlich alle gewarnt. Und dann steckt man da drin, und die Zeit vergeht einfach nicht. Die Gedanken kriechen, zappeln und schwirren einem gleichzeitig durch den Kopf. Du denkst, jetzt müssten doch mindestens vier Tierarten ausgestorben sein, so lange hast du es schon ohne ihn ausgehalten, und in Wahrheit sind gerade mal drei Minuten vergangen. Damals war ich mir auch sicher, dass es nie enden würde. Und ich fand die Vorstellung selbst im Zustand dieses exorbitanten Drogenrauschs ziemlich erbärmlich. Noch so jung, genau ein einziges Mal Drogen genommen, und dann so ein Hängenbleiber-Ende? Von acht Uhr abends bis sechs Uhr morgens lag ich auf dem Sofa. An Heiligabend, als regungslose Geisel des THCs. Hin und wieder kam jemand vorbei, beugte sich über mich und erkundigte sich nach meinem Zustand. Ich konnte mich nicht bewegen, erklärte aber jedem, der in meine Nähe kam, dass ich nun alles durchschaut hätte. Dass mir niemand mehr etwas vormachen könne. Niemand! Alle und alles durchschaut. *Kawooom.*

In einer Dauerschleife wiederholten sich dazu genau drei Gedanken in meinem Kopf:

1. Ich werde das nur unbeschadet überstehen, wenn keiner die *Merry Christmas – The Very Very Best of*-CD ausmacht.

2. Ich habe jede Chance auf eine politische Karriere verspielt. Und das ist ärgerlich, obwohl ich es bislang niemals in Betracht gezogen hatte, überhaupt Politikerin werden zu wollen.

3. Mein Gehirn hat unglücklicherweise die Kontrolle über meine Muskeln verloren. Wahrscheinlich für immer. Stattdessen besteht mein Körper aus einer puddingartigen, willenlosen Masse.

Was ich dir aber eigentlich sagen will: Es gibt immer Dinge, die einen retten.«

Dann fuhr der Zug ein, und sie schob mich hinein.

39

Nach Stunden im Zug, wo es immerhin die ganze Zeit voranging, stand ich nun in Villach auf dem Bahnhof. Gestrandet und auf den verspäteten Anschlusszug wartend. Mir wurde kalt, und ich ging noch einmal in die Bahnhofshalle. Ich sah mich nach irgendetwas um, womit man sich die Zeit vertreiben könnte, aber da war nichts. Außer einem dieser Glaskästen, in denen man mit einem Greifarm nach Kuscheltieren fischen konnte.

Ich suchte in meiner Tasche nach einer Münze und warf sie ein. Mit dem Joystick dirigierte ich den metallenen Arm. Er griff ins Leere. Ich warf noch eine Münze ein.

Und noch eine und noch eine.

Als ich noch mal in die Tasche griff, waren da keine Münzen mehr.

Seufzend ließ ich meinen Kopf nach vorne sinken, drückte meine Stirn fest gegen die kalte Scheibe mit den im Neonlicht schmierig leuchtenden Fingerabdrücken. Minutenlang.

Eine Hand tippte mich vorsichtig an und warf eine Münze in den Schlitz. Ich sah auf und ging einen Schritt zur Seite. Ein Mann mit ungenauem Alter und einer dieser komischen Pudelmützen auf, wie sie Skilehrer gern trugen, lächelte mir zu, während er den Hebel in die Hand nahm.

Mit dem gleichen surrenden Geräusch wie ich die Male zuvor brachte er den Greifarm in Position. Der Hakenarm fuhr nach unten und umschloss den *Findet Nemo*-Plüschfisch, nach dem ich vergeblich geangelt hatte, zog ihn nach oben, als wäre nichts dabei, und ließ ihn in den Ausgabeschacht plumpsen. Der Mann schob die Klappe hoch, zog den orange-weiß gestreiften Clownfisch raus und hielt ihn mir mit einem freundlichen »Da« hin.

Ich streckte langsam die Hand aus und griff danach. Bevor ich mich bedanken konnte, war der Mann verschwunden, und ich drückte das Kunstfaserkuscheltier an meine Brust.

Mir wurde immer kälter. Ich wollte weiter, nicht mehr warten, ging zum dritten Mal zum Abfahrtsplan, als könnte der mir helfen. Dabei verriet dieses Stück Papier natürlich nur etwas über den Soll-Zustand, nichts über die Ist-Realität voller Verspätungen.

Ein Zug fuhr gerade jetzt nach Wien ab, ein anderer in ein dem Namen nach uriges kleines Bergdorf und in vier Minuten einer nach Belgrad. Belgrad, Serbien. Ich schaute mir gerne diese *Schönste Orte der Welt*-Fotoblogs an. Da waren oft Fotos von Seen, Wasserfällen und der Küste Kroatiens. Aber Serbien? Keine Ahnung, wie es da war. Die einzigen Serben, die mir einfielen, waren Monica Seles, dieser DDR-Winnetou und der Filmemacher Kusturica, dessen Vorname mir nicht mehr einfiel und den ich nur kannte, weil ich mal mit Tom einen seiner Film gesehen hatte: *Schwarze Katze, weißer Kater*. Ich hatte ihn ziemlich anstrengend gefunden, musste dreimal aufs Klo gehen, um mir Wasser über das Gesicht laufen zu lassen, damit ich nicht einschlief. Tom hatte ihn richtig gut gefunden, er hatte ihn schon vorher zweimal gesehen. Wir hatten ihn spätnachts in einem Programmkino zu irgendeiner Themenwoche gesehen, und ich hatte mir nichts anderes gewünscht, als dass er schnell zu Ende ging. Überspult hatte ich ihn gefunden, aber freundlich genickt, als mir Tom danach seine Meinung mitteilte. Eine »kraftstrotzende Groteske« hatte er ihn genannt. Aber das hatte geklungen, als habe er es aus einem dieser *»Ein überragendes Meisterwerk«-sagt die Herald Tribune*-Werbesprüche geklaut. Und um davon abzulenken, wie schrecklich ich den Film in Wahrheit gefunden hatte, hatte ich Tom zum Geburtstag den Soundtrack geschenkt. Aber wenn ich nun an den Film dachte, konnte ich mir nicht vorstellen, dass in diesem Land überhaupt so etwas wie Winter sein konnte.

Ich griff nach meinem Rucksack und blickte kurz auf die Tasche mit den Skischuhen, die ich von meiner Schwester geerbt hatte. Sie waren violett und silber. Wer mochte schon Violett und Silber, und wer wollte überhaupt in den stinkenden Schuhen eines anderen stecken, egal welche Farbe sie hatten? »Damit ist jetzt Schluss«, dachte ich, rannte ohne die Tasche mit den Schuhen die Treppe zum Bahnsteig hoch und stieg in den wartenden Zug. Als ich mich setzte, atmete ich noch schwer vom Laufen in der kalten Luft. Ich war allein in dem Abteil. Noch bevor der Zug losfuhr, zweifelte ich an meiner Entscheidung. Nun also Belgrad? Nun also Belgrad.

Ich klemmte Plüsch-Nemo zwischen die Lehnen vor mir, damit er rausschauen konnte, und lehnte mich zurück.

40

Ich schaute stundenlang aus dem Fenster, während draußen Österreich, Slowenien, Kroatien, die Republik Vojvodina und Serbien vorbeizogen. Zwischendurch schlief ich zusammengerollt auf dem Sitz und wurde immer wieder von Zöllnern geweckt, die unfreundlich gegen die Sitze klopften, um mit furchteinflößenden Blicken meinen Ausweis zu inspizieren. Jedes Mal war ich sicher, dass ich wegen eines mir unbekannten, aber schweren Vergehens in einem verschimmelten Grenzgefängnis landen würde, was natürlich nicht geschah. Das Kommen und Gehen in meinem Abteil nahm ich nur aus dem Augenwinkel wahr. Ich sah krumm gebeugte Hutzelmännchen mit ausgeleierten braunen Karo-Pullovern einsteigen und Halbstarke mit glänzend gegeltem Haar aussteigen. Mir saßen müde Gastarbeiter mit schweren Gliedern gegenüber, alte Frauen mit Gürteln über ihren großen Bäuchen und leuchtenden Tüchern auf den Köpfen. Daneben junge Mädchen, deren Blicke verrieten, dass sie in ihrem Dorf als die Schönsten galten. Aufgedrehte Schulkinder stiegen für ein oder zwei Stationen zu, und Leute mit alten Aktentaschen auf dem Weg in den Feierabend starrten vor sich hin, als würde sie das vor etwas bewahren. Ich beobachtete Frauen in glanzlosen Pelzmänteln und dazu passenden struppigen Mützen, die ihre Männer bedeutsam anschwiegen.

Draußen begleitete mich eine Weile ein in klarem Türkis gurgelnder Fluss, gerahmt von Bergen mit einer leisen Puderschicht Schnee, Felder mit starr gefrorenen Furchen, Baracken mit Hühnern und Enten in schief umzäunten Ausläufen, Bahnübergänge mit ungeduldig Wartenden auf klapprigen Motorrollern. Der Zug durchfuhr vom Verfall angezählte Bahnhöfe, hielt an anderen, um geduldig Passagiere auszuspucken und neue aufzunehmen. Ich sah das Panorama von Dörfern mit dem von Wäldern und Feldern zu einem flackernden Daumenkino verschwimmen. Alles schien fremd und aus der Zeit gefallen, aber ich konnte nicht sicher sagen, ob es das tatsächlich war oder ich es mir nur wünschte. Ob ich bloß so verzweifelt wollte, dass das hier eine Reise in eine vergangene Zeit war, in eine Zeit, als noch alles gut war. So als könnte man dann an dem Punkt anhalten, an dem noch alles möglich schien, an dem man es doch noch hinkriegen könnte miteinander.

Irgendwo kurz hinter der dritten Grenze ungefähr verlor ich jede Orientierung. Irgendwann vergaß ich, wie lange ich schon in dem heißgelüfteten Abteil saß, und konnte nicht glauben, dass ich jemals ankommen würde. Es schien auch nicht mehr wichtig. Leute stiegen ein und wieder aus. Das Abteil war überfüllt, dann leer, und wieder voller Menschen, die atmeten, aßen, redeten, schwiegen, schnarchten, sich vorbeidrängelten. Ich verlor den Überblick, wo auf der Landkarte ich ungefähr sein mochte, und beobachtete stattdessen die Familien, die sich mit ihren abgewetzten senffarbenen Plastiklederkoffern durch den Gang schoben und unzählige Taschen und Plastiktüten um sich herum balancierten. Betrachtete das Großväterchen mir schräg gegenüber, das seine mit Klebeband zusammengehaltenen Langlaufski im Arm hielt und hin und wieder als Kopfstütze für ein kurzes Nickerchen nutzte. Oder das Pärchen, das hinter mir saß und ununterbrochen und laut telefonierte, womöglich miteinander. Ich sah Leute mit Käsebroten, hartgekochten Eiern und Würsten in ihren Vesperpaketen. Wobei das mit dem Vesperpaket aus Käsebroten, Eiern und Würsten genau genommen ich selbst war.

Ich starrte, bis meine Augen von der trockenen Luft schmerzten, konnte bald weder lesen noch denken, aß stattdessen paketeweise *Manner*-Schnitten, bis ich von all dem Zucker zappelige Beine bekam. Ich sah im 20-Sekunden-Takt auf mein Handy, ob er nicht gerade jetzt womöglich anrief, aber niemand rief an, und die einzigen Nachrichten, die ich bekam, waren die von Telefonanbietern, die mich willkommen hießen und freundlich über anfallende Gebühren informierten.

Und kurz hinter der letzten Grenze, als es so dunkel war, dass ich beim Blick nach draußen nur noch mein eigenes Spiegelbild sah, brach ich in Tränen aus, schluchzte, ohne aufhören zu können. Weil ich in Wahrheit ein miserabler Reisender war, weil ich Reisen hasste, weil ich am liebsten zu Hause war, weil ich doch nur an einem einzigen Ort sein wollte. Bei ihm. Weil ich mich so einsam fühlte, wie ein Mensch in Wahrheit gar nicht sein kann. Weil ich darüber hinaus so viele Stunden von zu Hause weg war und keinesfalls die Kraft hätte, einfach den nächsten Zug zurück zu nehmen; weil ich außerdem viel zu lange mit keinem Menschen mehr gesprochen hatte und vor

Stunden das letzte Mal auf dem Klo war, aus Angst, mein Gepäck könnte gestohlen werden. Und weil ich mich obendrein vor dem Moment fürchtete, wenn ich in Belgrad ankäme. Ich hatte Angst, dass mich bereits der Taxifahrer ausrauben würde, wusste noch nicht einmal, wo er mich hinbringen sollte, da ich ja nicht mal wusste, wo ich schlafen wollte. Und wenn ich dann ein Hotel gefunden hätte und es doch sicher erreichen sollte, würde ich mich nicht trauen, jemals wieder vor die Tür zu gehen. Ich hatte keine Ahnung, wie es in dieser Stadt überhaupt aussah, was mich erwartete, ob es da auf eine reale Art gefährlich war.

Und was ich mir bei alldem nur gedacht hatte.

Belgrad

41

Nun bin ich seit zwei Tagen in Beograd, der *weißen Stadt*, die jetzt vor allem weiß ist, weil es ununterbrochen schneit. Der Wind bläst mir Schneeflocken ins Gesicht, während ich auf dem Weg zur Festungsanlage Kalemagdan bin. Auf einer Tourismus-Seite im Internet hat gestanden, die müsse man sich ansehen, und ich will versuchen, ein besonders guter Besucher dieser Stadt zu sein. Ich bin von einem *Alles richtig machen wollen*-Virus befallen. Vielleicht weil es die erste Reise ist, die ich wirklich ganz allein mache. Ohne Familie, ohne Freunde, ohne ihn. Vielleicht auch, weil ich niemanden kenne, der je in Belgrad war. Zum ersten Mal scheine ich allen voraus. Vor allem natürlich Tom. Aber gerade deshalb will ich den Gedanken nicht zulassen, dass die Tatsache, alles so besonders gut machen zu wollen, mit ihm zu tun haben könnte. Ich habe mir fest vorgenommen, nicht mehr an ihn zu denken.

Ich gehe mit zügigen Schritten durch die Innenstadt in Richtung der Festung, dem kalten Wind entgegen, und bin erstaunt über die *Zara*- und *Replay*-Filialen. Am Tag zuvor war ich in die andere Richtung gegangen und hatte dort Geschäfte gesehen, in denen man den Westwind noch nicht so deutlich spüren konnte. Dort gab es allerlei Notwendigkeiten aus einer anderen Zeit neben eigentümlichem

Kitsch und Kram. Diese Art von Krempel, dessen geheimnisvolle Schönheit nur richtig zu begreifen ist, wenn man ihn berührt. Der einen geradezu zwingt, ihn anzufassen, weil er etwas Magisch-Verbotenes, faszinierend Hässliches an sich hat. Jedenfalls möchte man ihn aus einem abstrusen Grund sofort dringend besitzen. Die Einkaufsstraße jetzt könnte aber in jeder anderen europäischen Großstadt sein, ordentlich zurechtgemacht und mit dem Versprechen auf ein erfülltes Leben. Ich habe bei der Sicht auf Belgrad immer wieder das Gefühl, den Blick scharf stellen zu müssen, weil er mir ständig verschwimmt. Sobald ich denke, ich hätte etwas begriffen, ist es bei genauem Hinsehen wieder ganz anders. Alles hier entzieht sich eindeutigen Beschreibungen und endgültiger Deutung. Belgrad ist ein wenig wie Stella, und das gefällt mir. Weil es so anders ist als das, was Tom für mich war.

Ich gehe durch den Park vom Kalemagdan und stelle mir vor, wie hier im Sommer Stände stehen, an denen Essen verkauft wird, wie auf den Bänken Freunde und Familien beieinandersitzen, Karten spielen, von irgendwoher Balkan-Pop aus einem Ghettoblaster wummert und man sich bis in den Abend hinein Geschichten erzählt. Wie der kleine Vergnügungspark dann geöffnet hat und all die Lichter blinken, Verliebte auf den Mauern sitzen, um sich Geheimnisse zu erzählen, in der Luft der Geruch von Gegrilltem. All diese Menschen sind eine Phantasie, aus den Reiseführern zusammengebastelt, die ich mir vorhin in einer Buchhandlung angeschaut, aber nicht gekauft habe, was mich nun ärgert, denn hätte ich einen der Bildbände dabei, könnte ich ihn aufschlagen und wäre nicht so allein, weil all diese fröhlichen Bilderbuch-Belgrader bei mir wären.

Ich erkenne, dass ein Reiseführer auch insofern hilfreich gewesen wäre, als mein Wissen über Belgrad tatsächlich ziemlich übersichtlich ist und vor allem vom Krieg handelt. Vor anderen würde ich meine Unwissenheit natürlich niemals zugeben. Es reicht schon, dass mir die Erkenntnis vor mir selbst unangenehm ist. Ich würde nicken und höchstens vage Kommentare abgeben, wenn mich jemand fragt. Umso erstaunlicher ist es, dass ich von dem, das ich dachte, was Belgrad sei, hier so wenig entdecken kann. Wieso kann ich den Krieg nicht mehr spüren? Warum ist für mich das Jugoslawien der Neunziger so vollkommen fern und Theorie? Fast überall in Belgrad ist es das bislang gewesen. Abgesehen von ein paar Gebäuden, an deren Fassaden Spuren von Bombensplittern waren, vielleicht. Aber auch deren Anblick fühlt sich mehr wie eine Behauptung an. Belgrad ist kein Ort, der einen zwingt, diesem Teil der jugoslawischen Geschichte nachzuspüren. Sie ist geschickt darin, Dinge zu verbergen, zwingt einen nicht, hinzusehen. Vielleicht ist es aber auch nur die eisige Kälte, die alles andere verhindert. Womöglich müsste ich nur im Frühling wiederkommen, wenn der Schnee geschmolzen ist, um dann all das andere auch sehen zu können.

Ich habe keine Ahnung. Bin mir nicht mehr sicher, was ich denken müsste, was stimmt und was nicht. Fühle mich wie leer gefegt. Dafür habe ich manchmal eine eigenartige Sorge, ich könnte einer geheimen Propaganda auf den Leim gehen, die mich am Ende vorführt. Nur vor wem? Niemand wird mich abfragen. Ich kann Belgrad und Serbien so toll finden, wie ich will. Völlig egal, was *er* zu alldem sagen würde. Er war zwar derjenige, an den ich auf dem Bahnhof in Villach gedacht hatte, weil er diese Kusturica-Filme mochte und mich das dazu gebracht hatte, in den Zug nach Belgrad zu steigen, aber mit den unzähligen Zugstunden und Kilometern, die ich hinter mir gelassen habe, ist diese Tatsache immer irrelevanter geworden. Langsam begreife ich, dass Belgrad nicht Berlin ist, wo mich wirklich alles an ihn erinnert hat, wo er überall ist.

Seit ich in Belgrad bin, tauchen auch diese Erinnerungen seltener auf, in denen ich die Vergangenheit in nostalgiegetränkten sepiafarbenen Super-8-Aufnahmen durch meinem Kopf laufen sehe. Diese Kurzfilme voller ruckeligstummen Glücks, die frech behaupten, mein Leben gewesen zu sein, und die ich, obwohl es so wehtut, dass ich kaum atmen kann, anstarre wie einen Unfall auf der Autobahn. Und dabei wünsche ich mir, ich könnte sie noch einmal erleben, könnte unser Lachen dazu hören, könnte noch einmal meine Nase in seiner Achsel vergraben. Ich erinnere mich dann wieder an all die schönen Momente mit ihm, an unseren ersten gemeinsamen Sommer, als er sein Handy verloren hatte. Wie er sich weigerte, ein neues zu kaufen, weil er glaubte, damit dem Schicksal falsche Signale zu senden. Er benutzte dabei nicht das Wort *Schicksal*, er formulierte es irgendwie sachlicher. Ich glaube, er sagte, er wolle das *Kontinuum* nicht unterbrechen. Er wollte nicht, dass aus seinem Verhalten zu schließen sei, er habe sich mit dem Verlust des alten Handys abgefunden und erwarte seine Rückkehr nicht mehr. Darum wollte er sich auch keins borgen, egal wie oft ich ihm zu erklären versuchte, wie kompliziert die Kontaktaufnahme ohne sei. Davon ließ er sich nicht beirren und fand bald eine andere Methode, mir Nachrichten zu übermitteln. So entdeckte ich eines Morgens vor meiner Haustür die erste, mit roter Kreide auf die Gehwegplatten geschriebene Botschaft: *Komm heute Abend zu mir, ich koche uns ein Spaghetti-Eis.*

In den Tagen darauf vor den Briefkästen: *Birchermüsli, Kusmi-Tee und Sojamilch sind vorhanden. Vielleicht noch Croissants vom kleinen Franzosen?*

An der Fensterbank des Cafés, in dem ich immer zu Mittag aß: *Komme heute vom Fußball direkt verschwitzt zu dir. Kuss*

Auf den Steinstufen vor dem Supermarkt: *Ich befürchte, Adorno ist ein Spinner.*

Ich verspottete ihn wegen seiner Bockigkeit, gewöhnte mich aber gern an diese Art der Kommunikation und antwortete ihm mit oranger Kreide: *Adorno hin, Adorno her.*

Letzten Endes behielt er recht. Nach zwei Wochen tauchte das Handy wieder auf. Eines Tages rutschte es, vollkommen ungerührt, aus einem Laufschuh, den er aus dem Regal nahm. Er schien nicht überrascht, sondern erklärte, dass das wohl ein Zeichen sei, öfter joggen zu gehen. Von da an rief er mich also wieder an, um sich mit mir zu verabreden oder wichtige Dinge mitzuteilen. Und die Kreide zerkrümelte mit der Zeit in irgendeiner Schublade. Ich konnte ihm das nicht sagen, weil ich ihn vorher so veralbert hatte, aber die Nachrichten quer durch unser Viertel fehlten mir.

Wahrscheinlich muss ich froh sein, dass es in Berlin wochenlang fast durchgehend geregnet oder geschneit hat, sodass ich nie in Versuchung kommen konnte, vor seine Haustür ein sepiafarbenes *Oje* zu malen, in der Hoffnung, dass auch er sich wieder an unsere Verliebtheit erinnern möge. An die Zeit, als wir mehr küssten als sprachen und Gehwege mit Notizen unserer Zuneigung bekritzelten. Für ihn scheint das alles längst vom Regen weggespült. All die Super-8-Filme in seinem Herzen so verblichen, dass er nicht mehr erkennen kann, worum es darin überhaupt einmal ging, und ich hoffe, dass es mir bald auch so ergeht.

42

Am vierten Tag fühle ich mich dann doch so verloren in meiner Einsamkeit, dass ich schließlich die Nummer von Klaas wähle, die ich auf einer dieser Reisetipp-Seiten im Internet gefunden habe. Klaas organisiert von Frühling bis Herbst geführte Radtouren durch Belgrad. Die Saison startet eigentlich erst in zwei Monaten, darum ist er erstaunt, dass ich trotz Schnee, Eis und Kälte die Tour überhaupt und dann gleich für zwei Tage buchen will, aber er freut sich und erklärt mir, ich könne meine Führerin Marija am nächsten Tag allein daran erkennen, dass sie ein Fahrrad bei sich habe. Sie sei vermutlich die einzige Person in Belgrad, die das ganze Jahr über Fahrrad fahre. Und es stimmt: Als ich am nächsten Morgen auf dem Platz der Republik stehe und warte, ist sie tatsächlich der erste Mensch mit Fahrrad, den ich sehe.

Marija habe ich sofort gern, wie sie in ihrer zu dünnen Steppjacke, mit den roten Locken, die aus der Mütze hervorquellen, und den gestrickten Stulpen um die Fesseln vor mir herumzappelt wie ein Schlittenhund vor dem Aufbruch. Sie studiert Regie und Puppenspiel und verdient sich als Tourguide etwas dazu. Ich bin es nicht gewohnt, jemandem Geld zu geben, damit er so etwas wie mein Reiseführer ist, vor allem wenn er fast genauso alt ist wie ich, und sie hat noch nie eine Tour nur für eine einzige Person gemacht, darum sind wir anfangs etwas schüchtern wie bei einem ersten Date und lächeln uns etwas unbeholfen an.

Nach zwei Stunden Fahrt durch die Kälte, während der Marija auf Bauwerke, Plätze und Kirchen zeigt, kehren wir in einer dunklen Kneipe mit groben Steinwänden ein, in der man wie in einer Höhle sitzt. Marija und ich sind die einzigen richtigen Gäste, und offenbar passt es dem Kellner und seinen zwei Kumpels gar nicht, dass wir gerade jetzt kommen. Im Fernsehen läuft ein wichtiges Spiel ihres Landmanns Novak Djokovic bei den Australian Open, wie sie uns erklären. Als der Kellner uns schließlich heiße Schokolade und Glühwein bringt, wendet er seinen Blick keine Sekunde von dem riesigen Flachbildfernseher an der Wand ab. Die heiße Schokolade ist mehr flüssiger Pudding als Getränk. Gierig löffle ich sie und bemerke erst dann, dass ich großen Hunger und eigentlich seit Tagen nicht richtig gegessen habe. Unter Applaus für Djokovic aus dem Fernseher und von seinen drei Fans im Lokal gehen wir schließlich wieder, um weiterzufahren.

Man kann sich nur schwer vorstellen, dass es irgendeinen Teil dieser Stadt jemals im Neuzustand gegeben hat. Selbst Neu-Belgrad, das erst Mitte des letzten Jahrhunderts gebaut wurde, wirkt, als sei es schon immer genau so gewesen: Block für Block, bröckelig, blätterig. Als hätten die tüchtigen Arbeiterbrigaden diese starren Militärparade-Wohnblocks mit viel Mühe schon damals genauso marode gebaut. An endlos langen, mehrspurigen Straßenzügen entlang. Selbst die gerade erst gebauten, noch frisch glänzenden und überall auf der Welt so faszinierend identischen Bürotürme, Hotels und Veranstaltungsgebäude aus Stahl und Glas wirken, als hätte ein Kind sie aus reinem Überdruss beliebig auf das Spielfeld geworfen, obwohl sie eigentlich zu einer ganz anderen Spielserie gehörten.

In diesem Moment scheint mir das hier der einzige Ort auf der Welt zu sein, den ich ertragen kann. Diese Stadt mit ihrer brüchigen Schönheit. Wahrscheinlich geht es in Wahrheit gar nicht um Belgrad. Jede Stadt könnte ich zu meinem Belgrad machen. Es geht vielmehr darum, dass da, wo ich bin, der richtige Ort für mich ist, weil ich ihn dazu mache. Dass ich mich darauf einlasse, all das zu entdecken. An diesem Ort, an dem alles ständig zwischen bezaubernd, scheußlich, einnehmend, abstoßend schwankt. Ich möchte in einem fort auf Türme, Wallanlagen, Brücken und Hügel steigen, um das alles von oben sehen zu können, um einen Überblick zu bekommen, um Postkarten in mein Herz zu knipsen. Möchte all die Straßen abfahren. Möchte Belgrad in den Arm nehmen, das sich so tapfer und stolz hält und das ich wieder besuchen möchte im Frühling, Sommer und Herbst. Diese Stadt, der kein Boykott, kein Embargo, keine Kriegstreiber, Stromknappheit, Korruption oder Wirtschaftskrisen etwas von ihrer Würde nehmen konnten. Belgrad, das schon so oft wieder aufstehen musste, das Kelten, Römer, Osmanen und Habsburger kommen und wieder verschwinden sah und sich nie geschlagen gab. Diese Stadt, deren Schönheit jetzt im Winter etwas Verwegenes, manchmal Borstiges hat, bis dann plötzlich die Wolkendecke aufreißt und man im Licht erkennt, dass die alternde Diva mit dem krümeligen Mascara und etwas verwischtem Rouge noch alle in die Tasche steckt. Diese Dame mit den vielen, längst abgelegten Namen: Singiduum, Alba Graeca, Veligradon, Alba Bulgarica, Griechisch Weißenburg.

Ich sollte mir ein Beispiel an Belgrad nehmen, begreife, dass es in Ordnung ist, eine Weile so angeschlagen zu sein, solange man nicht aufhört zu kämpfen. Ich muss an Wien denken. Dieses pumperlg'sunde Geschöpf, in dessen Innenstadt man sich nicht umsehen kann, ohne von der Pracht irgendeines reinweißen, unverschämt pompösen K.-&-k.-Gebäudes mit hochgezogener Augenbraue gemustert zu werden. Wien bringt mich dazu, etwas kaputt machen zu wollen. Kein normaler Mensch kann Wien, diese pieksüße Sachertorte einer Stadt, länger ohne Schaden ertragen.

Als wir an einem modernen Komplex aus Einkaufscenter und Luxuswohnungen vorbeifahren, der noch so neu ist, dass er eher wie ein gerade gelandetes Ufo aussieht, zeigt Marija auf ein Barackendorf unter einer Autobahnbrücke fast direkt daneben. Alles dort ist mit einem grauen Ruß- und Schmutzschleier bedeckt. Aus den Schornsteinen kommt dunkler, klebrig in der Luft hängender Rauch. Zwischen den Hütten sieht man ein paar der Bewohner Eimer schleppen und Handkarren mit gesammelter Pappe über die Sandwege ziehen. Überall laufen Hunde mit langen, schlaff herunterhängenden Zitzen herum und suchen nach Nahrung und einem warmen Schlafplatz. Die Dächer der Hütten sehen von weitem wie eine etwas schmuddelige Patchworkdecke aus. Jedes Dach ist anders gebaut. Aus unterschiedlichen Materialien, manche aus Lagen von Pappe und Brettern, zwischen denen schwarze Plastikplanen durchblitzen, andere mit verblichenem Plastikmüll und grauem Wellblech ausgebessert. Reifen und Holzstücke zum Schutz gegen den Wind. Von außen sieht diese Armut nicht nur erbärmlich aus, sondern auch spannend, wie hier Lebensraum abgetrotzt wird, erobertes Terrain. Die blitzblanken Einkaufspaläste gegenüber sind es, die plötzlich fremd wirken. Als hätten sie sich in die falsche Gegend verirrt. Mir ist klar, dass ich aufpassen muss, weil mein Blick auf das Leben hier natürlich ein komfortabler Besucherblick ist. Für die meisten Bewohner ist es unwahrscheinlich, dem Leben hier jemals entkommen zu können. Ich habe keine Ahnung von ihrem Kampf, muss nicht wie sie die Verachtung der Gesellschaft spüren, Armut und gleichzeitig die oft schwierigen inneren Verhältnisse, die jedes Vorankommen behindern. Aber ich würde gerne hineingehen in das Dorf, mich darin umsehen, die Menschen kennenlernen, sehen, wie sie schlafen, kochen und leben. Doch Marija erklärt mir, dass das ausgeschlossen sei. Zu gefährlich. Und ich widerspreche ihr nicht, ich Feigling. Ich wäre gerne jemand, der es dennoch tut.

Auf der mehrspurigen Straße neben dem Lager laufen zwei Kinder mit viel zu großen, fleckigen Daunenmänteln herum, an den Wangen Schlieren aus Rotze und Staub. Gelangweilt klappern sie die an der Ampel stehendenen Autos ab, um die Autofahrer um Geld anzubetteln. Jeden, der ihnen kein Geld gibt, verfluchen sie, aber sie wirken dabei so lustlos, als täten sie das nur mehr aus Prinzip. Ich merke, dass in meinem Blick auf diese Kinder, auf alle Kinder, nun auch immer Oskar, Beppi und Nippon enthalten sind und dass unser *Überleben*-Spiel hier eine ganz andere Bedeutung bekommt. Ich denke darüber nach, wie sehr ich in den letzten Tagen und Wochen mit mir selbst beschäftigt war und sie vernachlässigt habe, sogar in meinen

Gedanken. Brennend heiß schäme ich mich nun dafür und verspreche in Gedanken, mich bald bei ihnen zu melden und ihnen zu sagen, dass es mir leidtut und dass sie mir so schrecklich fehlen.

Marija sieht mich etwas weniger freundlich an, als ich ihr erzähle, in welchem Hotel ich wohne. Sie macht, ohne ein Wort darüber zu verlieren, deutlich, dass sie es unsinnig findet, derart viel für eine Übernachtung zu bezahlen, und scheint durchzurechnen, was sie alles in einem Monat mit dem Geld machen könnte, das ich in einer Woche dort lasse. Ich sage ihr nicht, dass ich jeden Morgen Essen vom Buffet einstecke, um Geld zu sparen, dass die Ausflüge mit ihr meine teuerste Ausgabe hier sind und tatsächlich meine einzige neben den Postkarten und dem Stadtplan am ersten Tag. Ihr Blick erschöpft mich, und ich versuche daher gar nicht erst, ihr zu erklären, dass ich in meiner Heimatstadt in einem solchen Hotel auch nicht übernachten könnte und dass es in Belgrad noch deutlich teurere Hotels gibt. Es gibt diesen Punkt, an dem kann man sich irgendwie nicht mehr retten. Und als wir uns verabschieden und für den nächsten Tag verabreden, ist sie deutlich kürzer angebunden als in den Stunden zuvor, und ich kann die ganze Nacht nur schlecht schlafen, weil ich mich plötzlich so schäme für mein 70-Euro-Bett mit der gestärkten Bettwäsche.

Ich wache nachts auf und liege da. Sehe den Schatten an der Wand zu und höre auf das Rauschen des schmelzenden Schnees in der Regenrinne, aber es beruhigt mich nicht mehr. Es ist einfach nur laut, und ich möchte schlafen, möchte nicht wieder anfangen zu grübeln. Wieso gelingt es mir nicht, die Einsamkeit, die ich tagsüber mit Marija so leicht abschütteln konnte, auch jetzt zu verscheuchen? Um wieder einschlafen zu können, schreibe ich eine Liste. Ich habe diese Liste in den letzten Monaten schon oft angefangen, weil ich hoffe, dass sie irgendwann kürzer wird. Eine Liste all der Dinge, die mich so sehr an ihn erinnern, dass ich Angst habe, an dem riesigen Kloß in meinem Hals zu ersticken, und die ich darum für mindestens fünfhundertdreiundvierzig Jahre meiden muss:

Die Sonne, Eier, Bäume, Tee, Matroschka-Puppen, Orden, Teppiche, Hochzeitsempfänge, Spießchen vom Grill, Stiefel, Sommer, Herbst, Winter, Mozzarella, Avocados, Schlaf, Gras, Picknicken, Bubble-Tea-Perlen-Gotcha, Fahrradfahren, verlassene Vergnügungsparks, Jahrmärkte, Sushi, Autozulassungsstellen, Currywurst mit Pelle, Currywurst ohne Pelle, Weißkohl, Regenbogen, Sofas, Fahrradschläuche, Socken, Badehauben, seine Straße, alle Ausfallstraßen, drei meiner vier Lieblingskinos, Nudeln, den Ostblock, Bio-Limonaden, Träume, Badewannen, Kerzen, Schmuck, Brüste, Haut, Marmor, Waldflurstücke, Müsli, polnische Klöße, Nord, Süd, Ost, West, Maseratis, Kräutersalat, Russland, syrischer Lammteller, Mitte, Wedding, Kreuzberg, Moabit, Lichtenberg, Weißensee, Taschentücher, Decken, Graubrot mit Kümmel, Graubrot ohne Kümmel, Geschichtsbücher, Musik, Atlanten, Croissants, Breslau, Berlin.

Er hat mir die ganze Welt verdorben! Ein für alle Mal. Als hätte er mir mit seiner schmierigen Zunge quer über das Gesicht geleckt, wie es mein Bruder früher immer gemacht hat, wenn er mich ärgern oder bestrafen wollte.

Und dann zähle ich die Dinge auf, an die ich immerhin noch denken kann, ohne auf der Stelle in Tränen auszubrechen:

Kartoffelbrei, die äußere Mongolei, Mallorca, Bremen, Ovomaltine, Seesterne, Tsampa, März, Lichterfelde, Köpenick, Schlittschuhlaufen, Hirschgeweihe, Mohairwolle und mein Wahlrecht.

43

Am nächsten Tag fahren wir am Wasser entlang. Ich sage Marija nicht, dass heute mein Geburtstag ist, weil ich hoffe, dass ich es so selber vergessen kann.

Marija will mir einen alten, verlassenen Bürokomplex zeigen, der *Briggx* genannt wird. Künstler haben dort Proberäume eingerichtet, und abends finden alternative Partys statt. Das Treppenhaus ist dunkel, und in den Gängen riecht es nach Bier und altem Teppich, obwohl keine Teppiche zu sehen sind. Der Betonboden ist schmutzig, und die Wände sind voller Graffitis. In der obersten Etage ist ein Café.

Wir sitzen eine Weile stumm nebeneinander, und dann möchte Marija wissen, wie ich auf die Idee gekommen bin, gerade jetzt einen Ausflug nach Belgrad zu machen, im Winter, allein, und auch noch mit dem Zug. Ihre hochgezogene Stirn verrät, dass ihr das eigenartig erscheint. Ich würde gerne antworten, dass ich ihr vollkommen zustimme, dass mein Leben aber vor vier Monaten wie eine alte Gartenliege unter mir zusammengekracht ist und dass ich mir dabei die Finger im komplizierten Klappmodus der Liege geklemmt habe, dass sie dort in Wahrheit noch immer eingeklemmt sind und dass der Mann, der die Gartenliege, also mein Leben, zum Einsturz brachte, dass der wohl für immer fort ist und ich mich daher etwas zerdetscht fühle, was ja aber auch an den noch immer eingeklemmten Fingern liegen könnte, wenn auch nur metaphorisch eingeklemmt, es sich also um einen womöglich unheilbaren, weil komplett eingebildeten Phantomschmerz handelt, dass ich es aber nicht genau weiß, weil mir die Lage noch immer nebulös erscheint. Ich würde ihr außerdem von meiner Beobachtung berichten wollen, dass es sich wirklich schlecht heult, wenn einem bereits die Rotze in der Nase festfriert, und dass diese Erkenntnis doch dazu führen könnte, dass sich Leute wie ich nur noch an klirrend kalten Orten wie diesem aufhalten. Endlich gezwungen, mit dem ebenso albernen wie überflüssigen Geschluchze aufzuhören. Dass ich deshalb womöglich im Anschluss für ein paar Jahrzehnte an den Südpol ziehen werde. Und was überhaupt ihre Meinung zu alldem sei.

Aber weil ich keine Ahnung habe, wie man all das einigermaßen verständlich auf Englisch sagt, murmle ich nur ein »Dieser Scheißkerl« in meinen Glühwein, und sie nickt, als habe sie sich so etwas schon gedacht.

Nach dem zweiten Glühwein erzählt sie mir dann von serbischen Männern im Allgemeinen, von denen eigentlich keiner richtig arbeiten wolle, das hätten sie einfach nicht im Blut, glaubt Marija; und von ihrem, der seine Zeit am liebsten vor seiner Playstation verbringt.

Irgendwie erstaunt mich das, ich scheine gedacht zu haben, dass man wenigstens in Belgrad mit Männern nicht derart banale Probleme hätte. Playstation! Das klingt so nach Bonn oder Berlin, aber nicht Belgrad.

Sie nickt wieder, und ich nicke zurück, und dann schauen wir aus dem großen Fenster auf die Stadt, die in wattiges Winterlicht getaucht ist, und den Fluss zu unseren Füßen. Und ich denke an all die serbischen Männer da unten, die nutzlos vor ihren Spielekonsolen sitzen, und an die aus Bonn und Berlin, die wahrscheinlich auch gerade irgendeinen unglaublichen Unsinn machen und keinen Gedanken an mich verschwenden. Während wir auf den Fluss mit den träge schaukelnden Eisschollen schauen, über dem locker der Spätnachmittagshimmel schwappt, in Gelb, Orange, Rosa und Graublau, schmiegt sich das von Abgasen diesige Licht an das Panorama der Stadt.

Wann hatte es begonnen, dass in seinen Nachrichten immer weniger die Rede war von Sehnsucht, Begehren und diesem Kribbeln? Seit wann ging es vor allem darum, wann man sich wo traf und ob und was man zusammen aß?

Wann hatte es angefangen, dass ich mich hinter ihm verstecken wollte? Ab wann schien jede meiner Ambitionen in ihm aufgegangen zu sein? Wann war dieser Moment, als ich zum ersten Mal im Restaurant nicht mehr alleine bestellen konnte, weil ich vergessen hatte, was ich mag und was nicht? Ab wann probierte ich, ihn nicht mehr mit meinen Wünschen zu bedrängen und auf dem Gehweg nur in seinen Spuren entlangzuhüpfen? Ab wann dachte ich, ich könne nur noch einschlafen, wenn ich meinen Körper mit seinem verknotet hatte? Ab wann wollte ich kein Ich mehr sein und nur noch in diesem Wir verschwinden? Wann bin ich zu dieser Person geworden und warum?

Ich weiß es nicht. Und manchmal frage ich mich auch, ob das so wichtig ist, ob es nicht vielleicht sogar egal ist, wann es begann. Ist es nicht wichtiger, herauszufinden, warum es jemand überhaupt geschafft hat, einen dazu zu bringen, und noch viel wichtiger, warum man das zugelassen hat? Ich habe noch keine Antwort darauf. Es wird vielleicht noch eine Weile dauern, bis ich es besser verstehe, aber ich habe das Gefühl, auf einem guten Weg zu sein. Weg von ihm und zurück zu mir.

Marija und ich verabschieden uns. Wir winken uns zu, obwohl wir nah genug beieinanderstehen, um uns umarmen zu können. Ich sehe ihr hinterher und bin erschrocken über die Erkenntnis, nun keine Begleiterin mehr zu haben. Plötzlich bleibt sie stehen und dreht sich um:

»Hättest du vielleicht Lust, heute Abend auf eine Party zu kommen? Im *Briggx*. Freunde von mir organisieren die zusammen mit ein paar Typen aus Deutschland, aus einer Kommune oder so. Vielleicht kennst du die ja.«

»Ich weiß nicht.«

»Na ja, also die waren auf dem Filmfest in *Küstendorf* und machen hier die Party.«

Ich antworte, dass das total nett von ihr sei, dass ich aber noch gar nicht wisse, was ich heute Abend machen werde, und denke insgeheim, dass ich höchstwahrscheinlich gar nichts mache, genau wie die Abende davor, und ärgere mich, dass ich nicht einfach zugesagt habe. Schließlich habe ich Geburtstag.

»Du kannst ja gucken. Ich lasse dich jedenfalls auf die Gästeliste schreiben. Okay?«

Ich lächle ihr zu, und dann gehe auch ich los.

44

Um 22:38 Uhr piept mein Telefon. Es liegt noch in meiner Handtasche unter dem Stuhl vor dem Schreibtisch. Ich seufze, habe keine Lust aufzustehen, lasse stattdessen nur meinen Oberkörper aus dem Bett gleiten und angele mit ausgestrecktem Arm danach. Und während ich noch über dem Boden schwebe, mit einem Arm aufgestützt, sehe ich, dass es tatsächlich eine Nachricht von ihm ist. Er hat also 22 Stunden und 38 Minuten gebraucht (plus die vier schlappen Monate davor natürlich) für ein »Alles Gute zum Geburtstag. Ich melde mich«.

Ich kann es nicht fassen, verliere das Gleichgewicht und rutsche auf den Teppichboden, wo ich völlig erschöpft liegen bleibe.

»Alles Gute zum Geburtstag. Ich melde mich.«

Immer wieder muss ich die SMS lesen und kann doch nicht verstehen, was er damit meint.

ALLES GUTE ZUM GEBURTSTAG?! ICH MELDE MICH?!

Das ist das Schlimmste, was jemals jemand zu mir gesagt hat. Kein »Verkackter Mega-Idiot«, kein »Pisswurst Arschsalat«, kein »Du bist das Allerletzte«, kein einziges »Du bist ein abartig ekelhaftes Stück Abfall, Rotze, vollkommen vollendete Drecksscheiße« aus Annas Dissertation könnte jemals einen ähnlich lebensbedrohlichen und rohen Grad an Beleidigung erreichen.

Aber wahrscheinlich findet er sich in seiner Welt wahnsinnig fair, weil er mir auf der einen Seite kein bisschen Hoffnung macht und auf der anderen Seite dennoch die Etikette des Gratulierens bewahrt. Aber wenn er offenbar den ganzen Tag gebraucht hat, um sich diese verkühlte Gemeinheit aus den Rippen zu leiern, hätte er doch vielleicht auch darauf kommen können, dass weiterhin gar nichts zu sagen auch eine aussagekräftige, aber weniger miese Variante gewesen wäre. Oder wie wäre es stattdessen gewesen, die in Wahrheit einzigen vier bis fünf denkbaren Worte zu schreiben: »ES TUT MIR (optional: FURCHTBAR) LEID!«

Wie wäre es mit: »Es tut mir leid, dass ich von heute auf morgen aus deinem Leben verschwunden bin. Es tut mir leid, dass ich mich nicht bei dir gemeldet habe. Es tut mir leid, dass ich mir bis heute nicht sicher bin, weil ich mir vielleicht nie mit irgendetwas sicher sein werde. Weil ich zwar Listen schreiben kann und mein Leben im Griff habe, sich meine Welt aber weiterhin immer nur um mich drehen wird.«

Das würde auch alles sagen, ohne falsche Hoffnungen zu wecken, aber hätte mich weniger in meiner Würde verletzt. Was ist so schwer an einem »Ach übrigens, ich kann nicht mehr mit dir zusammen sein aus den Gründen: ____, ______ & ___. Ich danke dir aber sehr für die gemeinsame Zeit. In meinem Herzen wird ewig eine silberglänzende Erinnerungsplakette mit deinem Namen hängen für all das Schöne, das da ja durchaus war. Doch nun: Lebe wohl!«

Das Einzige, was er mir gelassen hat, ist diese Sprachlosigkeit. Aber was soll ich mit der? Warum holt er die nicht einfach wieder ab und zermürbt jemand anderen damit? Ich kann nicht glauben, dass er damit durchkommt. Dass seine letzten Worte tatsächlich etwas eigenartig Ungenaues waren und er danach schweigend am Anfang des zweiten Akts hinter die Bühne abtrat. Man kann doch nicht allen Ernstes eine Liebesbeziehung von Dienstag auf Mittwoch mit Schweigen abblenden. Und dann so eine abgrundtief ekelhaft kühle SMS hinterherschieben, die mich erneut zur Wartenden machen soll. Am besten bis in alle Ewigkeit darauf wartend, dass er sich womöglich doch noch mal meldet.

Ich werde so wütend wie niemals zuvor. Damit soll nun endlich Schluss sein. Ein für alle Mal. Ich will ihn irgendwo stehenlassen wie die schäbigen Skischuhe meiner Schwester, will, dass nur noch etwas gewöhnlich Gutes von ihm übrig bleibt, so etwas wie die Erkenntnis, dass ich durch ihn einen schönen Blumenladen, eine Band oder ein Restaurant kennengelernt habe, genau wie Anna gesagt hat. Ich will, dass Scharfschützen ein Jackson-Pollock-Bild aus ihm machen, das ich mir dann später über den Kamin hänge, und den Rest von seinem Gerippe werde ich unter meiner Toilette einmauern lassen wie Mengistu das von Haile Selassie.

Ich lösche die Nachricht, stehe auf, ziehe mir die Klamotten wieder an, die auf dem Boden liegen, und lasse mir an der Rezeption ein Taxi rufen.

45

Die Party geht über drei Etagen. Überall sind Leute. Sie sitzen auf dem Boden und auf den Treppen, einige tanzen. Ich finde Marija nicht. Es gibt viel zu viele Räume. Jeder ist anders. Als fiele man durch die Zeit. Ich sollte wieder zurück ins Hotel gehen, denke ich. In meiner Jackentasche lasse ich nervös das Bein von Oskars Tipp-Kicker zappeln und wünsche mir, ich hätte den Plüsch-Nemo auch noch mitgenommen, als Verstärkung. Es war eine idiotische Idee, hierherzukommen. Auf einmal verlässt mich alle Wut auf Tom, und ich fühle mich nur noch allein. Müde setze ich mich auf eine der kalten Betonstufen im Treppenhaus.

Jemand legt mir die Hand auf den Rücken.

»Alles okay? Geht's dir nicht gut?«

Ich hebe den Kopf.

»Keine Ahnung?«

Der Typ nickt.

»Du erinnerst dich nicht an mich, oder?«

Ich gucke ihn erstaunt an.

»Du bist eine Freundin von Stella.«

»Wie?«

Er fragt mich, ob ich das nicht gewesen sei, die im Herbst mit Stella und ihren Kindern auf dem Festival war.

»Ja?«

»Wir haben uns da kennengelernt ... Na ja, kennengelernt. Kurz hallo gesagt. Ich bin Max. Deinen Namen habe ich leider vergessen.«

Er reicht mir die Hand. Ich versuche, mich an sein Gesicht zu erinnern.

»Bist du etwa allein hier?«, fragt er und lächelt freundlich, aber herausfordernd.

»Sieht so aus.«

»Was machst du hier? In Belgrad?«

Ich zucke nur mit den Schultern.

Er lacht.

»Was machst *du* hier?«, frage ich zurück.

»Ich bin eingesprungen, um den Aufbau mit zu organisieren. Das ist eine Art Premierenparty zu dem Film, der im Herbst gedreht wurde. Den Film haben sie auf dem Filmfest in *Küstendorf* gezeigt.«

»Was ist das für ein Filmfest?«

»Von Kusturica.«

»War er da, Kusturica, meine ich?«

Mir fällt natürlich sofort wieder ein, dass ich an Kusturica denken musste, als ich so ratlos auf dem Bahnhof gestanden hatte, kurz bevor ich in den Zug nach Belgrad gestiegen war. Dass ich an ihn gedacht hatte, weil Tom seine Filme so mochte und weil ich dachte, dass er deswegen bestimmt gern mal nach Serbien fahren wollte, um das Land kennenzulernen. Plötzlich fällt mir auf, was für ein Widerspruch das überhaupt war. Dass Tom behauptete, diese Filme zu mögen, aber keine Freibäder. Dass da etwas nicht stimmte, und warum mir das vorher nie aufgefallen war, warum mich all diese Widersprüche nie so sehr genervt hatten, dass ich sie bemerkt und ihm gesagt hätte, was für einen Unfug er manchmal redete. Warum ich immer alles schlau und wahr gefunden hatte, was er sagte, konnte ich plötzlich nicht mehr verstehen.

»Keine Ahnung. Ich nehme mal an, dass er da war«, antwortete Max. »Ich war jedenfalls nicht da, habe lieber hier aufgebaut, damit die Party jetzt direkt im Anschluss an das Filmfest stattfinden kann.«

»Worum geht es denn in dem Film?«

»Um eine fiktive Gruppe von Hedonisten, auf der Folie von *Warten auf Godot*.«

»Ach ja?«

Er zuckt mit den Schultern.

»So stand es jedenfalls in dem Text zum Film.«

»Ist er gut?«

»Ehrlich? Keine Ahnung. Das darfst du niemandem sagen, aber ich habe ihn nicht gesehen. Die DVD liegt irgendwo rum. Das ist ein bisschen peinlich, aber ich fand *Warten auf Godot* schon in der Schule so seltsam und unendlich langweilig.«

Ich auch, denke ich, wie sympathisch.

»Und das ist dein Job, solche Partys zu organisieren?«

Er schüttelt den Kopf.

»Eigentlich bin ich Tischler. Aber mit meiner Crew mach ich solche Partys.«

»Warst du schon mal in Belgrad?«

Nun grinst er.

»Du stellst viele Fragen.«

Dann solltest du mal Nippon und Oskar kennenlernen, denke ich, und mir fällt wieder auf, wie sehr ich die Jungs, diese Könige des Fragenstellens, vermisse.

»Das mit den Festivals und das hier, das macht man vermutlich nicht, um Geld zu verdienen?«

Er schüttelt lachend den Kopf.

»Absolut. Das mache ich, weil es mich glücklich macht. Und weißt du, was mir am besten gefällt? Man kann es nicht reproduzieren. Niemand kann hiervon berichten. Kein Film, kein Text, nichts kann wirklich wiedergeben, was gerade geschieht, nachdem es geschehen ist. Selbst Fotos sind nur die 2D-Wiedergabe eines 4D-Gefühls. Sie wirken am Ende doch immer etwas banal. Die einzige Möglichkeit, diese magischen Momente zumindest ein bisschen zu transportieren, ist über Musik. Als könne dein Gehirn zusammen mit irgendwelchen Serotoninen oder Dopaminen oder was weiß ich zwar nichts auf dem Papier hinterlassen, aber dafür in einem Musikstück abspeichern. Aber nur du kannst, wenn du die Musik erneut hörst, das Gespeicherte genau so abspielen, dass deine Erinnerung aktiviert wird. Sie ist für niemand sonst erkennbar. Und dann tritt sie zurück in deinen Körper, in deine Zellen, und lässt dich wieder genau das fühlen, was in diesem Moment war. Ich finde es so unglaublich, dass Musik das kann. Und dabei zu sein, etwas zu bauen aus Holz, Metall, Papier, Pappe und Stoffen, einen Ort zu schaffen mit Licht, Form und Farben, an dem das möglich ist, ist für mich das Irrste überhaupt. Wir schaffen einen Ort, der entsteht und verschwindet, der sich nur durch sich selbst erklärt, den nie mals jemand *instagrammen* könnte, den du erlebt haben musst. Und ich meine nicht auf diese *Wer sich erinnern kann war nicht dabei*-Masche. Dass man es stattdessen möglichst mit allen Sinnen gleichzeitig sieht, riecht, fühlt, hört, sich davon berauschen lässt. Den Moment mit seinen Zellen verschmelzen lässt, dass die Erbinformation, die man weitergeben wird, vorher ein wenig verändert, verschönert worden ist. Denn obwohl das alles auf eine Art ein so kollektives Erlebnis ist, ist es eben doch vollkommen individuell. Jeder erlebt seine ganz eigene, einmalige Geschichte.«

Er lächelt mich an, und ich lächle zurück.

Wir gehen in einen Raum, der aus lauter Holzstufen besteht, und setzen uns. Ein Typ mit einer Krone aus leuchtenden Stäben auf dem Kopf kommt mit einer Karaffe, in der irgendeine Bowle ist. Er reicht Max einen Becher. Der Typ zeigt auf mich.

»Willst du?«, fragt Max.

»Was ist das?«

Er kommt mit seinem Mund so nah an mein Ohr, dass ich seine Lippen spüre.

»MDMA-Bowle?«

»Oh. Danke. Aber ich mache so was gar nicht.«

Ich finde, dass ich das etwas zu hektisch und zu überrascht gesagt habe, und schiebe ein »Entschuldigung« hinterher.

Er lächelt mich an und legt für einen Augenblick seine Hand auf mein Bein.

»Entspann dich, voll okay.«

Wir sitzen schweigend nebeneinander und beobachten die Leute um uns herum. Immer wieder steht einer auf, setzt sich erneut, ein anderer springt auf, umarmt den anderen. Das Tempo um mich herum kommt mir unnatürlich schnell vor, aber vielleicht bin ich es ja auch nur, die schon vor längerer Zeit versehentlich auf Slow Motion gestellt worden ist. Ich nehme Max das Glas aus der Hand und nehme einen großen Schluck und noch einen, bis das Glas leer ist. Danach trinken wir jeder noch ein Glas von der Bowle, und jemand bringt ein Tablett mit Wodka-Shots, von denen Max vier nimmt und mir zwei gibt. Wir stoßen mit allen vier Gläser gleichzeitig an und trinken.

Ein Typ setzt sich neben uns und stellt sich als Igor vor. Ob wir welche von den *German guys* seien. Max nickt.

»Nice work«, sagt Igor, »really nice. But I don't know if you can notice that there is something about it that is not Belgrad, you know. I wish this could be Belgrad. But it isn't.«

»Maybe it will be someday«, antwortet Max.

Igor verschluckt sein »maybe«.

Er sei eigentlich Maler, sagt er, aber es sei schwierig. Und dann erzählt er uns von seinen Verwandten, von denen die meisten ausgewandert seien. Das sei wohl vernünftig, denn hier könne man viel wollen, ohne zu können. Ein paar seien in Australien, und seine Cousine heirate bald einen Deutschen. Das hoffe er jedenfalls. Zweiunddreißig sei sie, da würde es Zeit, dass der Typ sich mal erkläre. Ihre Eltern würden schon immer fragen, wann es endlich so weit sei. Dann komme er auf jeden Fall nach Deutschland zur Hochzeit, hoffe er jedenfalls. Vielleicht bleibe er dann gleich da. In Berlin sei es doch gut für Künstler, viel Platz für Ateliers, niedrige Mieten, habe er gehört.

Max lacht freundlich, aber ich sehe ihm an, dass es ihm unangenehm ist, weil man darauf eigentlich nichts Vernünftiges antworten kann. Igor steht auf, geht zwei torkelige Schritte und verabschiedet sich mit einem »Was nice meeting you«.

Max steht auf.

»Komm.«

Wir gehen wieder auf den Gang. Erst jetzt, wo ich nicht mehr nach Marija Ausschau halte, kann ich alles richtig sehen, die einzelnen Räume, die Deko, dic Leute. Es ist, als hätten sie das Festival vom Herbst statt auf einer waagerechten Wiesenfläche einfach senkrecht und in Miniaturausgabe in dieses Hochhaus verpflanzt. Überall sind kleine Buden und Himmelgewölbe aus alten Türen, Fenstern und Holzlatten. Lampions, Kerzenleuchter mit Barbies, Miniatur-Discokugeln und kleinen Plastikpferden verziert schwingen hin und her. In einem Raum sitzt jemand auf einem beleuchteten Haufen aus Büchern und liest so entspannt, als säße er zu Hause allein am Kamin. Die wummernde Musik um ihn herum scheint er nicht zur Kenntnis zu nehmen.

Wir kriechen durch einen Tunnel aus weichem Schaumstoff. Als wir am anderen Ende wieder rauskommen, wird mir plötzlich warm. Licht läuft wie warmes Wasser durch meinen Körper. Ich tippe Max an die Schulter, er schaut mich an.

»Ich glaube, ich muss tanzen«, schreie ich in sein Ohr.

»Ist gut.«

Er nimmt meine Hand, wir laufen durch die Gänge, und ich tanze.

»Was, wenn das der schönste Geburtstag meines Lebens ist?«

»Dann wäre das doch genau richtig.«

Alles wird schnell, vielleicht ein bisschen zu schnell, denke ich. Aber schön. Alles ist warm und schön.

»Hast du gesehen, dass die alle Lichter über ihren Köpfen haben? Wie in dieser komischen Mayonnaise-Werbung. Warum habe ich das vorher bloß nicht gesehen?«

Max lacht und sieht mich an. Er hebt seine Arme über meinen Kopf, als halte er mein Licht in den Händen, dann lässt er sie sinken und nimmt mein Gesicht in seine Hände, um mich zu küssen. Der Kuss bringt alles auf ein erträgliches Tempo. Es ist anders, als Charlie Brown zu küssen, ganz anders als diesen Typen am See, an dessen Namen ich mich plötzlich nicht mehr erinnere, aber auch anders als Tom. Es ist neu, aber nicht fremd, es fühlt sich in diesem Moment vollkommen richtig an. So gut, als könnten unsere Lichter für einen Augenblick ineinanderfließen.

»Ich brauch mehr Bowle.«

»Bist du sicher?«

Er sieht mich an.

»Ja klar!«

Wir gehen zurück in den Stufenraum, aber die Schale steht leer auf dem obersten Absatz. Max haut einem Typen auf die Schulter und fragt ihn etwas, woraufhin der ihm ein kleines Tütchen mit Krümeln gibt, die wie teures Meersalz aussehen.

Er leckt seinen Finger an, steckt ihn rein, dann hält er ihn mir hin.

»Bowle.«

Ich nehme seinen Finger in den Mund und lutsche ihn ab, verziehe vor Überraschung das Gesicht. Er gibt mir Limonade gegen den bitteren Geschmack, dann steckt er seinen Finger noch mal in das Tütchen, um selbst daran zu lecken.

Wir gehen zurück auf den Flur, und ich habe das Gefühl, nur noch rückwärtsgehen zu können. Das sage ich Max, und er nimmt einfach meine Arme, legt sie um seinen Hals und geht ziemlich lange mit mir rückwärts. Das ist alles schön, ein bisschen zu viel schön auf einmal vielleicht, und dann wird mir übel.

Ich schwitze, habe das Gefühl, als kämen Wasserstrahlen aus meiner Stirn gelaufen, wie aus einem löchrigen Luftballon. Ich muss mich hinsetzen. Max hockt sich neben mich. Ich lege für einen Augenblick meinen Kopf auf sein Knie.

»Es tut mir so leid. Ich will dir wirklich nicht den Abend versauen. Geh ruhig. Du warst so nett zu mir. Und wenn ich *nett* sage, dann meine ich nett. Das echte nett. Und ich will auch, dass die Leute dieses *nett* endlich in Ruhe lassen. Wer hat nur angefangen, zu behaupten, *nett* sei die kleine Schwester von *scheiße*? Das ist doch Blödsinn, vollkommen unfair … Du kannst ruhig gehen und feiern. Ich muss hier einfach ein bisschen sitzen bleiben. Ich komme gleich wieder zurecht, bestimmt. Das ist alles vielleicht ein bisschen viel gewesen. Zu viel Geburtstag, zu viel idiotischer Liebeskummer. Dass du so nett zu mir warst. Ich wollte einfach Spaß haben mit dir. Tut mir leid.«

»Hej. Alles gut. Ich mag dich.«

»Mir geht's nicht so gut.«

Ich muss meine Augen schließen, kann sie nie mehr öffnen, keinesfalls. Und wenn ich jetzt nicht aufpasse, dann ist es aus, denke ich, dann falle ich. Dieser nette Max spricht weiter mit mir, und die viel zu laute Musik wird auf einmal leiser, weil er sie mit seinen Worten ein bisschen wegschiebt. Immer wieder flüstert er in mein Ohr, dass er mich mag, dass ich ihm nichts verderben würde, ganz im Gegenteil, dass das alles total okay sei, dass ich mich erinnern solle, wie schön es eben war zu tanzen, dass wir gleich weitertanzen. Dass er mir die Lichter der Stadt zeigen wird, denn die leuchteten nur für mich. Ich mache ein Zeichen, dass er jetzt lieber ruhig sein solle.

»Max. Ich mag dich. Jetzt schon viel zu sehr. Das geht doch wieder alles schief. Erst ist alles super. Man lässt sich darauf ein, vertraut dem anderen, und am Ende meldet er sich einfach nie wieder, nachdem er zu seinen Eltern gefahren ist.«

»Ich habe keine Ahnung, wovon du redest, aber mach dir mal keine Sorgen. Ich mochte dich schon, als ich dich mit Stella gesehen habe. Und wenn ich zu meinen Eltern fahre, kannst du von mir aus gerne mitkommen.«

Er lacht, und in meinem Kopf dreht es sich wieder schneller.

»Du musst alles, was ich gesagt habe, vergessen, bitte. Kannst du das versprechen, dass du es morgen vergessen hast?«

Er verspricht es und redet immer weiter mit mir, als könnten sich seine Worte zu einem Seil formen, an dem ich mich festhalten und von ihm rausführen lassen könnte, egal wohin, dass ich dann aber in Sicherheit wäre.

46

Als ich aufwache, liege ich in meinem Zimmer im *Hotel Moskva*, aus dem ich gestern so überstürzt aufgebrochen bin. Alles liegt da, wo ich es liegen gelassen hatte. Am Fußende sitzt Plüsch-Nemo, unbeeindruckt. Es muss später Vormittag sein. Für einen Moment denke ich, dass ich mir das alles nur eingebildet habe. Aber dann sehe ich Max, der auf dem Stuhl vor dem kleinen Schreibtisch sitzt und etwas liest. Er legt den Zettel zurück, kommt zum Bett und legt sich, nachdem er einen Moment innegehalten hat, neben mich.

»Na?!«

Wir gucken uns an.

»Ich möchte mit dir schlafen«, sage ich.

Max lacht, und ich sehe wieder seine schief aufeinanderliegenden Schneidezähne, die mir gestern schon gefallen haben.

»Oh«, lacht er, »das ist wirklich schön und sehr nett, also, das echte, ursprüngliche *nett*, aber … das geht leider nicht.«

»Weil du eine Freundin hast.«

»Quatsch, nein. Ich finde einfach, dass das erste Mal mit jemandem, den man mögen könnte, den man mag, das sollte ohne irgendwelche Zusätze oder Rest-Zusätze sein.«

Es ist mir so unangenehm, was ich gesagt habe, dass ich kaum atmen kann.

»Guck nicht so. Ich möchte gerne mit dir schlafen. Eine Milliarde Mal, wenn du es dann noch möchtest ... Ich muss nur jetzt kurz los, um etwas zu erledigen, bin aber in einer Stunde zurück. Warte hier auf mich. Okay?«

Ich nicke und denke, dass das eine wirklich eigenartige Methode ist, sich davonzustehlen. Er hätte auch einfach schon vorher gehen können, anstatt abzuwarten, bis ich aufwache. Aber ich bin zu erschöpft, zu leer gespült, um mich zu fragen, ob mich das ärgern oder verletzen sollte. Nur dass ich ihn gerne noch einmal geküsst hatte, bevor er geht, denke ich, aber er winkt mir bloß zu, als er seine Jacke nimmt und aus dem Zimmer schlüpft.

Ich hole mit wackligen Beinen eine Packung Kekse und eine Flasche Wasser aus der Schreibtischschublade und lege mich zurück ins Bett. Dann ziehe ich aus meiner Jackentasche mein Handy. Es zeigt zwei Sprachnachrichten auf meiner Mailbox an. Mein Puls ist so hämmernd, dass es mir fast den Brustkorb zerschlägt. Das Blut pumpt sich durch die Halsschlagader bis in meinen Schädel, auf einmal tut mir alles weh. Weil ich denke, er könnte das gewesen sein, dass es das *später melden* gewesen sein könnte. Weil ich das immer noch einen Moment lang für möglich halte, wenn ich nicht aufpasse.

Aber es ist Anna. Die Nachricht ist von 2:30 Uhr. Ich habe nicht mehr mit ihr gesprochen, seit ich in den falschen Anschlusszug gestiegen bin. Sie klingt aufgekratzt und ziemlich betrunken.

»Martha? Wo bist du? Die Ansage klingt gar nicht österreichisch … Na ja, egal. Ich wollte dir nur was erzählen: Ich habe tatsächlich vorhin diesen Vollidioten im *Sisyphos* getroffen. Keine Ahnung, was der da gemacht hat. Ich war mir auch erst nicht sicher, ob er es wirklich ist. So ein Spießer in dem Laden, das passt ja null. Der war mit zwei so Typen da. Richtige Immobilien-Holger, sag ich dir. Also bin ich hin und habe ihn gefragt, ob er nicht der und der sei. Er: ›Ja, wieso?‹ Und dann habe ich ihm gesagt, er soll sich ganz schnell verpissen. Da hat er ganz höflich gefragt: ›Entschuldigung, wie bitte?‹ Verstehst du? ›Entschuldigung, wie bitte?‹! Oh Mann, und ich dann zu ihm: ›Du hast mich schon verstanden. Du solltest abhauen, weil meine Kumpels hier dir sonst auf die Schnauze hauen müssen. Und du weißt auch, warum.‹ Dann habe ich auf Dany und Smokie gezeigt, die neben mir standen: Dany in seiner abgerissenen Bomberjacke und Smokie, den sie vorgestern an der Stirn nähen mussten: Auf die Fresse gefallen wegen Blitzeis, aber das wusste dieser Blödmann ja nicht. Die beiden sahen aus wie irgendwelche miesen Typen aus dem Milieu. Du hättest dich totgelacht. Er ist tatsächlich sofort abgedreht und verschwunden.«

Es tut so gut, Annas Gezeter zu hören, und ich muss mir die Nachricht noch ein zweites Mal anhören, weil mein Gehirn die Informationen wie ein YouTube-Video bei zu langsamer Internetverbindung nur ständig stoppend aufnimmt. Erst beim zweiten Mal verstehe ich, was Anna tatsächlich sagt.

Die zweite Nachricht ist auch von ihr, zwei Stunden später:

»Martha? Ich wollte nur sagen, dass ich hoffe, dass du mir jetzt nicht böse bist. Das war ja eine eher spontane

Sache. Tut mir leid, wenn das total blöd war. Aber was gesagt werden muss, muss auch mal gesagt werden, finde ich. Finden Smokie und Dany übrigens auch. Ach so, und Happy Birthday natürlich.«

Dann ist es still am anderen Ende. Ich höre ihr noch immer etwas aufgekratztes, aber vielleicht auch nur betrunkenes Atmen, und dann hatte sie aufgelegt.

»Das ist das Netteste, was jemals jemand für mich getan hat«, sage ich mit rauer Stimme in die Stille.

Ich versuche, mir ihr Aufeinandertreffen vorzustellen. Tom, der wirklich der wohlerzogenste Typ ist, den ich je getroffen habe. Ich kann mir nicht vorstellen, dass er davor überhaupt nur mal danebengestanden hat, wenn jemandem Schläge angedroht wurden, geschweige denn, dass ihm selbst schon mal welche angedroht worden sind. Tom, der umschaltet, wenn es im Fernsehen brutal oder ordinär wird. Der schon bei einem »Du Arsch« in der Ferne zusammenzuckt, obwohl es nicht mal an ihn gerichtet war. In seiner Welt geschieht so etwas einfach nicht.

Und dann frage ich mich, ob er deshalb die SMS geschickt hat. Ob Anna ihn schon vorher oder danach getroffen hat. Mir gefiel die Vorstellung, wie unwohl er sich gefühlt haben musste. In einem Club, in den er nicht reinpasste, in den ihn irgendjemand mitgeschleppt haben musste. Und dann trifft er dort auch noch auf ein ihm völlig fremdes Mädchen, das ihn ohne jede Vorwarnung derart anpöbelt und bedroht.

47

Es klopft an der Tür. Ich muss wieder eingeschlafen sein.

Ich öffne sie, und Max steht mit einer großen Rolle Papier, auf der er sich abstützt, vor mir.

»Die Liste all der Dinge, die er dir verdorben hat?«

Ich kann nichts sagen.

»Die löschen wir jetzt!«

»Wie bitte?«

»Das kann doch nicht alles für immer verdorben sein, nur weil einer ein Idiot ist.«

Ich versuche mich daran zu erinnern, was genau ich ihm gestern alles erzählt habe.

Max befestigt mit Klebestreifen lange Bahnen Papier an der Wand und beginnt dann mit großen Strichen zu zeichnen. Eine riesengroße Matroschka-Puppe mit einer Currywurst in der Hand, aus der ein Regenbogen kommt. Einen Maserati in einer Schüssel mit Salat, daneben ein Karussell, auf dem kleine Sushi-Stücke sitzen. Ineinander verschlungene Fahrräder, Bäume, Träume und Atlanten. Als er fertig ist, dreht er sich zu mir um und guckt zufrieden.

Während ich noch darüber nachdenke, dass ich ihm von all diesen Dingen nichts erzählt habe, fällt mein Blick auf die Liste auf meinem Schreibtisch. Ich überlege, ob ich es ihm übelnehmen müsste, dass er sie einfach so gelesen hat, ob er damit nicht mein Vertrauen missbraucht hat.

»Wie gefallen dir all diese Dinge jetzt?«

Er guckt mich so zufrieden und freundlich an, dass ich lachen muss. So ein warmes Lachen, das tief aus dem Bauch kommt, ein Lachen, das lange weg war und sowieso erst wieder da ist, seit ich Oskar, Nippon und Beppi kenne. Und dann merke ich, dass diese Liste ein derartiger Unsinn gewesen ist, dass Max tatsächlich alles Recht der Welt hatte, sie zu lesen und sie nun zu zerstören.

»Sehr gut! Das gefällt mir alles wirklich sehr sehr gut.«

»Na, siehst du.«

Er setzt sich zu mir auf das Bett. Ich sehe ihn an.

»Du hast gestern eine Frage nicht beantwortet«, erkläre ich ihm.

Er lacht.

»Welche? Mir schienen das sehr viele Fragen gewesen zu sein.«

»Ob du schon mal in Belgrad gewesen bist.«

Er schweigt eine Weile.

»Ich bin hier geboren.«

Warum er dann gestern mit diesem Igor nicht jugoslawisch gesprochen habe, frage ich erstaunt.

»Weil ich es nicht kann. Meine Eltern sind hier weg, als ich zwei Jahre alt war. Sie sind als Studenten mit mir nach Deutschland gegangen, lange vor dem Krieg. Und wir sind nie wieder hier gewesen. Es wurde nur Deutsch gesprochen bei uns und kaum über dieses Land geredet, nicht mal während des Kriegs. Sie haben so getan, als ginge sie das nichts mehr an, als wenn es sich um Krieg in Angola gehandelt hätte. Das war natürlich eigenartig. Da war immer was bei uns zu Hause, worüber ganz laut geschwiegen wurde. Als ob man beschlossen hat, nie wieder über einen engen Verwandten zu sprechen oder überhaupt nachzudenken. Ich bin als Jugoslawe geboren. Meine Mutter ist Serbin und mein Vater halb Bosnier, halb Kroate. Viel mehr Jugoslawe als ich kann man also kaum sein. Aber ich habe Eltern, die beschlossen hatten, 300-Punkte-Deutsche zu werden.«

»300 Punkte?«

»Das ist die maximale Punktzahl, die man beim Einbürgerungstest bekommen kann.«

Ich lächele.

»Ich habe überhaupt erst in der Grundschule von ein paar anderen Kindern erfahren, dass ich kein *richtiger* Deutscher bin. Kannst du dir das vorstellen? Bei allem danach, wenn ich mich irgendwie komisch oder falsch gefühlt habe, habe ich gedacht, dass es natürlich daran liegt, dass meine wahre Heimat eben woanders ist. Da war immer diese runtergeschluckte Sehnsucht, ein vages Heimweh. Nie ausgesprochen. Ich habe mir immer gewünscht, irgendwann hierherzukommen, und gleichzeitig vermieden, dass es passierte. Nun bin ich schließlich hier, weil es mir wie ein alberner Wink irgendeines Schicksals erschien, als mein Kumpel, der eigentlich mit hierherkommen sollte, sich den Arm gebrochen hat.

Und es ist komisch, obwohl ich wirklich tief in mir gedacht habe, wenn ich einmal hierherkäme, dann würde das etwas ändern. So ein großes *Oh Heimat, du schöne Heimat*-Gefühl hervorrufen. Aber da ist natürlich nichts. Ich finde es hier total interessant, aber ich fühle mich hier genauso fremd wie woanders auch. Und damit muss ich wohl leben, dass das jetzt vielleicht so ist. Vielleicht ist das ja meine Sache, mich fremd zu fühlen. Überall. Verstehst du, was ich meine?«

»Wie finden es deine Eltern, dass du hier bist?«

»Ich habe es ihnen nicht erzählt.«

»Meine Eltern wissen auch nicht, dass ich hier bin. Eigentlich sollte ich jetzt gerade bei ihnen in Österreich sein und Ski fahren. Aber ich habe ihnen stattdessen nur eine E-Mail geschickt und erklärt, dass ich leider in Berlin bleiben musste wegen des Jobs. Wahrscheinlich liegt vor meiner Wohnungstür ein Fleurop-Strauß zum Geburtstag, der vertrocknet ist, wenn ich zurück bin.«

Wir müssen lachen. Dann schlage ich ihm vor, dass wir unten im Café die Torte probieren sollten, von der angeblich jeder Serbe träumt, einmal in seinem Leben ein Stück zu essen.

Im Café fragt mich Max, wie lange ich noch in Belgrad bleiben werde.

»Bis morgen.«

»Und danach? Zurück nach Hause?«

»Ich weiß es nicht«, erwidere ich. »Vielleicht fahre ich auch einfach immer weiter Richtung Osten. Nach Budapest, Bukarest, Baku, vielleicht sogar bis nach Beijing.« Ständig unterwegs zu sein erschien mir inzwischen als Lebenskonzept deutlich attraktiver, als sein Ruf es vermuten ließe. Die Leute, die etwas anderes behaupteten, hätten offenbar keine Ahnung, wie erholsam es sei, abends in aller Ruhe seine wachsende Sammlung Hotelduschhauben zu betrachten, wie beruhigend abgepackte Marmeladen- und Nutella-Portionen zum Frühstück seien und wie tröstend es sein könne, sich abends in ein frisch gemachtes, vollkommen erinnerungsloses Bett zu legen. Eine Weile könne ich das machen, bis mein Vater bemerkte, dass ich seine Notfall-Kreditkarte zum ersten Mal richtig benutzte.

Max lacht.

»Und du?«, frage ich zurück.

»Auch noch ein bisschen auf der Flucht. Wir fliegen morgen nach Australien, zu einem Festival, da sind wir schon zum dritten Mal. Da bleibe ich vier Wochen. In der Nähe von Brisbane.«

Er tippt gegen meine Schulter.

»Warum kommst du nicht einfach mit? Wir können immer noch jemanden gebrauchen. Und du würdest deine Pläne nur ein klein wenig ändern müssen, denn Australien ist ja grob Richtung Osten und Brisbane noch dazu ein Ziel mit B.«

Ich muss lachen.

»Da gibt es einen Sternenhimmel, so weit und so schön, dass man nicht mehr stehen kann, weil es einen einfach von den Füßen reißt. Und die Leute da sind echt cool. Es ist warm. Gute Musik. Was will man mehr?«

Wir sehen uns an, und dann muss ich wegschauen, weil plötzlich alles eigenartig nah ist, wie in einem Vergrößerungsglas.

»Ich finde dich toll, ich würde dich gerne kennenlernen«, sagt Max. »Wir könnten gucken, was das mit uns werden soll. Und nach vier Wochen zusammen in einem Camper weiß man das, glaub mir.«

Ich erwidere nach einer Weile ein »Ach, warum eigentlich nicht …«.

»Echt?«, fragt er erfreut zurück.

Ich zucke mit den Schultern, und Max grinst.

48

Am nächsten Morgen nehme ich nach dem Frühstück ein Taxi zum Flughafen. Als ich auf das Flughafengebäude zugehe, stecke ich meine rechte Hand in die Manteltasche und greife nach dem gekochten Ei, das ich aus lauter Routine am Frühstücksbuffet eingesteckt habe. Es ist nicht mehr warm. Dafür verkünden die zaghaften Sonnenstrahlen diesen Augenblick, in dem man sich plötzlich daran erinnert, dass der Frühling kommen wird. Es riecht noch nicht auf diese einzigartige Art nach Frühling, aber das Licht verspricht schon, dass er tatsächlich kommen wird. Und der Winter ist genau wie Liebeskummer eine Jahreszeit, bei der man ständig denkt, sie dauere ewig und gehe unter Umständen genau dieses eine Mal niemals vorüber, denke ich und lächle, weil ich mich nun erinnere, dass es wieder Frühling werden wird. Schon bald.

Ich sehe stumm auf meinen Zettel, auf dem Max alles notiert hat, als die Frau am Schalter mich noch einmal, diesmal ungeduldiger, fragt, wohin es denn jetzt gehen solle. Ich solle mich entscheiden oder zur Seite treten und den Mann hinter mir vorbeilassen. Vor Aufregung zerdrücke ich das Ei in meiner Jackentasche. Ich spüre die brüchige Schale und darunter das elastische Eiweiß, aus dem langsam das ursprünglich fünfeinhalbminutenklebrige Eigelb rausquetscht. Wie schnell ein steinhartes Ei so etwas Schutzloses und Kaputtes werden kann, denke ich. Dann muss ich plötzlich an den Mann denken, den ich im letzten Sommer in der U-Bahn gesehen habe. Er hatte auf dem einen Arm ein Tattoo mit »Frauen sind wie …« und daneben das Bild eines Schmetterlings und auf dem anderen Unterarm »Ich kann auch lieb sein« stehen. Mir fällt wieder die Frau ein, die einer anderen erzählte, dass ihr Mann, zwei Jahre bevor er bei einem Autounfall ums Leben kam, eine Geliebte hatte. Darum sei es gut für sie gewesen, wie es mit ihm ausgegangen sei. Da sei jetzt ein Grab, da könne sie hingehen und traurig sein, sie war seine Witwe und konnte damit abschließen. Wenn er aber noch leben würde und immer noch die Geliebte hätte, würde sie das nicht aushalten. Ich muss an den Mann denken, der auf der Straße mit Wiener Akzent in sein Telefon schrie, dass irgendetwas, das er nicht näher benannte, die »scheißmodifizierte glänzende Oberfläche von Sperma« habe. Ich muss an das von Ilse und Hildegard diagnostizierte *Goodbye Deutschland*-Syndrom denken, das auf einer Fernsehserie über meist vollkommen planlose Auswanderer beruht, alles aufbauend auf Variationen des Plots »Zu Hause läuft es nicht so rund. Gerade mal zweitausend Euro angespart, keinen Job in Aussicht, kein Wort der Landessprache sprechen können. Noch nie dort gewesen. Kein Problem: Ab nach XY!«. Dieses Syndrom trat nicht nur beim Auswandern auf, auch beim Heimwerken, Hausbauen und Urlauben. Und wie es aussah, war auch ich nicht davor gefeit.

Ich versuche nachzudenken. Versuche zu verstehen.

Versuche herauszufinden, was ich über mein eigenes Leben bislang überhaupt verstanden habe:

Vielleicht, dass Liebeskummer wie eine Gallenkolik ist, bei der man auch zuerst denkt, man würde sterben. Und dann merkt man, dass man vielleicht nicht stirbt, aber erkennt sofort, dass sich das trotzdem noch nicht wie die gute Nachricht anfühlt. Irgendwann später, nach ein paar weiteren Koliken, erfährt man dann von einem Arzt, dass der Mensch ohne Gallenblase leben kann. Ganz gut sogar. Und dass einem dann ja immer noch diese große Auswahl wirklich hervorragender, überaus tüchtiger und lebensnotwendiger Restorgane bleibt.

Vielleicht, dass ich gerne einen einzigen, bislang absolut ungedachten, unausgepackten Gedanken ganz für mich allein hätte, für immer. Dann versuche ich zum allerersten Mal den ungeheuen Gedanken zuzulassen, dass Tom mich womöglich nicht geliebt hat. Nicht genug jedenfalls. Vielleicht aber auch gar nicht. Sehr wahrscheinlich gar nicht. Und zum ersten Mal versuche ich nicht, diesen Gedanken mit tröstenden Erklärtheorien einzuwattieren. Denn in Wahrheit ist das doch tatsächlich die Erkenntnis, die das Rätsel löst. Am Ende alles so simpel: Der eine hat den anderen nicht geliebt. Klassiker. Punkt.

Aber dass es im gesamten *Wer mich nicht wollte-vs.-Wen ich nicht wollte*-Spiel trotz der vorangegangenen Niederlage dennoch bei einem soliden 3:6 steht. Und dass mir das Leben mit Oskar und seinen Brüdern gefallen hat, dass sie auf mich warten und es keinen Grund gibt, vor ihnen wegzulaufen. Außerdem wären da auch noch Stella, Hildegard, Ilse, und Anna sowieso. Ich muss also zugeben, dass ich auch eine Art Crew habe.

»Nach Hause«, antworte ich schließlich der Frau am Schalter leise.

Das war es dann wohl.

Meine Flucht ist vorbei.

Kein Brisbane, aber auch kein Budapest, kein Bukarest, kein Baku, kein Beijing.

Keine weiteren albernen Reiseziel-Alliterationen mehr.

Ich bin nicht einmal richtig überrascht von dieser Erkenntnis, die alle meine Pläne erlöschen lässt. Etwas in mir hat es geahnt, es war alles die ganze Zeit schon da, ich habe der kaschubischen Großmutter in mir nur nicht richtig zugehört.

Als ich zum Abflug-Terminal komme, steht Max in der Halle. Er hat große Kopfhörer auf. Als er mich sieht, winkt er mir zu und nimmt sie ab. Aber als ich stehen bleibe, verwandelt sich sein Lächeln in etwas Abwartendes. Er kommt langsam auf mich zu.

»Du kommst nicht mit.«

Ich schüttele den Kopf, und er nickt.

Dann nimmt er mich in den Arm.

»Sehen wir uns, sobald ich zurück bin?«

Ich kann nur nicken.

Er nimmt mein Gesicht in seine Hände und flüstert dann in mein Ohr:

»Und was machen wir dann?«

»Du meinst, nachdem wir sehr sehr sehr viele Male diese eine Sache gemacht haben?«

Er lacht.

»Es müssen unbedingt ein paar Dinge herausgefunden werden«, erkläre ich ihm. »Warum spielen die Musiker in U-Bahnen immer *Hit The Road, Jack*? Warum verliert man Handschuhe, Mützen, Schlüssel, Teddys und Schnuller immer am Anfang einer Wegstrecke und nie, wirklich niemals in der Nähe des Ziels, nicht mal auf der Hälfte, sondern wirklich immer exakt am Anfang? Werden alle Menschen bei Vorfahrtsschildern hungrig, weil sie darin Spiegeleier sehen? Ist es verboten, in öffentlichen Parks und Grünanlagen eigenmächtig die Rasenflächen mit einem privaten Rasenmäher-Trecker zu mähen? Wenn ja, wie heißt das Vergehen, und wie hoch ist die Strafe? Und muss in einem guten Roman mindestens eine Bougainvillea vorkommen?«

»Machen wir, versprochen.«

»Aber erst mal lieber keine Versprechen.«

Er nickt.

»Und du musst vorher noch ein paar Dinge über mich wissen«, fahre ich fort. »Unbequeme Wahrheiten: Ich wurde niemals für die Rolle der Maria im Krippenspiel ausgewählt. Ich habe nie eine Ehrenurkunde bei den Bundesjugendspielen bekommen. In Wahrheit habe ich noch nicht mal genug Punkte für eine Siegerurkunde geschafft, bis sie die Regeln änderten und jeder schon für die reine Teilnahme eine Urkunde bekam. Ich habe noch nie von der Polizei einen Platzverweis bekommen und bin bislang selbst für kleinere Diebstähle oder Sachbeschädigungen zu feige gewesen. Ich kann keinen Kopfsprung rückwärts. Ich kann noch nicht mal rückwärts Schlittschuhlaufen.«

»Kein Problem. Wir alle müssen womöglich akzeptieren, dass manche Dinge auch nicht mehr geschehen werden. Vielleicht muss man sich damit abfinden, dass mit der Zeit zwangsläufig Lücken im Lebenslauf entstehen. Wir werden stattdessen andere Dinge tun.«

»Keine Versprechen!«

Wir küssen uns, und dann nimmt er seinen Rucksack und geht. Plötzlich dreht er sich noch mal um und kommt zurück.

»In diesem Lied steckt alles drin, was du wissen musst«, sagt er, setzt mir seine Kopfhörer auf und gibt mir den iPod, der daran hängt.

Als er durch die Kontrolle gegangen ist, dreht er sich ein allerletztes Mal um. Während ich ihm winke, schließe ich die Augen und versuche, die Erinnerung an diesen Moment, an die Nacht und den heutigen Tag, an sein Gesicht und sein Lachen in diesem einen Lied abzuspeichern, versuche, dass diese Erinnerungen mit der Musik, meinem Körper und mit meinen Zellen verschmelzen, sich in meinem Gehirn ablagern und mich ein Stück begleiten. So wie Max es gesagt hat. Als ich die Augen öffne, läuft er los, und ich flüstere ihm noch etwas hinterher:

»Da ist noch eine Sache, die ich dir sagen wollte: Solltest du nicht zurückkommen, solltest du in Australien jemand anderen treffen, weil es da diesen Sternenhimmel gibt, wie ich ihn mir kaum vorstellen kann, und sich das dann alles noch richtiger anfühlt, solltest du dann also merken, dass du doch nicht nach Berlin kommst oder dass du zwar kommst, aber wir uns trotzdem nicht wiedersehen. Ich wollte dir nur sagen, dass das auch okay wäre. Dass das bis hier schon viel war. Es wäre also traurig, bestimmt, eine Weile, aber okay. Und ich würde sicher nicht noch mal monatelang auf ein Zeichen von jemandem warten, der sich offenbar nicht melden will.«

Nachdem ich meinen Rucksack aufgegeben habe, gehe ich noch einmal vor das Flughafengebäude und wische meine klebrige Hand mit den Eierschalensplittern erst im Schnee und den Rest an meiner Hose ab. Ich strecke mich, schiebe meine Arme und Hände in Richtung Himmel, und es fühlt sich an, als habe ich mich endlich aus dem Gips befreit, in dem ich monatelang steckte. Als habe ich mit einer riesigen Schere vorsichtig eine Öffnung in den Gips geschnitten, aus der ich mich langsam herauswinde. Alles fühlt sich noch etwas schwach und steif an, die Haut vom Schwitzen aufgeweicht und knittrig und ganz weiß. Aber endlich kann ich wieder behutsam all die Bewegungen probieren, die ich so lange nicht mehr machen konnte.

Und auf einmal fühlt sich die Erinnerung an Tom wie ein ausgefallenes Haar auf der nackten Schulter an. Eben gehörte es noch zu einem, und nun plötzlich spürt man, dass es etwas Abgestorbenes ist, das nicht mehr Teil von einem ist. Man zupft es ab und lässt es unauffällig auf den Boden fallen.

Dann hole ich aus der Innentasche meiner Jacke eine Postkarte. Gleich am ersten Tag hatte ich sie gekauft und fast vergessen. Es kommt mir eigenartig lange her vor, die Nacht und der erste Morgen, als ich in Belgrad ankam. Wie ich durchs Schneegestöber stapfte und mir die mit Tränen vermischte Rotze mit dem Pulloverärmel abwischen musste, weil ich keine Taschentücher mehr hatte, aber Sorge, das Gemisch könnte in meinem Gesicht als schlierenförmige Frostbeulen festfrieren. Wie ich so lange durch die Straßen lief, bis ich meine Hände, die bereits die Farbe von hellgelbem Wachs hatten, vor Kälte nicht mehr spürte. Wie ich mich in der nur von matten Glühbirnen beleuchteten Buchhandlung aufwärmte, dabei ein und denselben Belgradführer in mehreren Sprachen durchblätterte und am Ende aus lauter Verlegenheit einen abwaschbaren Klapp-Stadtplan und sechs Postkarten kaufte.

Das alles scheint nicht weniger weit weg als die Küsse auf meiner Abifeier mit dem Jungen, dessen Namen ich längst vergesse habe, oder das Mal, als ich mich aus dem Stand übergeben musste, weil mir meine Großmutter ohne Vorwarnung und mit einem einzigen Ruck einen Wackelzahn zog, mich aber nur fragte, was ich damit denn noch gewollt hätte, als ich bitterlich darüber weinte.

Ich werfe die Postkarte, auf der ein Bild vom *Hotel Moskva* ist, in den Briefkasten. Auf den Dachfirst habe ich eine kleine Katze gemalt. Ich habe nichts weiter als die Adresse von dem draufgeschrieben, der nun auch nicht länger Tom heißen muss, denn so hat er in Wahrheit ja nie geheißen. »Friedrich«, denke ich stattdessen zum ersten Mal wieder, »Friedrich, du bist ein richtig mieses Arschloch gewesen. Da war wirklich nix von der guten Erziehung zu spüren. Und *Schwarze Katze, weißer Kater* ist ein ziemlich blöder Film. Das hätte ich dir damals sofort sagen sollen. Genau wie Frankfurt/Oder als Ausflugsziel eine vollkommene Mist-Idee gewesen ist.

Aber Belgrad ist toll. Wirklich.

Und du wirst niemals in die Stadt fahren können, in der sich Save und Donau küssen, ohne dich an jeder verdammten Straßenecke fragen zu müssen, ob ich bereits dort war.

Denn Belgrad, Belgrad gehört nun für immer mir.«

49

Und dann hole ich eine der übriggebliebenen Postkarten aus meiner Tasche. Mit einem Bild von Belgrad im Sommer. Auf die freie Seite male ich eine etwas krakelige Mary Poppins mit einer Sonnenblume in der Hand und dazu eine Sprechblase:

»Liebes Oskarchen! Lieber Nippon! Lieber Beppi! Liebe kleine Polly!

Ich mache mich jetzt auf den Rückweg … Und wisst ihr, was? Wenn ihr diese Karte bekommt, bin ich längst zurück, und wir sind gerade dabei, uns die Stadt zurückzuholen. Jeden verfluchten Quadratmeter.«

Danke

Danken möchte ich von ganzem Herzen (in der Reihenfolge ihres Auftretens):

Meiner Mutter
Mechthild Spaethe
Carolina Ramsay
Lisl Rapp
Owen Meany
Fried & der Bernstorff-Familie
Peter Henssen, Marie Stolberg, Dorothee Diehm
Michael Seufert
Antonia Romatowski
Kristof Magnusson
Anna Siemers & Sven Kosemund mit Karla, Mattis und Fried
Charlotte Drews-Bernstein
Josef Winkler
Andreas Flotow
Peter Graf
Maren Blum & Michael Schäfer
Daniel Kampa
Meike Stegkemper & Laura Hage

… aber allen voran natürlich Jan-Philipp Richter